비교적 안녕한 당신의 하루

비교적 안녕한 당신의 하루

안보윤 소설

문학동네

차례

비교적 안녕한 당신의 하루 • 007

구체성이 불러오는 비루함에 대하여 • 039

아무 말도 하지 마 • 065

어차피 당신은 • 091

나선의 방향 • 117

다만 허공 • 143

괜찮아요, 아빠 • 173

안절부절 모기씨 • 195

도그하우스 • 219

안 • 243

해설 | 백지은(문학평론가) • 265
멜랑콜리 사회학

작가의 말 • 280

비교적 안녕한 당신의 하루

여자아이와 석문의 눈이 마주쳤다.
의아함과 황망함, 공포와 약간의 반가움이 뒤섞인
한 쌍의 눈이 처음으로 서로를 마주하는 순간이었다.

유진보다 한발 앞서 태어난 것은 이름이었다.

당시 유진은 엄마 자궁에 조롱박 모양으로 매달려 있었다. 초음파 사진에 찍힌 유진의 보금자리는 떼꾼한 눈마냥 새까만 공동空洞이었다. 요 안에 찍힌 점 보이시죠? 이게 심장입니다. 아무리 봐도 인쇄가 잘못된 걸로밖에 보이지 않는 흰 얼룩을 가리키며 산부인과 의사가 말했다. 유진의 아빠는 입을 크게 벌리고 웃었다. 심장이라니 그럴 리가요. 이건 고춥니다, 고추. 우리 집안 오대독자가 될 녀석이거든요.

유진은 아직 사람이라기보다 기형으로 뒤얽힌 핏줄에 가까웠다. 모세혈관이 한없이 투명해 고추는커녕 눈알조차 여물지 않았다. 지글거리며 가래 끓는 소리를 쏟아내는 심장은 유진보다 엄마의 감정에 먼저 반응했다. 유진의 아빠는 산부인과를 나와 집으로 돌아가는 길에 보쌈집에 들러 기름 뺀 고기를 삼 인분 시켰다. 용수나 용식이는 촌스럽고, 용진이 정도면 괜찮을라나? 노란 배춧속을 뜯어먹던 엄마가 무심히 고개를 끄덕였다. 유용진. 가운데 항렬자 용맹할 용을 붙인 유진의 이름은 그렇게 태어났다.

한발 늦게 태어난 유진은 삼 킬로그램이 채 안 됐다. 여기저기서 뻗어나온 손이 흡입관을 갖다대고 눈가에 크림을 바르고 손가락 발가락 개수를 세고 배꼽을 잡아당기며 호들갑을 떠는 통에 유진은 어리둥절 그 자체였다. 의사가 끝났다는 신호로 엉덩이를 후려치자 물에 부푼 얼굴이 쭉 쭈그러들며 울음이 터졌다. 유진의 생애 두번째 울음이었다. 첫번째 것은 흡입관에 빨려들어가 흔적도 없이 사라졌다.

산모 공사시 이십칠분 여아 분만입니다. 정말, 정말 여자앤가요? 유진의 엄마가 황급히 물었다. 악쓰느라 돋은 이마 핏줄이 여전히 빳빳한 채였다. 예쁜 공주님이에요. 간호사의 말에 유진의 엄마는 그대로 까라졌다. 그런데 선생님, 이건 뭔가요? 유진의 가랑이 사이를 가리키며 간호사가 속닥댔다. 찰떡에 젓가락을 찌르면 꼭 요런 모양이 되는데요. 인근에 출산전문병원이 없어 사흘 동안 일곱 명의 아이를 혼자 받아야 했던 의사가 피곤에 찌든 얼굴로 일어섰다. 흠뻑 젖은 수술장갑이 둔탁한 소리를 내며 바닥으로 떨어졌다.

눌러놓은 탯줄 아래부터 엉덩이까지는 몹시 완만했다. 꽉 움켜쥔 주먹처럼 안으로 말려들어간 둔덕이 문제였다. 밋밋한 가랑이에 앞뒤로 뚫린 구멍 두 개. 조글조글 주름이 잡힌 건 항문이 분명한데 앞쪽 구멍 하나가 정체불명이었다. 아예 막힌 것도 아니고 뭐, 오줌똥만 제대로 나오면 상관없겠지. 홀로 납득한 의사가 새 장갑을 끼고 엄마의 회음부를 꿰매기 시작했다. 진통을 호소하는 산모가 대기실에 둘이나 더 있었다. 그중 하나는 태아가 삼십육 주밖에 안 돼 산소호흡기가 달린 인큐베이터를 예약해놓은 상태였다. 기왕 뚫린 구멍이 왜 더 흉물스럽지 않은지에 대해 따질 여력이 없었다. 그런 거 들여다볼 시간 있음 대기실 산모 분만 못 하게 다리라도 붙잡아 매달아놓고 와. 의사 핀잔에 간호사들이 다시 분주히 움직이기 시작했다. 유진은 이미 태어났고, 그들이 해야 할 일은 너무 많았다. 제일 나이 어린 간호사가 깜빡했다는 듯 분만실을 나섰다. 산모 보호자에게 아기가 무사히 태어났음을 알리고 찰떡구멍에 대해 언질이라도 줄 작정이었다.

고추가 아닌데다 째진 틈조차 허술한 유진을 보고 아빠가 제일 먼저 한 일은 이름에서 항렬자를 빼는 일이었다. 유진의 이름은 그냥 진이 되었다. 유진. 유진씨, 성은 뭐죠? 유씨요. 그럼 유유진씨? 아뇨, 그냥 유, 진인데요. 이름이 외자군요. 그럼 진씨 아니 진이씨. 음, 그냥 풀네임으로 불러도 될까요? 마음대로 하세요. 자기소개는 물론 사소한 신청서 하나를 쓸 때조차 이런 식의 문답이 반복됐다. 유진은 이름보다 긴 변명에 익숙해졌다. 몇 해가 지나도 익숙해지지 않는 것은 유와 진 사이에 뚫려 있는 검은 오솔길, 뜯겨나간 자국이 선명한 그 좁은 틈이었다.

유진은 그럭저럭 성장했다. 고등학교에 진학한 뒤 부모님이 이혼한 사유조차 그럭저럭이었다. 오대독자 운운하던 아버지가 밖에서 아들을 낳아왔고, 살고 있던 아파트와 상당한 금액의 위자료를 얹은 이혼 서류가 엄마 앞으로 날아갔다. 유진은 서류상 아버지 밑에 남았으나 새엄마와 갓난쟁이가 집에 들어오기 전 독립했다. 갓난쟁이 울음소리가 공부에 방해된다는 이유에서였다. 유진이 계약한 하숙집은 학교 근처였고 부모님보다 살갑게 끼니를 챙겨주는 할머니가 딸려 있었다.

하숙집에서만큼은 유진도 말이 어눌하고 음침한, 이른바 되다 만 아이가 아니었다. 유진은 얌전하고 예의바른 학생으로 대우받았다. 다른 하숙생이 두 명 더 있었으나 할머니가 게장 등딱지를 따주고 요구르트를 챙겨주는 건 유진뿐이었다. 유진은 그럭저럭 행복했다. 일학년 여름 시작된 첫사랑은 진전도 좌절도 없었다. 검고 빳빳한 머리칼과 구릿빛 얼굴이 촌스러운 봉사단 선배가 그 상대였다.

선배는 생긴 것만큼이나 고지식했다. 여느 아이들처럼 요령껏 봉사시간 채우는 일은 결코 하지 않았다. 수해지역 복구공사를 나갔을 때 얼마나 필사적으로 삽질을 해댔던지 얼굴은 물론 치아에까지 진흙이 튈 정도였다. 아아아. 가까스로 뚫린 배수로로 흙탕물이 빨려들어가자 선배가 탄성을 냈다. 희열에 찬 듯도 어딘지 절박한 듯도 한 탄성이었다. 크게 벌어진 입을 향해 늘어진 코가 당장이라도 떨어질 것처럼 덜렁거렸다. 유진은 흙탕물이 휘돌면서 생긴 여울에 목까지 빨려들어간 기분이었다. 빗물이 죄다 유진의 속으로 차오르는지 속이 메슥거렸다.

유진은 무릎까지 차오른 물속에 꼼짝 않고 서 있었다. 물가로 기어오르는 선배를 지켜보느라 부러진 나무토막이 자신의 종아리를 후려치는 줄도 몰랐다. 물이 빠져나가자 입을 쩍 벌린 유진의 상처가 드러났다. 종아리 아래는 진흙과 피가 엉겨 엉망이었다. 통증은 없었다. 오히려 진흙을 한 움큼 문 자신의 상처가 선배 입과 꼭 닮은 것 같아 가슴이 뛰었다.

삼학년이었던 선배는 금세 졸업했다. 첫사랑이 불발로 끝나는 건 대개 고백의 시기를 놓쳐버렸기 때문일 거라고 유진은 생각했다. 낮선 이름의 지방대로 흘러간 선배와 다시 만날 일은 없을 터였다. 유진은 가로로 길게 찢긴 종이리 흉터를 쓰다듬었다. 선배를 떠올릴 때마다 휘도는 감정들은 그 여름 배수로로 휩쓸려가던 흙탕물과 같았다. 걸쭉하게 침전된 무언가가 아랫배 그득 고였다. 사타구니가 간지럽고 이상하게 뻐근한 건 그 때문인 것 같았다.

선배가 지방으로 떠난 뒤엔 하숙집 할머니가 죽었다. 너무 늦게 전해진 부음이라 젤리처럼 말랑말랑해진 할머니 손발톱이 들뜨기 시작한 뒤였다. 할머니가 옥상에서 쓰러진 건 석 달 전 일이었다. 병원에 입원한 할머니는 한 번도 의식을 찾지 못했다. 할머니 외동딸이 임종 후 장례까지 모두 치른 다음에야 하숙집에 부고를 전했다. 집을 내놓았으니 말일까지 방을 비우라는 일방적인 통보와 함께였다.

하숙생들이 항의하는 동안 유진은 시멘트를 대충 개어 만든 계단을 밟고 옥상에 올랐다. 할머니의 항아리들은 뚜껑이 열린 채였다. 들여다보니 반쯤 언 빗물과 나뭇잎, 삭은 냄새를 풍기는 된장이 한데 엉겨 있었다. 등이 매끄러운 벌레가 끊임없이 바각대며 잔물결을 일으켰다. 유진은 항아리 옆에 쭈그려앉아 울었다. 돌을 심어놓은 것처럼 아랫배가 욱신거려 오열은 급기야 구토로 이어졌다. 조각난 돌멩이들이 혈관을 따라 잘각잘각 굴러다녔다. 유진은 맹렬한 슬픔과 상실감에 휩싸여 항아리 뚜껑을 닫았다. 벌레의 매끄러운 등을 찢고 나오는 뾰족한 날개가 어째서인지 눈앞에 선했다.

유진은 욕실에 들어가 더러워진 옷을 벗다 그것을 발견했다. 가랑이 사이로 쑥 빠져나온 슬픔. 애정과 미련, 설렘과 욕망이 한 덩어리로 뭉쳐 기어코는 슬픔이라는 껍질을 둘러쓴 채 구체화된 모습을. 유진의 슬픔은 아주 작고 말랑말랑한 죽순 모양이었다.

이건 성기군요. 비뇨기과 의사가 장갑 낀 손으로 슬픔의 끄트머리를 잡아당겼다. 고름이 끝까지 차올라 예민해진 종기를 손톱으로 긁는 것처럼 아슬아슬한 쾌감과 통증이 유진을 관통했다. 처음 유진을 보고 아연실색했던 의사는 이제 노골적으로 호기심을 드러내며 유진의 슬픔을 주물럭댔다. 드물긴 하지만 이런 사례가 전혀 없는 건 아닙니다. 일종의 성기 기형인데, 외부로 돌출되어야 할 부분이 안으로 말려들어가 있다가 성장하면서 밖으로 빠져나오는 거죠. 요 막대만 나왔다는 건 음낭이 아직 안에 있다는 건데, 검사해보고 수술하면 제대로 모양을 갖출 수 있을 겁니다. 눌려 있던 만큼 크기는 좀 작겠지만 치료만 제대로 하면 기능상 문제는 없어요. 내버려두면 언제까지고 손을 뗄 것 같지 않아 유진은 억지로 팬티를 끌어올렸다. 매무새를 정리하고 체크무늬 교복치마로 무릎을 덮은 뒤에야 의사가 겸연쩍은 얼굴로 물러났다. 그나저나 호적정리를 해야겠네요. 호적정리는 왜요? 왜냐니, 출생신고가 여자로 되어 있을 거 아닙니까. 남자로 바꿔야죠. 제가 남자라고요? 그럼요. 거기 그렇게 증거가 있잖아요. 하지만 전 여잔데요. 지금까진 그랬겠지만 이제 아닙니다. 그게 달렸으면 남자, 안 달렸으면 여자. 세상에서 제일 간단한 논리가 바로 이거거든요. 주민등록증이 아직 안 나왔을 테니 잘됐습니다. 가끔 동사무소 직원 실수로 성별이 바뀌기도 하니까 정정신고만 하면 감쪽같을 겁니다. 졸업하고 군대까지 다녀오면 확실히 남자가 되는 거지요. 그게 순리예요.

*

석문이 다시 집으로 돌아온 건 이 년 만이었다. 대입준비를 다시 하겠노라 큰소리쳤지만 눈앞이 캄캄했다. 중학교 때부터 육 년 내내 준비하고서도 성적이 그 모양이었는데 수능이 반년도 안 남은 지금 기적이 일어날 리 없었다. 석문은 하릴없이 집을 나섰다가 새벽에 돌아오기를 반복했다. 갈 곳은 많지 않았다. 도서관 열람실에서 잠을 자거나 피시방에 가거나 당구장에서 시간을 죽이거나. 도서관 가는 날은 줄어들었고 피시방에 앉아 게임을 하는 시간이 늘어났다. 당연했다. 도서관에는 석문과 다른 인종들, 그러니까 목적이 분명하고 시간배분에 목숨을 건 인종들이 앉아 있었다. 반면 피시방에는 석문처럼 끊임없는 망설임과 보류로 유예된 인종들이 가득했다. 키보드에 눌어붙은 담뱃불 자국만큼이나 쓸모없는 이른바 잉여인간들. 석문은 흡연실 제일 안쪽에 숨어 기형적으로 발달된 스피드로 손을 놀렸다. 그곳은 마음만 먹으면 제왕이 될 수 있는 곳이었다. 비록 혼자만의 제왕일지라도.

지방대학에 간 건 문제가 아니었다. 학교 기숙사는 깨끗했고 호수와 농구장, 테니스코트와 잔디언덕이 건물 그림자처럼 골마다 늘어서 있었다. 시내와 제법 떨어져 있었지만 다니지 못할 정도는 아니었다. 문제는 학교가 아닌 학과였다. 무조건 점수에 맞춰 원서를 넣다보니 최종합격한 과가 중국어학과뿐이었던 것이다. 석문은 중국어에 전혀 관심이 없었다. 관심은커녕 성조 자체가 불가능했다. 석문에게는 억양이 없었다. 다른 사람과 말하기를 꺼려하는 것도 그 때문이었다. 무료하게 읊조리는 수준의 말을 한다는 건 자신이 가장 잘 알고 있었다.

영어회화시간에 툭하면 혀끝이 풀려 '엑썰런트'가 '액서런트'로, '어륀지'가 '오린지'로 변하곤 했다. 중국어 특유의 유려한 음조나 강단 있는 울림은 석문에게 고문이나 다름없었다.

석문은 학과를 멀리하고 외부 활동에 몰두했다. 통기타 동아리와 특공무술, 다큐멘터리를 제작하는 영화 동아리는 물론 '주신강림'이라는 정체불명 애주가 모임에도 얼굴을 디밀었다. 여러 곳을 기웃댔지만 고등학교 때 했던 봉사단만큼은 근처에도 가지 않았다. 고교봉사단은 더럽고 고된 일에만 점수를 주었었다. 석문이 아무리 최선을 다해도 돌아오는 건 비웃음과 경멸뿐이었다. 열심히 일한 자신과 적당히 시간만 때운 아이들이 똑같은 점수를 받는 체계도 이해할 수 없었다. 더 견디기 힘든 건 밋밋한 얼굴을 가진 여자아이의 존재였다.

여자아이는 봉사단 활동에 빠짐없이 나왔다. 간혹 석문과 한 조일 때도 있었으나 여느 아이들과 마찬가지로 일은 하지 않았다. 대신 집요하게 석문의 뒤를 쫓아다녔다. 납작 이마와 그믐달 눈썹, 색조가 거의 없는 입술이 한없이 흐린 인상이었다. 그러나 흐릿한 대로 기억에 남으니 이상한 일이었다. 여자아이는 색이 바랜 판박이처럼 지금까지도 석문의 기억에 달라붙어 있었다.

돌이켜보면 여자아이는 그때 이미 제정신이 아니었다.

백이십 년 만의 폭우라던가 하며 지역 일대가 물에 잠겼을 때였다. 봉사단은 수해를 입은 지역으로 몰려가 일을 분담했다. 수해 규모가 워낙 커서 이날만은 다른 아이들도 비에 젖은 가재도구를 나르고 부러진 나뭇가지 끌어모으는 일을 해야 했다. 석문은 자진해서 배수로 뚫는 일을 맡았다. 성인남자들이나 할 법한 고된 일이었지만 남들과 함께 할 필요가 없는 유일한 작업이기 때문이었다. 검은 엿처럼 끈적끈적해진 흙은 좀처럼 줄지 않았다. 석문은 있는 힘을 다해 삽질을 계속했다. 우둑 소리와 함께 구멍이 뚫린 순간 석문은 거센 물살에 쓸려 하마터면 하수구에 발이 박힐 뻔했다. 비명을 지르며 물러서는데 뒤에 선 여자아이가 눈에 띄었다. 여자아이는 석문을 뚫어져라 쳐다보고 있었다. 그 표정이 하도 섬뜩해, 석문이 하수구로 빨려들어가기를 고대하고 있던 건 아닐까 싶을 정도였다.

석문은 황급히 길옆으로 올라섰다. 물속에 선 여자아이 그림자가 일렁거리다 하수구로 빨려들어갔다. 발간 그림자가 여자아이 근처로 솟구쳤다 흩어지기를 반복했다. 무릎까지 차 있던 물이 얼추 빠져나가자 흙이 엉긴 여자아이 다리가 드러났다. 길게 찢어진 종아리를 본 석문이 입을 틀어막았다. 진흙으로 덮인 상처에서 끊임없이 피가 쏟아져, 주변의 물이며 흙이 온통 시뻘겠다. 여자아이가 자신의 종아리를 내려다보며 씩 웃었다. 석문은 발밑에 내려놓았던 삽을 움켜쥐었다. 이대로 여자아이가 한 발이라도 다가서면 가차없이 머리를 후려칠 작정이었다.

석문은 몸을 부르르 떨었다. 여자아이만 떠올리면 남다른 살의가 치솟았다. 다른 아이들처럼 대놓고 석문을 비웃거나 욕을 한 적도 없는데 이상하게 그랬다. 정작 자신에게 심한 말을 했던 사람들은 이름은커녕 얼굴조차 떠오르지 않았다. 떠오르는 건 지우개로 반쯤 문질러 지운 듯한 여자아이 얼굴뿐이었다.

학교생활은 난감했지만 지루하지 않았다. 다행인지 불행인지 학교에는 석문처럼 겉도는 학생들이 꽤 있었다. 석문은 그들과 어울려 시내로 나가 게임을 하거나 아르바이트를 했다. 미팅한 여자애들과 밤새 술 마시고 노는 일도 잦았다. 일해서 버는 돈은 적었고 여자애들과 어울리다보면 생활비까지 바닥나는 것은 순식간이었다. 석문은 여자애들과 놀 때 종종 말을 더듬었고, 지루한 캐릭터라는 비난을 받았다. 석문은 자신이 말없이 일어나 계산을 완료했을 때 여자애들의 호감도가 상승한다는 것을 알았다. 여자애들의 눈길이 유난히 오래 머물렀던 구두나 손가방을 사줬을 때 보다 오랜 교제가 가능하다는 사실도.

아무개 주선으로 아줌마들을 만난 건 순전히 돈 때문이었다. 같이 술 마시고 노래방에서 노는 게 다야. 그 아줌마들 연애니 뭐니 그런 거 딱 질색하거든. 영계들이랑 하루 재미나게 놀고 보수 지불하면 그걸로 끝. 오케이? 아무개가 장담한 대로 아줌마들은 있는 힘껏 놀고 나면 끝이었다. 그들은 석문 일행을 고급 술집에 데려갔으며 눈이 튀어나올 만큼 비싼 시계와 가방을 안겨주었다. 어느 날 아무개가 석문을 문밖으로 불러내 손목에 걸린 시계를 톡톡 두드렸다. 기브 앤 테이크. 오케이?

만남이 거듭될수록 약속장소는 좀더 멀고 퇴폐적인 곳으로 바뀌었다. 술집과 노래방에서 시외 낚시터와 백숙집으로, 외곽에 위치한 간판도 없는 클럽이나 모텔로. 딱히 파트너랄 것도 없었다. 누나, 하고 부르면 이쪽에서 팔을 덥석 잡고 현옥아, 하고 부르면 저쪽에서 허벅지를 덥석 쥐는 식이었다. 어느 누가 현옥인지는 알 바 아니었다. 꾸준히 관리받은 아줌마들의 피부는 매끈하고 차졌다. 그럼에도 그들은 목과 배 내놓기를 거부했다. 옷을 벗는 건 석문 일행이었다. 처음엔 팬티 내리기를 주저하던 석문도 자신의 엉덩이 대신 그 안에 담길

것이 무엇인지 먼저 가늠하기 시작했다. 아줌마들은 철저히 기브 앤 테이크를 고수했다. 주는 만큼 요구했고 요구한 만큼 다시 내주었다. 석문은 그런 그녀들의 행동이 세련됐다고 생각했다. 간혹 학교에 나가 시급 사천삼백원짜리 아르바이트를 하는 동급생을 보면 절로 웃음이 났다. 기름 낀 더러운 그릇을 꼬박 열두 시간 동안 닦아대도 고작 오만원. 석문은 엉덩이 한 짝만으로도 몇십만원을 벌 수 있었다. 석문은 그들의 미련한 고행을 지켜보며 고소했다. 고교봉사단에서 삽질에 목맨 석문을 비웃던 아이들 기분을 비로소 알 것 같았다. 그것은 진정 무식하고 시대에 뒤떨어진 행동이었다.

음담에는 세대 차이가 따로 없었다. 말초신경을 자극하는 단어들은 한정되어 있었고 최소 백 년간은 변화가 없을 듯했다. 석문은 인터넷을 뒤져 음담을 수집하고 앞장서 아줌마들과 약속을 잡았다. 여자애들 만날 돈을 벌기 위해 시작한 일이었지만 이제 그런 건 아무래도 상관없었다. 섹스할 때 엉덩이가 무거운 것만 빼면 아줌마들은 최고였다. 석문은 새로운 세계에 진심으로 빠져들었다. 색다르고 유쾌하며 더없이 생산적인 만남. 그러나 석문은 너무 심취한 나머지 그것의 최후에 대해서는 전혀 예측하지 못했다.

경찰은 여러 종류의 신고를 받고 모텔을 급습했다. 원조교제에 대한 신고를 받았을 때 경찰은 이미 주부도박단 신고를 받고 출동중이었다. 뒤이어 가출청소년 집단혼숙과 환각제에 대한 신고가 들어왔다. 도대체 안에서 무엇들을 하고 있길래. 경찰은 책임감 반 호기심 반으로 문을 열었다. 조니워커 블랙라벨을 머리끝부터 발끝까지 뒤집어쓴 남학생이 흐느적거리며 그들을 맞았다. 엉덩이에 벌건 잇자국이 찍힌 남학생은 바지를 입을 만큼의 이성조차 없는 상태였다. 구석에 모여 앉은 아줌마들이 이불로 머리를 가린 채 앓는 소리를 냈다. 재킷까지 완벽하게 챙겨 입은 아줌마들에 비해 남학생들은 전부 반벌거숭이에 만취상태였다. 안으로 걸쇠가 걸린 욕실 문을 따고 보니 오만원짜리 지폐와 화투를 잔뜩 쓸어넣은 변기가 울컥울컥 물을 토해내고 있었다.

니가 받은 건 아무것도 없는 거다. 이건 전부 돈거래 없이, 합의하에 이루어진 일이야. 오케이? 아무개가 몇 번씩 다짐하고 간 뒤 석문은 아줌마의 오빠와 신랑에게 여러 차례 뺨을 맞았다. 뒤에서 허벅지를 걷어차는 바람에 고꾸라지기도 했지만 누구 하나 말리지 않았다. 조서를 꾸미던 경찰이 형식적으로 한마디했을 뿐이었다. 아줌마는 신랑 발밑에 꿇어앉아 비느라 바빴다. 어쨌거나 석문은 성인이었고, 간통죄는 이미 사라지고 없었다. 매춘행위가 이들에게 적용되는가는 미묘한 문제였다. 문제는 현장에서 발견된 돈인데, 아무개는 그게 도박판돈이라고 박박 우기고 있었다. 매춘보다는 도박으로 몰고 가는 게 상황에 유리했다. 아무려나 뒤처리는 아줌마들이 할 거라고 아무개가 속삭였다. 석문은 보이지 않는 곳에서 아줌마 신랑에게 아랫배가 새까매질 때까지 맞았다. 니가 보기엔 세상이 엿 같지? 맘만 먹으면 엿판 뒤집듯 쉽게 쉽게 살 수 있을 거 같지? 병신 같은 새끼. 아줌마 신랑이 지갑을 꺼내 석문의 코를 후려쳤다. 나가는 길에 이 돈 갖고 성병검사나 해, 새꺄. 저 여편네 지난달엔 태국에도 그 짓 하러 갔다 왔으니까. 무슨 병을 옮아왔는지 알 게 뭐야.

석문은 화장실에 쪼그려앉아 덜덜 떨었다. 갑자기 몰려드는 한기가 찬물을 뒤집어썼기 때문인지 정체 모를 바이러스 때문인지 알 수 없었다. 거울을 비춰 엉덩이와 등을 확인하고 머리칼 속까지 꼼꼼히 살폈다. 한 달 전 벌레 물린 자리가 아직까지 부어 있는 게 수상했다. 검은 딱지가 앉은 팔꿈치와 겨드랑 아래 반점도 전부 다 두려움의 대상이었다. 에이즈나 성병이 어떤 증상들을 수반하는지 정확히 몰랐지만 일단 의식하기 시작하니 끝이 없었다. 석문은 날이 밝자마자 병원으로 달려갔다. 대기실에서 진료 순번을 기다리며, 자신의 증상을 의사에게 어떻게 설명해야 할지 고민하며 석문은 자신의 스무 살이 가장 비참한 형식의 최후를 맞았다는 사실을 깨달았다. 말릴수록 고린내가 심해지는 쥐포가 된 기분이었다. 그나마도 함부로 물어뜯은 잇자국이 선명한.

대학은 풍기문란과 명예실추 어쩌고를 이유로 석문 일행을 제적시켰다. 그 과정에서 석문은 자신들을 아줌마와 이어준 아무개가 동교 학생이 아니라는 사실을 알았다. 기숙사에서 쫓겨난 뒤 석문은 고시원을 전전하며 반년을 버텼다. 그나마 다행인 건 그곳이 워낙 지방이라 본가에 소식이 가지 않았다는 점이었다. 제적통지서가 집으로 간 줄 모르고 새학기 등록금을 받으러 갔던 석문은 뇌진탕이 일어날 때까지 맞았다. 머릿속이 어뜩해진 채 풍기문란과 명예실추 어쩌고의 이유를 제 입으로 술술 분 뒤엔 기어코 이가 부러졌다.

석문은 집으로 돌아와 죽은 듯 엎드려 지냈다. 여동생은 석문을 벌레 보듯 했다. 사람 취급 안 하는 건 부모도 마찬가지였다. 대가리에 기생충이 들지 않고서야, 이 개놈의 자식. 마주칠 때마다 발길질을 하는 아빠는 그나마 나았다. 정작 껄끄러운 대상은 엄마였다. 석문이 만났던 아줌마는 엄마와 동갑이었지만 모든 것이 달랐다. 엄마는 석문을 피해다녔고, 석문은 엄마를 볼 때마다 한숨을 내쉬었다. 생기 없는 엉덩이와 주름진 목, 분화구 같은 모공으로 뒤덮인 코를 볼 때면 더욱 그랬다. 아빠와 여동생에게 느끼는 감정이 죄책감과 수치심이라면 엄마에게 느끼는 감정은 동정과 연민이었다.

엄마에게도 이름을 불러줄 사람이 있을까. 석문은 고개를 저었다. 시간과 세월이 정직하다고 생각한다면 그건 틀렸다. 그것이 평등하다고 생각한다면 더더욱 틀렸다. 그것들은 정확하긴 했지만 정직하지도, 평등하지도 않았다. 시간은 암세포와 같았다. 돈으로 처발라 막지 않으면 승냥이처럼 달려들어 온몸을 넝마로 만들었다. 온몸을 습격당해 쭈글쭈글한 피부가 눈앞에 있으니 그건 명백한 사실이었다.

*

옥탑방으로 이사하던 날 유진의 아빠는 오지 않았다. 딱히 이사라고 할 것도 없었다. 책상과 몇 박스의 책, 작은 캐비닛과 옷가방이 짐의 전부였다. 이전 하숙집과 같은 동네였으니 차로 몇 번 오가면 그만이었을 테지만 아빠가 오지 않는 바람에 유진은 포장이사를 불렀다. 노트북을 끌어안고 계단을 올라가면서 유진은 앞으로 사야 할 것들에 대해 생각했다. 두루마리 화장지와 거울, 살충제, 쓰레기통처럼 사소하지만 꼭 필요한 것들에 대해서.

방은 넓고 깨끗했다. 햇볕이 지붕을 달궈 후텁지근한 공기층이 형성된 것만 빼면, 바람 소리가 비정한 호통으로 들리는 것만 빼면 나쁘지 않았다. 방과 화장실을 꼼꼼히 청소한 뒤 내친김에 옥상까지 쓸어 놓고 유진은 거친 숨을 몰아쉬었다. 해가 진 탓인지 바람이 한층 더 흉포하게 느껴졌다. 낮에 시켜 먹고 내놓은 짜장면 그릇이 바람에 떠밀려 계단 끝에 붙어 있었다. 둥글게 휘어 찍힌 짜장 자국이 밀려나고 버틴 그릇의 행적을 고스란히 그려냈다. 유진은 빗자루 끝으로 얼룩을 하나씩 지워나갔다. 난간 아래 점점이 불이 켜진 동네가 내려다보였다. 언젠가 상갓집에 다녀온 아빠의 검은 양복에 뿌려주었던 소금 알갱이처럼 네모지고 흰 알갱이들. 유진은 콧물이 나올 때까지 자리에 서 불빛들을 바라보았다.

혼자 꾸는 꿈은 길고 집요했다. 유진은 드럼통 안에 갇힌 채 폭풍우 치는 바다를 떠도는 꿈에 시달렸다. 폭풍우의 거대한 이빨이 드럼통 뚜껑을 까득까득 깨물어댔다. 깨어난 뒤에도 소리는 사라지지 않았다. 그 벌레는 어떻게 됐을까. 유진은 멍하니 누워 있다 할머니의 항아리를 떠올렸다. 하숙생 중 유진이 제일 먼저 집을 나왔으니 옥상은 아직 그대로일 터였다. 여기도 옥상이니 항아리 하나쯤은 가져올걸 그랬다고, 유진은 새삼 후회했다.

잠이 오지 않는 새벽이면 가끔 손을 넣어 바지 속 슬픔을 확인했다. 더 자라지도 그렇다고 사라지지도 않는 슬픔은 나날이 견고해지는 중이었다. 유진은 여전히 변기에 앉아 소변을 보았지만 샤워할 때는 슬픔의 얇은 껍질을 조심스레 잡아당겨 닦아내야만 했다. 주민등록증은 예정대로 숫자 '2'를 박은 채 발급되었다. 하릴없이 달랑거리는 이 인치짜리 슬픔은 유진의 정체성을 결정짓기에 지나치게 경망스러웠다. 시간이 필요했다. 슬픔을 성기로 뽑아낼, 혹은 불필요한 혹덩어리로 간주해 떼어버릴 시간, 그것을 슬픔이 아닌 어떤 것으로 정의내릴 시간이. 유진은 자신의 망설임이 갓난쟁이에게 빼앗긴 항렬자 때문이라고 생각했다. 결단력, 의지, 용기 같은 것들은 유진 이름에 난 검은 오솔길을 따라 솔솔 빠져나가고 말았다. 그러므로 그건, 유진의 잘못이 아니었다.

고3이 되면서 유진은 새로운 사랑에 빠졌다. 단발머리가 잘 어울리는 자그마한 체구의 여자아이였는데, 또릿한 눈과 부푼 뺨이 사랑스러웠다. 여자아이는 뭔가에 집중할 때 머리부터 잡아 묶는 버릇이 있었다. 항상 끼고 다니는 고무밴드 때문에 여자아이 왼쪽 손목엔 쪼글쪼글 살이 눌린 붉은 선이 그어졌다. 유진은 그 선을 손끝으로 가만 덧그리고 싶은 충동에 시달렸다. 머리를 묶을 때 드러나는 여자아이의 얇은 주홍색 귀와 번쩍 들어올린 팔뚝 아래 드리워지는 삼각그늘 역시 갈망의 대상이었다.

유진은 복도를 지날 때마다 창틀에 매달려 졸고 있는 여자아이를 보았다. 솜털 가득한 뺨이 새끼 고양이 발바닥처럼 말랑말랑해 보였다. 왜 그렇게 불편하게 자? 내심 망설이던 유진이 묻자 여자아이는 허공에 자그마한 원을 그려 보였다. 애들 머리통이, 여기서 제일 잘 보여. 앞으로 뻗은 손가락이 반창고투성이라 유진은 약간 당황했다. 저 헤어는 뒤통수가 납작하니까 컬을 넣어서 띄우고, 저 헤어는 숱이 적으니까 베이비 펌 정도는 해야겠어. 저 헤어는, 지금이 최상이니까 패스. 유진은 여자아이가 수능을 포기하고 미용을 배운다는 사실을 처음 알았다. 나는 어떤 게 어울리는데? 허공을 동글리던 여자아이 손이 유진의 뒤통수에 닿았다. 유진은 그때 뱃속 깊이 가라앉았던 흙탕물이 깨어나는 소리를 들었다. 부글부글 끓어오르는 붉고 걸쭉한 소용돌이를.

유진이 혼자 산다는 사실을 알게 된 여자아이는 종종 옥탑방으로 찾아왔다. 괜히 인문계로 와서 같이 놀 사람도 없고 말이야. 투덜거리는 여자아이를 위해 유진은 자율학습을 빠지고 일주일에 세 번 다니던 단과학원도 끊었다. 철제계단을 탕탕 밟고 올라오는 여자아이 발소리가 들리면 몸이 절로 굳었다. 자기 몸통만한 머리 모양 마네킹을 옆구리에 끼고 들어서는 여자아이와 시선이 마주치면 땀구멍 숨구멍마다 버섯이 돋아나는 기분이었다. 작고 새까만, 흙탕물에 휩쓸려도 꿈쩍 않을 질긴 버섯들이. 유진은 여자아이를 위해 옥탑방 문을 항상 열어두었다. 여자아이를 위해 마네킹이 되어주기도 했다. 여자아이는 유진의 가랑이 사이에 앉아 앞머리를 자르거나 머리카락을 갈색으로 물들였다. 서늘한 가위 소리와 콧잔등으로 떨어지는 머리카락. 그것들이 날리지 않게끔 찬찬히 내뿜어지는 여자아이의 숨을 견디다보면 유진의 슬픔은 오롯이 자라나 있었다.

그랬다, 슬픔. 슬픔 때문에 유진은 혼란스러웠다. 슬픔은 유진의 소용돌이를 정당화시켜주는 생물학적 자격이었다. 동시에 슬픔은 여자아이에게서 항상 이 인치씩 밀려나 있는 거리감의 원인이기도 했다. 이 가위 말이야, 사실은 우리 학원 강사가 선물해준 거야. 강사라곤 해도 나랑 다섯 살밖에 차이 안 나지만. 이거 무지 비싼 거다? 자격시험 붙으라고 나한테만 몰래 선물해줬어. 여자아이가 응석부리듯 유진의 등에 이마를 부볐다. 쑥스러울 때 나오는 그녀만의 버릇이었다. 근데 있지, 나 그 강사랑 잤다? 뭐, 가위 때문은 아니고. 수업하다가 나랑 눈 마주치면 말 까먹고 허둥대는 게 귀여워서. 유진은 여자아이를 떼어놓고 컵라면에 물을 부었다. 묘하게 들뜬 여자아이가 유진의 컵라면 뚜껑을 떼어 잘게 찢었다. 덜 익어 서걱대는 면발을 씹으며 유진은 자신의 슬픔에 대해 생각했다.

이것을 보여주면 여자아이에게 자신은 남자일까 여자일까. 이도 저도 아닌 그저 '뭣'으로만 남게 되는 건 아닐까. 그게 달렸으면 남자, 안 달렸으면 여자. 세상에서 제일 간단한 논리가 바로 이거거든요. 단언하던 비뇨기과 의사의 얼굴이 떠올랐다. 그게 어째서 간단하다는 건지 유진은 이해할 수가 없었다. 그럼 이 혼란과 고통은 어디에서 시작됐단 말인가. 어느 쪽 지위가 더 유리할지 가늠해보는 이기심과 오만? 위선? 유진은 슬픔을 손가락으로 힘껏 눌러 박았다. 어느 밤엔 살갗이 벗겨지도록 잡아뽑기도 했다. 슬픔은 고집스럽게 입을 다물고 유진의 혼란을 견뎌냈다.

모든 소식은 유진을 비껴갔다 마지못해 되돌아왔다. 발밑에 자기장이라도 형성된 것처럼 깊고 음울한 굴절이었다. 유진은 손톱만한 곰돌이가 촘촘히 박힌 노란색 아기옷을 집에 돌 선물로 보냈다가 갓난쟁이의 부고를 접했다. 되돌아온 아기옷은 소매 끝이 불에 타 있었다. 애엄마가 워낙 충격을 받아서. 몇 달 만에 찾아온 유진의 아빠가 새까맣게 뭉친 섬유덩어리를 떼어내며 말했다. 네가 자기를 놀린다고 생각한 모양이다. 아기옷은 불에 타 형태가 일그러져서도 여전히 앙증맞았다. 그냥 버리지 그랬어. 응. 그래도 소식은 전해야 하니까 말이다. 누가 뭐래든 네 동생이잖니.

일주일 내내 열이 심하게 났었다. 그날은 해열제를 먹고 열이 좀 내리기에 괜찮아진 줄 알았어. 계속 잠을 못 잔 터라 애엄마도 나도 지쳐 있었고. 나은 거라고만 생각했지 새벽 내내 체온이 계속 떨어지고 있는 줄은 몰랐다. 아침에 일어나니 벌써 차갑더구나. 장례고 뭐고 할 것 없이 그냥 화장했다. 아무래도 내가 아들하고는 인연이 없는 모양이라. 유진의 아빠가 쓸쓸한 얼굴로 한탄했다. 너무 쓸쓸한 얼굴이라 유진이 팬티를 내려 자신의 슬픔을 보여주고 싶을 정도였다.

갓난쟁이가 죽은 것은 유진이 옥탑방으로 이사 오던 날 밤이었다. 유진이 점점이 불이 켜진 동네를 내려다보며 짜장 얼룩을 지우고 있을 때, 갓난쟁이는 점점이 꺼진 불을 골라 밟고 달아나버린 셈이었다. 유진은 얼굴도 제대로 본 적 없는 갓난쟁이를 떠올렸다. 어딘지 '용'자를 닮았을 것만 같은 아이. 유진은 아이가 흘리고 간 '용'자를 가만히 주워와 자신의 이름에 붙여보았다. 유용진. 헐겁던 이름이 꽉 조여진 기분이었다.

애초부터 고민할 필요가 없었는지도 몰랐다. 초음파사진을 보고 아빠가 단언했던 것처럼 유진은 고추 달린 사내놈이었고, 이 집안 오대 독자였으며, 유용진이라는 이름을 받았다. 그게 전부였다. 유진이 처음부터 남자였으니 그간 치마교복을 입고 왜 생리를 하지 않는 걸까 왜 가슴이 이렇게 납작할까 따위를 고민하며 보냈던 시간을 실수로 치부해버리면 그만이었다. 여자 유진이 남자가 되어야 하는 게 아니라, 원래 남자였던 유용진이 제자리를 찾아가는 것뿐이었다.

아빠 나는 용진이야. 함께 소주 한 병을 나눠 마시다 유진이 말했다. 유진의 아빠는 배달되어 온 감자탕 국물을 떠먹으며 희미하게 웃었다. 그래, 니가 내 아들이지. 그게 아니라 나는 진짜 유용진이야. 이 아빠가 죄가 많다. 아들이 뭐 그리 대단하다고 착한 네 엄마를 내쫓고, 널 이런 곳에 혼자 살게 하고. 아빠, 그게 아니라. 미안하다, 진아. 이렇게 건강히 살아만 있으면 되는 건데 내가 그걸 모르고. 정말 미안하다. 아니야, 진짜 아니야. 나는 진이가 아니라 용진이야. 나는, 고추도 달렸어.

유진이 바지춤에 손을 갖다댔다. 지퍼가 풀리고 하얀 속옷이 드러나자 유진의 아빠가 자리에서 벌떡 일어섰다. 충격으로 홉떠진 눈이 살해당한 물고기나 오리의 그것 같았다. 너 미쳤니? 손에 들린 숟가락에서 기름 낀 국물이 뚝뚝 떨어졌다. 유용진이 아빠 앞에서 바지를 벗는 건 괜찮지만 유진이 하는 건 반칙이었다. 그것은 엽기였고 일종의 범죄였다. 엉거주춤 선 유진을 내버려두고 유진의 아빠가 쏜살같이 옥탑방을 뛰쳐나갔다. 그후로 유진의 아빠는 돈을 부쳤다는 문자만 보낼 뿐 다시는 유진을 만나러 오지 않았다. 유진은 그것이 자신이 유용진이 될 수 있었던 처음이자 마지막 기회였다는 것을, 아주 나중에야 깨달았다. 갓난쟁이는 끝내 '용'자를 끌어안고 죽어버린 셈이었다.

*

석문은 기어코 집을 나왔다. 기어코가 아니라 결국이었다. 또 무슨 사고를 칠지 모르니 곁에 두고 감시해야겠다던 큰소리도 잠시뿐이었다. 석문의 수능점수는 참혹했다. 대가리에 기생충이 든 게 아니라 네 놈 자체가 기생충이로구나. 석문의 아빠가 길길이 날뛰며 석문을 내쫓았다. 석문은 새벽에야 몰래 방으로 숨어들어가 짐을 챙겼다. 옷가방을 들고 붙박이장을 뒤져 침낭을 둘둘 말아 가는데도 집 안은 고요하기만 했다. 석문은 그들의 숨소리가 지나치게 낮다는 것을 깨달았다. 깨달았다고 해도 그뿐이었다.

돈 모을 생각만 않는다면 숙식제공 일자리는 얼마든지 있었다. 석문은 집에서 꽤 떨어진 곳에 있는 오락실에 취직했다. 바닥을 청소하고 기계에서 칩을 빼 정리하는 일에 시급 사천삼백원. 가래침과 지독한 담배연기, 욕설에 시달리느라 하루가 정신없이 흘러갔다. 오락실에서 제공한 숙소는 대게를 파는 커다란 식당 삼층에 있었다. 오래된 기계와 경품 들을 쌓아놓은 창고 구석에 침낭을 놓고 잠만 자는 식이었다. 식당으로 들어가는 가족 단위 손님들이 항상 입구에 바글바글해 석문은 건물 뒤 비상계단을 통해 삼층으로 올라갔다. 숙소 창문에는 거대한 크기의 대게 모형이 붙어 있었다. 붉고 흰 대게 몸통이 창을 가로막아 환기를 할 수도, 햇볕을 쬘 수도 없었다. 방은 늘 눅눅했고 시척지근한 냄새가 고여 있었다. 자려고 누우면 거대한 집게가 꼭 석문의 목 아래 그림자를 내렸다.

오래지 않아 석문은 오락실에서 몰래 운영하는 환전소로 자리를 옮겼다. 환전소는 오락실에서 세 블록 떨어진 담뱃가게였는데 찾기가 쉽지 않았다. 공중전화 박스만한데다가 허리께쯤 뚫린 손바닥만한 구멍을 제외하면 전부 막혀 있어, 지나면서 보면 녹슨 철문에 불과했다. 석문은 파란 플라스틱 의자에 앉아 바싹 긴장한 채 하루를 보냈다. 경찰차나 어딘지 수상쩍은 기운의 남자가 지나가면 얼른 구멍을 막아야 했다. 말보로 레드요, 하면서 금박을 입힌 카드를 내미는 손이 있으면 현찰을 내줬다. 석문의 발밑에 놓인 상자 안에는 오만원권 지폐가 몇 다발씩 들어 있었다. 그 때문에 석문은 화장실조차 마음대로 갈 수 없었다.

꼬박 석 달을 일한 뒤 석문은 환전소에서 쫓겨났다. 지폐 다발이 사라졌다는 게 이유였다. 환전소에서 끌려나온 석문은 두더지 같은 모습이었다. 좁은 구멍으로 밖을 노려보느라 눈이 가운데로 몰리고 추위에 곱은 등과 손이 궁색해 보였다. 워, 월급은? 푹 잠긴 목소리가 자기가 듣기에도 낯설어 석문은 더욱 몸을 움츠렸다. 월급은 개뿔, 이 도둑놈의 새끼. 훔쳐간 돈 당장 안 내놔? 석문은 얼마 버티지 못하고 그동안 받았던 월급을 전부 토해냈다. 머리를 엉덩이를 허벅지와 옆구리를 걷어차이면서 석문은 애초에 사라진 지폐 다발 따위는 없을 거라 확신했다. 그러나 더이상 집게 다리가 목을 조르는 더러운 창고로 돌아가지 않아도 된다는 사실에 막연한 안도감을 느꼈다.

거리는 캄캄했다. 석문은 거리가 아직 겨울이라는 사실에 놀랐다. 수능이 끝난 뒤 고작 석 달인데 벌써 삼 년은 지나버린 기분이었다. 집으로 가야 할까. 석문은 쭈글쭈글한 엄마의 얼굴과 혐오와 환멸로 가득 찬 아빠와 여동생 얼굴을 떠올렸다. 이리저리 사람들에 휩쓸려 다니다 석문은 익숙한 돌담에 고개를 들었다. 고등학교 시절 지겹도록 보아왔던 돌담, 말라비틀어진 넝쿨과 도색을 새로 했어도 여전히 촌스러운 건물이 눈에 들어왔다. 석문은 수천 번은 드나들었을 교문 앞에 섰다. 더럽고 힘들고 고되기만 했던 봉사단 시절이, 끔찍하기만 했던 여자아이의 시선이 새삼 못 견디게 그리웠다.

*

너는 이렇게 해도 화내지 않아. 그렇지, 응? 여자아이의 발밑은 벌써 잘라낸 머리카락으로 수북했다. 유진은 그만, 이라는 말을 언제 해야 할지 몰라 당혹스러웠다. 여자아이는 유진에게 끊임없이 무언가를 물었지만 대답을 원하는 것 같진 않았다. 대답을 한다 해도 들을 수나 있을지 의문이었다. 미용사 자격시험에서 떨어진 뒤 여자아이는 계속 이 상태였다. 견습으로 들어간 미용실에서도 금세 문제를 일으켜 쫓겨났다. 어제는 수건을 이백 장이나 빨았어. 머리는 오십 번쯤 감겼을까. 그 머리들은 암만 눌러도 터지지를 않아. 습진 때문에 이젠 가위 잡는 것도 힘들어. 여자아이는 옥상 난간에 기대 사람들 머리형을 가늠해보는 일도 더이상 하지 않았다. 저놈의 머리통, 머리통, 저 지긋지긋한 머리통들. 여자아이는 발작하듯 소리치다 가위를 꺼내들고 유진에게 달려들었다. 수없이 반복한 펌과 염색으로 녹아내린 머리칼은 가위가 닿기도 전에 바스러졌다.

이렇게 해도 넌 가만히 있을 거야. 넌 날 좋아하니까. 맞지? 여자아이가 뜨겁게 달군 세팅기로 머리카락을 돌돌 말며 다시 물었다. 내가 머리를 새빨갛게 만들어도, 샛노랗게 만들거나 스포츠로 깎아버려도 넌 가만히 있을 거야. 날 좋아하니까. 맞지? 그렇지? 유진은 고개를 끄덕였다. 몇 번이고 되묻는 여자아이 목소리가 너무 간절해서였다. 여자아이에게 느끼는 감정은 이제 안타까움과 연민이 대부분이었다. 유진은 여자아이에 대해 너무 많은 것을 알았다. 여자아이가 이렇게 망가진 이유가 무엇인지, 두려워하는 것이 무엇인지, 여자아이에게 섬뜩할 정도로 날이 잘 선 가위를 선물한 강사가 여자아이와의 인연을 어떻게 잘라버렸는지, 미용사 자격시험을 보다 말고 왜 여자아이가 하혈을 하며 쓰러졌는지 유진은 모두 다 알았다. 여자아이 손목에 발갛게 그어지던 고무밴드 자국 대신 흉물스럽게 꿰맨 자국이 남아 있는 이유까지도. 유진은 겁에 질려 딱딱해진 자신의 슬픔을 감추기 위해 다리를 꽉 붙였다.

남자들은 전부 죽어버려야 돼. 내가 다 죽여버릴 거야. 제일 먼저 오강사 그 새끼를 죽여야지. 그 자식이 선물한 가위로 말이야. 그래도 너는 내 옆에 있을 거야. 넌 내 친구잖아. 그리고 날 사랑해. 맞지? 그런 더러운 족속들하고 넌 달라. 유진은 막연히 고개를 끄덕였다. 곁에 있어줄 거냐고 묻는다면 그랬다. 친구냐고 묻는다면 그 역시 그랬다. 유진은 여전히 여자아이를 사랑했다. 어떤 식으로 변화했든 그것은 사랑이었다. 그러나 그 족속들과 다르냐고 묻는다면 그에 대한 대답은.

여자아이가 유진의 등에 이마를 댔다. 예전처럼 앙살스럽게 부벼대진 않았지만 맞닿은 좁은 면으로 흘러드는 체온은 따뜻했다. 처음부터 이렇게 정해져 있었던 것이다. 여자아이가 유진의 어깨나 가슴이 아닌 등에 기댔을 때부터. 유진이 아무리 안간힘을 써도 두 팔을 뻗어 여자아이를 안아줄 수 없는 위치에 접점을 만들 때부터. 유진은 그때 이미 여자아이와 이 인치만큼 떨어진 위치에 서 있었다. 의도한 것은 아니지만 그렇다고 결코 무의미하다고는 할 수 없을 만큼의 거리에.

이제 결정을 내려야 해. 유진은 엉망으로 헝클어진 머리로 잠든 여자아이를 쓰다듬으며 생각했다. 새로 올 계절이 무엇이든, 겨울은 이미 끝나 있었다.

여자아이가 깨어난 것은 하루가 다 가고, 시작된 다음날조차 다시 저물기 시작했을 때였다. 여자아이는 변덕스런 어린애처럼 유진의 머리를 묶었다 풀었다를 반복하며 손을 놀렸다. 너는 정말 아무 말도 안 하는구나. 온갖 색이 뒤섞인 건조한 머리칼이 뚝뚝 끊겨 바닥에 쌓였다. 여자아이가 예의 그 가위를 집어들더니 유진의 머리에 바짝 날을 눕혔다. 너는 항상 그래. 가윗날이 맞물리며 청량한 소리를 냈다. 조금 전과는 비교도 안 될 속도로 머리칼들이 바닥에 쌓이기 시작했다. 우그러들고 빛바랜, 변사체마냥 처연하고 우울한 조각들. 유진은 때때로 두피를 가르는 가윗날을 견디며 이를 악물었다. 여자아이가 스스로의 속도를 이기지 못해 유진의 머리와 허공을 번갈아 잘랐다. 너는 항상 그래. 나를 위로하지도 말리지도 않고 저만큼 떨어진 곳에서 구경만 하고 있어.

왜 그만두라고 하지 않아? 미친 짓 그만하라고 화내는 것도 귀찮아? 정신 차리라고, 그깟 놈 잊어버리고 새로 시험 준비나 하라는 건? 아직 어리니까 더 좋은 사람이 얼마든지 나타날 거라고, 그때까진 네가 곁에 있어주겠다고 어째서 위로해주지 않는 거야? 넌 왜 그렇게 멀리서, 멀리서 날 보는 건데? 위로도 충고도 경고도 하지 않는 게 어떻게 사랑이야? 넌 결국 날 사랑하지도, 소중히 여기지도 않아. 넌 친구도 애인도 뭣도 아니야.

유진은 여자아이를 절망시킨 것이 강사의 배신도 자격시험 실패도 아닌 자기 자신이라는 사실에 경악했다. 자신이 수없이 상처입고 절망했던 것처럼 여자아이 또한 그랬다는 것에, 그리고 결국 자신이, 여자아이에게 '뭣'도 아니라는 사실에 숨이 막혔다.

그 자식을 죽여버릴 거야. 그리고 너도. 여자아이가 가위를 내팽개치고 일어섰다. 유진은 여자아이가 달려나가는 모습을 보았다. 비명 지르듯 캉캉 울리는 철제계단 소리도 들었다. 여자아이의 발소리가 못 견디게 사랑스러웠던 날이 있었다. 여자아이의 목소리가 더없이 다정하거나 발랄하던 날이 있었다. 여자아이 체온이 바로 이 등에, 이 손에 맞닿았던 적이 있었다. 그 모든 것이 지금, 유와 진 사이의 검은 오솔길을 따라 빠져나가고 있었다.

진은 철제계단을 따라 지상으로 내려갔다. 여자아이를 따라잡겠다거나 하는 생각은 애초부터 없었다. 천천히 이어진 걸음은 학교에 이르러서야 잠시 멈췄다. 복도에 느른하게 걸려 있던 여자아이의 몸, 허공에 동글동글 머리통들을 덧그리던 반창고투성이 손가락, 머리카락이 비대칭으로 잘린 마네킹을 운동장에 내려놓고 숨을 몰아쉬던 좁은 등 같은 것이 차례로 떠올랐다. 기억과 달리 마른 넝쿨이 휘감은 돌담은 을씨년스러웠다. 덧문이 모두 닫힌 학교 건물 또한 마찬가지여서 저 안에서 한때나마 따뜻했던 날이 있었던가 의심스러울 정도였다. 유진은 천천히 돌담을 따라 걸었다. 기억이 맞다면 졸업식은 지난주였다. 유진은 여자아이의 변덕 때문에 졸업식에 참석하지 못했다. 여자아이는 유진의 머리칼을 새하얗게 탈색해놓았고 졸업식날 아침에는 파랑과 분홍을 섞은 기묘한 색으로 줄무늬를 새겨놓았었다.

군데군데 알머리가 드러난 유진이 교문 앞에 섰다. 유진은 이제 겨우 겨울이 끝났다는 걸 깨달았을 뿐이었다. 다음에 올 계절이 무엇인지, 다음 계절이라는 게 있기는 한 건지 모든 것이 불투명했다. 유진은 우중충한 건물 층수를 헤아리다 자신이 맨다리임을 깨달았다. 머리를 할 때는 으레 반바지 차림이었던 것이다. 옥탑방으로 걸음을 옮기며 유진은 여자아이가 점퍼를 입고 나갔던가 기억을 더듬었다. 강사를 죽이겠다며 뛰쳐나갔지만 결국은 아무 일도 일어나지 않을 것이다. 여자아이는 또다른 이유로 상처받은 채 돌아올 것이고, 자신이 두고 나간 가위를 보며 다시 복수심에 불탈 것이다. 그러고 나면 유진에게 달려들어 화풀이를 한 뒤 흐느껴 울다 잠들 것이고.

유진은 막막함에 자주 걸음을 멈췄다. 위로도 충고도 경고도 하지 않는 게 어떻게 사랑이야? 넌 결국 날 사랑하지도, 소중히 여기지도 않아. 넌 친구도 애인도 뭣도 아니야. 여자아이의 목소리가 귓바퀴를 맴돌았다. '뭣'조차 되지 않은 지금 유진에게 필요한 건 선택이었다. 선택의 순간을 놓친다면 언젠가 고백의 순간을 놓쳐 첫사랑을 잃었던 그날처럼, 유진은 홀로 남겨질 게 뻔했다.

*

석문은 한눈에 여자아이를 알아보았다. 기묘한 색으로 물들인 머리카락을 엉망으로 자른 채 반바지를 입고 교문 앞에 선 행색은 조금도 놀랍지 않았다. 석문의 머릿속에서 여자아이는 이미 미친 사람이었다. 말끔하게 빗은 머리에 성장盛裝을 했다면 오히려 경악했을 테지만 지금의 여자아이는 석문이 무의식적으로 상상하고 있던 모습과 꼭 같았다.

여자아이는 전체적으로 이전보다 더 가늘고 길어졌다. 키가 컸거나 살이 빠진 모양이었다. 가로등 아래 드러난 밋밋하고 흐린 얼굴만큼은 그대로여서 석문은 저도 모르게 여자아이 뒤를 따라 걸었다. 가로로 길게 찢어진 종아리 흉터가 유난히 선명했다. 검은 엿처럼 끈적끈적하던 진흙과 휘돌던 물길이 떠올라 석문은 순간 아찔해졌다. 그러나 지금 여자아이와 석문의 위치는 완전히 바뀌어 있었다. 응시하는 쪽은 석문이었고, 응시당하고 관찰되고 억측 속에 끼워맞춰지는 쪽이 여자아이였다.

자해라도 한 걸까. 뒤따르며 보니 여자아이 머리는 단순히 지저분한 게 아니었다. 붉은 선이 지그재그로 새겨져 그림이라도 그린 것처럼 보였지만 분명히 상처였다. 다리가 찢어졌을 때 들여다보며 웃었을 정도니 저 정도는 이상할 것도 없었다. 그런데 저 아이가, 저렇게 시체 같았던가. 여자아이는 물기라곤 하나도 없는 진흙인형이나 잘못 일어선 그림자처럼 한없이 퍼석대고 비칠거렸다.

좁은 골목과 쓰레기봉투가 그득 쌓인 낮은 담. 흔한 소리로 캉캉 울리는 철제계단을 따라 여자아이는 걷고 또 걸었다. 어째서 저렇게 변한 걸까. 의아해하던 석문은 끝이 까맣게 닳은 자신의 손을 들여다보며 자조했다. 변하는 게 당연했다. 자신이야말로 이렇게 더럽고 추레하게, 비참하게 변하지 않았던가. 석문은 가만히 철제계단을 올랐다. 다른 생각은 없었다. 그저 여자아이를 불러세워 한 번만 물어보고 싶었다. 그때 왜 그렇게 빤히 자신을 지켜보았는지. 그때의 자신은 그래도 지켜볼 만한 가치가 있는 인간이었는지에 대해서.

옥상은 휑했다. 배달 그릇 두 개가 나란히 포개진 채 계단 옆에 놓여 있었다. 그새 결혼한 건 아닐 테고 부모와 살기에 옥탑방은 적합지 않았다. 친구와 자취라도 하는 모양이었다. 석문은 불 켜진 창문을 향해 다가갔다. 옥상 난간 아래 검고 구불구불한 동네가 끝없이 펼쳐졌다. 높낮이도 너비도 제각각인 보기 싫은 건물들. 수십 개의 눈이 박힌 거대한 벌레가 있다면 저런 모습일 게 분명했다. 버려진 장독대에서 태어나 아무리 몸을 살찌워도 날개 같은 건 절대 돋지 않을 그런 벌레.

방한비닐을 덧씌운 창문은 꽉 막혀 있었다. 석문은 혹시 싶은 마음에 문고리를 돌려보았다. 매끄러운 소리와 함께 문이 안으로 밀렸다. 하나만, 딱 하나만 물어보고 돌아갈 거니까. 석문이 열린 문 안으로 머리를 디밀었다. 방 안에는 여자아이 혼자뿐이었다. 그러나,

허벅지까지 내려가 있는 반바지와 팬티. 그 위로 보이는 건 분명히 성기였다. 손가락만큼 작고 볼품없는 모양새긴 해도 성기가 분명했다. 여자아이가 끝이 날카로운 가위를 성기에 막 갖다대는 참이었다. 살갗에 바짝 붙여 누인 은색 날. 뻣뻣하게 세운 팔꿈치와 어깨. 비장하면서도 어쩐지 공포에 질린 듯한 눈. 석문은 늘 축축하고 냄새나던 창고방을 떠올렸다. 붉고 흰 대게의, 꼭 자신의 목에 그림자를 드리우던 거대한 집게발.

여자아이와 석문의 눈이 마주쳤다. 의아함과 황망함, 공포와 약간의 반가움이 뒤섞인 한 쌍의 눈이 처음으로 서로를 마주하는 순간이었다.

구체성이 불러오는 비루함에 대하여

그런데요, 아버지, 이제 그만 오면 안 돼요?
……돌아오지 마세요, 제발요.

1

누군가는 모래 무덤에서 태어났다
사구砂丘가 사방에 펼쳐져 있었으나 누구의 젖가슴도 아니었으므로
누군가는 움켜쥘 때마다 바스러지는 헐거운 형체에 의지해 밤을 보내야 했다
불성실하게 고인 침묵 위로
눈구멍만 빠끔 뚫린 올빼미가 턱을 쳐들고 날아오르는 밤이었다

파라솔 아래 고인 그림자는 약간 흐린 잿빛이다. 일정한 간격으로 각이 선 잿빛 윤곽을 한 남자가 신발 끝으로 덧그리며 앉아 있다. 구부린 팔 안쪽과 목덜미에 땀이 흥건하다. 누구의 기억에도 없는, 누구도 기록하지 않을 최루성 폭염이다. 가능한 모든 곳을 비집고 나온 체액으로 얼룩지고 부푼 남자에게 열 오른 대기는 재앙에 가깝다.

내리꽂히는 햇살마다 뼈대가 서 있어 남자는 파라솔 그림자 밖으

로 튀어나간 신발코를 거둬들인다. 누린내와 함께 녹아내린 고무밑창이 아스팔트 바닥에 미미한 흔적을 남기며 끌려온다. 주먹만한 크기로 무수히 파인 구멍들과 나비 모양 기름 얼룩. 형편없이 낡은 주정차선과 껌자국을 비롯해 아스팔트는 오래된 흔적들로 가득하다. 화석의 뼈마디를 갖췄으나 기품이라곤 찾아볼 수 없는 파편들이 검은 표면 위를 구른다. 바람은 느리고 무겁다.

남자는 별다른 이유 없이, 여러 가지 것들을 불러들인다. 한쪽 면이 갈려나간 얇고 단단한 동전. 목깃 아래로 이름표가 두 개쯤 달린 쥐색 줄무늬 파자마. 채반에 뾰족하게 쌓인 빨간 자두들. 동전과 이름표는 서툴게 얽혔다가 감흥 없이 흩어진다.

햇살은 여전히 꼿꼿하고 억세다. 아스팔트 위에서 무언가가 기름 끓는 소리를 내며 타고 있다. 뜨거운 타르에 운 나쁘게 달라붙은 무당벌레나 고무밴드인지도 모른다. 남자는 무릎에 놓여 있던 상자를 한 손에 옮겨쥐고 자리에서 일어선다. 고작 한 뼘 크기의 상자다. 안에 든 작고 둔한 것이 바짝 마른 골판지 벽에 부딪힌다. 남자가 파라솔 그림자를 벗어나 아스팔트에 고무 발자국을 새기며 걷는다. 발자국은 하나같이 희고, 흐리다.

골목은 도착적으로 엉켜 있다. 좁은 지붕과 안테나가 닥지닥지한 이곳은 일찍이 지도에서 휘발된 공간이다. 판자촌달동네무허가건물들. 벽돌담과 아스팔트로 이루어져 전선 뒤엉킬 나무 한 그루 없는 곳을 보금자리라 부르는 이는 없다. 날것 그대로 거친 담벼락에 남자의 어깨가 쓸린다. 금세 비듬처럼 돋아난 보풀을 무시하고 남자는 언덕

오르는 일에만 집중한다. 고도가 높아질수록 상점과 매연, 골목, 사람의 밀도가 낮아진다. 함께 낮아지는 것은 대지와 밀착된 안정감, 언덕 경사에 맞춰 기울어진 계절 외의 모든 것이다.

발뒤꿈치에 묶인 남자의 그림자가 터무니없이 얇다.

양회벽에 일렬로 늘어선 나무문은 엇비슷한 모양새다. 남자는 개중 위아래가 공평하게 썩은 문 앞에 선다. 열쇠를 든 손과 작은 상자를 든 손이 부산히 뒤섞인다. 문 안은 좁고 길다. 수도꼭지가 기웃하게 매달린 싱크대에서부터 시작된 방은 계절을 놓친 옷가지들이 둘둘 말린 채 쌓여 있어 얼룩덜룩하다. 엎어진 퍼즐처럼 무기력하고 산만하다. 남자의 시선이 방 끝에 가 닿는다. 노인이, 눈썹이 흐리고 코가 낮은 노인이 거기 서 있다. 듬성듬성한 머리칼 때문에 드러난 두피가 회색빛이다.

노인은 움직이던 끝에 잠시 멈춘 듯도, 오래 멈추어 있다 이제 막 움직이려는 찰나인 듯도 하다. 어깨 높이며 무릎 각도가 어정쩡한 탓이다. 노인에겐 지금 입고 있는 것과 똑같은 쥐색 줄무늬 파자마가 두 벌 더 있다. 남자는 파자마 가슴께에 쓰인 노인의 이름을 읽어보려 애쓴다. 물에 닿아 번진 글자 위에 노인이 몇 번이고 이름을 덧써 알아볼 수 있는 건 'ㅇ' 정도다. 옷감의 결을 따라 번진 잉크가 잔가시처럼 가슴에 수북하다. 그래서인지 노인의 표정은 형벌을 받는 이의 것처럼 일그러져 있다.

노인의 일과는 단순하고 규칙적이다. 자고 깨어나고 먹고 하루 이회 화장실에 가고 빨래를 하고 지워진 이름을 파자마 위에 다시 쓴다. 그리고, 걷는다.

노인이 발을 뗀다. 세 발자국 걷고 오른쪽으로 돌아 네 발자국, 다시 오른쪽으로 돌아 세 발자국 또 오른쪽으로 네 발자국. 노인의 걸음은 정확히 직사각형 모양으로 반복된다. 방만큼이나 좁고 긴 궤적이다. 바닥을 딛는 마른 종아리에 다슬기가 붙은 것처럼 혈관들이 불거져 있다. 다슬기와 달팽이, 거머리 따위를 떠올리며 남자가 안으로 들어선다. 거대한 시멘트 덩어리로 뒤덮인 언덕을 아무도 보금자리라 생각지 않듯 얇은 판자로 구분된 이 공간을 집이라 생각하는 사람 역시 없다. 편의상 방, 이라 부르지만 남자에게는 단지 안과 밖의 구분만이 유효하다.

—비켜요.

남자 목소리가 사뭇 거칠다. 노인의 궤적이 불러오는 것들, 이를테면 흠집 난 달력이나 오려낼 것이 하나도 남지 않은 가족사진 따위가 떠올라 심기가 불편해진 탓이다. 개 짖는 소리가 벽 너머에서 들린다. 남자는 싱크대 수도꼭지를 감싸고 있던 수건 뭉치를 풀기 시작한다. 누런 박스테이프로 아무렇게나 감아묶은 다섯 장의 수건을 걷어내자 고장난 수도 안에 고여 있던 물이 맹렬히 솟구친다. 노인이 짧은 비명과 함께 구겨지듯 바닥에 처박힌다.

—그러게 비키라니까.

비켜봤자 다섯 걸음 내외라는 걸 알면서도 남자는 거친 말투를 고수한다. 흠뻑 젖은 노인의 파자마에 새로운 가시가 돋아나고 있다. 일제히 아래로 자라는 검은 가시들에 노인이 허둥대는 동안 남자는 수도 연결 부위에 드라이버를 꽂아 물을 막는다. 물때 낀 수도꼭지가 떨어져나오는 건 순식간이다. 남자는 파라솔 밑에서부터 들고 온 상자를 뜯는다. 상자에서 풀려나온 수도꼭지는 구형이지만 콧등이 눈에 띄게 반짝거리는 새것이다.

수도꼭지를 갈아끼운 뒤에도 남자는 분주히 움직인다. 날벌레가 붙기 시작한 노인의 밥그릇을 닦고 방 여기저기 널린 쓰레기들도 치운다. 치우는 김에 솜이 움푹 꺼진 패딩점퍼와 무겁기만 한 털옷도 내다버린다. 엉덩이를 붙일 수 있을 만큼의 공간이 새로 생겨나자 남자의 표정이 기이해진다. 남자는 밥그릇과 냄비 두 개, 책 무더기, 뭐가 들었는지도 알 수 없는 상자 세 개를 내다버린다. 몸을 누일 수 있을 만큼의 공간이 확보된다.

남자는 마지막 하나 남은 냄비가 넘칠 만큼 밥을 짓는다. 양념참치캔과 김봉지를 좀 전 만들어낸 공간에 일일이 늘어놓는다. 며칠에 걸쳐 택배로 받은 속옷과 양말, 슬리퍼도 함께다. 남자의 부산함 속에서도 노인은 그저 걷고만 있다. 남자가 시계를 확인한다. 포항으로 가는 일곱시발 고속버스를 타려면 이제 시간이 빠듯하다. 남자가 무릎을 털고 일어선다.

뭐라 말할 듯 입을 달싹거리던 남자는 말 대신 한숨을 쏟는다. 이별의 말은 여러 가지가 있지만 지금 남자가 하려는 건 당부의 말이다. 건강하세요, 같은 의례적인 당부 말고 실질적인 당부. 제발, 날 찾지 마세요, 여기서 꼼짝도 말아요, 같은 것들. 남자는 방을 나서다 다시 노인 앞으로 돌아온다.

남자가 자신의 몸 여기저기를 더듬는다. 손이 움직일 때마다 바지주머니에서 양말목에서 지폐들이 쏟아진다. 색깔도 금액도 구겨진 정도도 전부 제각각이다. 이게 마지막이라는 듯 바지 뒷주머니에서 동전 서너 개를 꺼낸 남자가 노인 앞에 돈을 쌓는다. 그러고는 아주 오래 전 노인이 그러했듯, 입을 다문 채 방을 나선다. 발길에 채어 문밖으로 튀어나온 동전 하나가 골목을 따라 딸그랑딸그랑 아주 오래 구른다.

2

D는 햇빛에 녹아 물러진 초콜릿바 중앙을 가만히, 집요하게 눌렀다
부러지지 않는 것들은 아무런 매력도 없었다
D는 이런 식으로 끈덕지게 생을 이어가는 것들을 알고 있었다
지조 없이 휘어지는 물줄기나 변덕스럽게 녹아내리는 고무 같은 것들
끝끝내 부러지지 않고 버티는 D의 아버지 역시 그런 지루한 것들 중 하나였다
어째서 사라져버리지 않는 걸까
D는 터진 귀퉁이로 새어나온 초콜릿을 파라솔 기둥에 덧바르며 중얼거렸다

밑 터진 자루 모양 구름이 서쪽으로 질질 끌려가고 있었다. 태양빛을 가리기엔 턱없이 부족한 두께였다. 습한 여름하늘은 적당히 높은 대신 맹목적으로 밝았다. 매주 경신되는 최고기온이 이젠 새롭지도 않아서 D는 일기예보를 아예 듣지 않았다. 35도니 39도니 하는 수치는 무의미했다. D에게는 덥다, 무덥다, 빌어먹게 덥다 정도면 충분했다.

D는 슈퍼 앞에 놓인 파라솔에 앉아 택배트럭을 기다리는 중이었다.

언덕을 야금야금 좀먹고 지어진 무허가건물들에는 세부주소가 없었다. 312-9번지 푸른슈퍼가 구자동 마지막 주소지였는데, 슈퍼 맞은편 구자언덕에 빽빽이 들어찬 집들은 모두 '312-9번지 푸른슈퍼

앞'이라고 표기함으로써 주소를 대신했다. D는 푸른슈퍼에서 직선거리로 최소한 오백 미터는 떨어진 곳에 위치한 자신의 방을 '앞'이라는 간단한 단어로 묶을 수 있는 건지 늘 의아했다. D에게 '앞'이란 단어는 무언가의 형체가 뚜렷이 그려지고, 심지어 손을 뻗으면 그것을 잡을 수 있는 구체적 거리를 의미했다. 그렇다고 가뭄에 뒤틀린 넝쿨처럼 제멋대로인 골목을 설명할 재간도 없어서, D는 택배 도착시간에 맞춰 슈퍼 앞에 나와 있는 참이었다.

날은 끔찍하게 더웠다. 휴대폰을 꺼내느라 잠깐 주머니를 뒤적거린 것만으로 겨드랑과 옆구리가 축축하게 젖었다. 노랗고 찐득거리는 땀이었다. D는 택배트럭이 올라올 방향을 가늠해 아스팔트 도로를 꼼꼼히 살폈다. 가뜩이나 좁고 울퉁불퉁한 아스팔트가 무수히 뚫린 구멍 때문에 더욱 비루해 보였다. 지난겨울 함부로 뿌려댄 염화칼슘의 흔적이었다.

눈이 내리면 구자언덕은 거대한 빙판으로 변했다. 눈은 애매한 높낮이의 계단들을 집어삼킨 채 굳어 누군가의 발목을 비틀거나 꼬리뼈를 쪼개놓기 일쑤였다. 동사무소에서 내주는 제설제로는 역부족이라 언덕 사람들은 전철역이나 고속도로 입구에 설치된 제설함에서 염화칼슘을 훔쳐와 길에 뿌렸다. 언덕 꼭대기에 지어진 건물들은 얇은 시멘트벽과 철근이 녹아버릴까봐 그마저도 할 수 없었다. 흙모래를 긁어와 겨울을 버텨도 봄이면 부식된 시멘트가 너풀너풀 꽃가루처럼 날렸다. 성가시고 구차한 광경이었다. 아스팔트의 거친 윤곽과 검게 흘러내린 구멍을 훑는 D의 얼굴이 흐렸다.

택배는 약속시간을 훌쩍 넘긴 오후 네시에야 도착했다.

D는 후줄근한 몰골이었다. 햇볕에 익은 코와 뺨이 D를 불콰하게 술이 오른 주정뱅이로 보이게 만들었다. 목에서부터 배꼽까지 흠뻑 젖은 셔츠에서 아지랑이가 피어올랐다. 택배기사는 화물칸에 들어 있던 짐 여남은 개를 모두 끌어낸 뒤에야 D에게 박스테이프로 돌돌 감은 상자 하나를 내주었다. 벽돌만한 상자를 귀에 대고 흔들자 메마르고 둔탁한 소리가 빠져나왔다.

택배기사가 익숙한 포즈로 허리를 짚었다. 슈퍼를 노려보며 숨을 고르는 걸 봐서 오늘의 실랑이는 쉽게 끝날 것 같지 않았다. 슈퍼 주인은 '택배 안 받음'과 '3만원 이상 구매자만 택배 맡아줌'을 문 양쪽에 크게 써붙였지만 오히려 그 노골적인 태도가 싸움을 끊이지 않게 만들었다. 슈퍼 문에 매달린 풍경이 경박스럽게 울리는 게 싸움의 시작이었다. 보라색 고무슬리퍼를 바짝 끼워신은 슈퍼 주인이 문턱을 넘자 택배기사가 조끼주머니를 움켜쥐었다. D는 빠른 걸음으로 자리를 벗어나 언덕을 오르기 시작했다.

골목은 전위적으로 뒤엉켜 있었으나 D에게는 전혀 복잡하지 않았다.

D는 구자언덕에 이십 년째 살고 있었다. 좀더 높거나 낮은 곳으로, 좀더 벽이 두껍거나 얇은 곳으로, 한겨울 염화칼슘을 뿌릴 수 있는 곳과 없는 곳으로 옮겨다닌 것이 이사의 전부였다. 마지막 이사는 이 년 전이었는데, 곰팡이가 골고루 퍼진 나무문을 쥐는 순간 D는 자신이 더이상 어디로도 이사하지 못할 것임을 깨달았다. 그곳은 구자언덕에서 가장 높은 곳, 가장 벽이 얇은 곳, 그리하여 가장 방세가 싼 곳이었다. 그곳보다 더 좁고 얇은 곳은 나무관木棺뿐일 거라고 D는 자조적으

로 읊조렸다.

그림자가 헐겁게 늘어진 채 D의 뒤를 쫓았다. 모퉁이를 돌 때마다 개 짖는 소리가 요란했다. 검은 코가 철대문 아래 틈을 비집고 나와 있었다. 개는 낮게 으르렁대거나 낑낑대며 지나가는 그림자를 핥았는데, 그때마다 흰 가루가 한 줌씩 입안으로 딸려들어갔다. D는 철대문 앞, 긁힌 자국이 수북한 바닥을 보았다. 뭉툭하게 닳아버린 개 발톱도 보았다.

—이 개는 곧 죽을 거야.

D는 시멘트 가루로 가득 차 불에 구워도 쭈그러들지 않을 개의 위胃를 상상하며 말했다. 그러나 개의 번밀한 행동은 이십 년째 계속되고 있었다. 죽지도 지치지도 않는 개는 어쩌면 한 마리가 아닐지도 몰랐다. D는 심술궂고 단조로운 예언을 이내 수정했다.

—이 개들은 곧, 모두 죽게 될 거야.

골목이 풀숲으로 바뀌는 지점, 시멘트길이 흙길로 바뀌는 지점이자 수도관이 닿는 마지막 지점에 건물이 하나 놓여 있었다. 양회벽을 따라 줄줄이 붙은 나무문은 모두 다섯 개였다. 싱크대가 하나 딸린 길고 좁은 방은 돼지 축사에 가까웠다. D는 자신을 비롯해 다섯 개의 방에 사는 사람들을 가엾게 여겼다. 그들이 내는 소리는 대개 일정했는데, 물소리와 간헐적으로 울리는 둔탁한 단음, 방귀소리가 소음의 전부였다. 누구도 음악을 듣지 않고 누구도 대화하지 않고 누구도 섹스하지 않았다. 인간답게 살 대부분의 조건을 상실한 사람들, 필연적으로 거세된 사람들만이 나무문 안에 사는 셈이었다.

D는 벽 한가운데 위치한 방문에 열쇠를 꽂았다. 방문은 축축하고

무거웠다. 환기가 되지 않는 탓에 짓눌려 있던 뜨거운 공기가 문밖으로 꾸역꾸역 밀려나왔다. 냄비며 거울, 비눗갑 같은 세간들이 바닥에 널려 있었다. 얇은 벽 때문에 못을 박을 수 없어 철 지난 옷들은 구석에 밀쳐진 채 다른 계절을 버텨야 했다. 늘 보는 광경이었으나 볼 때마다 신물이 나는 광경이기도 했다. D는 눈을 꽉 감았다 떴다. 방 끝에 멈춰 있던 노인이 고개를 돌렸다. 가슴팍이 잉크 얼룩으로 엉망인 쥐색 줄무늬 파자마. D의 아버지였다.

그는 늘 노인이었다. D가 아주 어리던 날에도 그는 늙어 있었고, 이후 더 늙어가다 지금은 빌어먹게 늙은 지경에 이르렀다. 타인이 구경하는 노화는 표면적인 것이었다. D는 아버지의 이마를 덮은 검붉은 가죽이 겹겹이 밀려 주글주글해진 걸 구경했다. 눈 절반을 뒤덮은 메마르고 뻣뻣한 눈꺼풀을 구경했다. 늘어진 팔에 착색된 얼룩은 곰팡이 같았다. 손등에 난 털이 정수리에 가닥가닥 솟은 머리털처럼 희고 가늘었는데, 음모나 겨드랑이 털도 마찬가지일 듯싶었다.

D는 아버지에게 별다른 감정이 없었다. 그건 D가 평온한 사람이어서가 아니라 변덕스러운 사람인 탓이었다. D의 감정은 수시로 변화해 어느 것 하나를 골라내는 게 불가능했다. D는 아버지를 동정하기도 증오하기도 했다. 애착과 증오와 경멸과 연민이 모두 뒤섞이면 아무것도 인지할 수 없게 된다는 걸 D는 자신의 아버지를 통해 배웠다. 거대한 블랙홀과 같은 이치였다. 돌연 아버지에 대한 분노가 솟구칠 때면 D는 소스라치게 놀라 뒤를 돌아보곤 했다. 죄책감 때문이 아니라 아버지가 아직도 거기 존재한다는 사실에 경악해서였다. D는 아버지의 존재를 자주 잊었다.

거짓말.

D는 무엇인지 모를 것에 코웃음을 놓았다. 잊다니, 웃기지도 않는 소리였다. 좁아터진 방에서 고장난 시계추처럼 맴도는 아버지의 존재를 지울 수 있을 리 없었다. 무감해지고 싶은 것은 바람뿐으로 D는 아버지를 수시로 의식하고 미워했다. 삼백칠십 개 채널이 한 번에 돌아가는 것처럼 복잡한 방식의 미움이었다.

*

D가 처음 뺨을 맞은 것은 동전 때문이었다.

만화방 한편에 '스트리트 파이터'를 들여놓았던 주인은 일 년이 채 지나기 전 일곱 대의 오락기를 만화방에 욱여넣었다. 가까스로 남은 두 자 반짜리 책장에는 머리칼과 팬티만 새까맣게 먹칠된 성인만화 시리즈가 꽂혀 있었다. 책가방을 멘 아이들이 오락을 할 순서를 기다리다 슬쩍 책장을 넘겨봐도 다들 못 본 척해주는 분위기였다.

D는 계집애 같다는 욕을 먹으며 바둑판 모양으로 나뉜 화면에 폭탄을 심으러 다니거나 벽돌을 끼워맞추곤 했다. 아버지가 집에 오는 주기는 불규칙했고, 그때마다 던져준 얼마간의 돈으로 생활하는 데에는 한계가 있었다. 아버지는 사라진 지 이 주 만에 돌아와 지폐 뭉치를 쥐여주기도 했고 넉 달이 넘도록 소식 한 줄 없기도 했다. D는 아버지가 준 돈으로 무조건 쌀을 샀다. 그뒤 남은 돈을 조금씩 덜어 학교 준비물을 사거나 참치캔을 샀는데, 오락에 분배된 돈은 일주일에 동전 두 개 정도가 고작이었다.

그날 D는 큰맘먹고 꺼내온 동전 열 개를 스틱 옆에 쌓아놓고 오락을 시작했다. 간밤 구깃구깃한 꼴로 돌아온 아버지는 만원짜리 지폐 스무 장과 풍선만큼 큰 동전 자루 하나를 D에게 건네주고 사라졌다. 그렇게 많은 동전을 보는 것은 처음이었다. D는 동전 자루를 헤집으며 짤랑대는 소리를 듣다가 손이며 코에 놋쇠 냄새가 밴 채로 잠들었다. 수업시간에도 짤랑짤랑 동전 쌓이는 소리만 머릿속에 가득했다. 학교가 끝나자마자 D는 만화방을 향해 뛰었다. 슈팅게임을 해보는 건 처음이었다. 노련한 구경꾼답게 D의 손가락은 망설임이 없는 대신 굼떴다. 맹렬히 스틱을 돌리고 있는데 두꺼운 손이 D의 어깨를 잡아 돌려앉혔다. 만화방 주인이 D를 사납게 쏘아보고 있었다. 딱, 소리가 난 건 순간이었다.

—이 도둑놈의 새끼.

D가 들은 말은 그것이 전부였다. 별다른 추궁이나 설명도 없었다. D는 줄톱을 당긴 적도 젖꼭지가 보이는 여자 그림을 오려낸 적도 없었다. 만화방 주인은 조이스틱 옆에 쌓인 동전 중 하나를 골라내 D의 얼굴에 던졌다. 손가락 수만큼 도막도막 멍든 뺨에 맞고 떨어진 동전은 한 면이 깨끗하게 갈려 있었다. 그제야 D는 아버지가 가져온 동전 자루가 누구의 것이었는지 깨달았다. 이후 D는 수시로 뺨을 맞았다. 쳐들린 손의 크기도 성별도 나이도 모두 달랐다. 처음의 딱, 은 그러니까 신호탄 같은 것이었다.

—이 쌍놈의 새끼, 어디 배울 게 없어서 이딴 걸.

—개놈의 자식.

—지 애비 판박이로구만, 사기꾼 자식 같으니.

D는 반 아이들이 회수권을 위조하는 모습을 불안한 눈으로 지켜봤다. 종이로 된 마을버스 회수권은 모서리에 침을 묻혀 살살 잡아당기면 정확히 반으로 나뉘었다. 기름종이처럼 얇아진 반쪽짜리 회수권에 공책을 잘라 덧댄 뒤 반으로 접어 버스 요금통에 넣으면 감쪽같았다. 아이들은 종이를 가르기 쉽게 엄지와 검지 손톱을 길렀다. 너덧 명씩 짝을 지어 회수권 여러 장을 한꺼번에 요금통에 넣기도 했다. 마을버스 종점은 구자동 푸른슈퍼 앞이었다. 버스기사는 키들거리는 아이들 무리에서 틀림없이 D의 멱살을 잡아올렸다. 사기꾼 새끼. 금세 D의 귀빰이 달아올랐다. 그거 순 개새끼예요. 아버지가 전과 12범이래요. 노랗게 긴 검지 손톱들이 D를 가리키며 종알거렸다.

학교 앞 떡볶이집에서도 마찬가지였다. 허리와 팔뚝이 두툼한 주인 여자는 채반에 자두를 쌓아놓고 두 개에 백원씩 팔았다. 떡볶이 한 접시를 먹고 자두로 매운 입을 달랜 뒤 씨 멀리 뱉기 시합을 하는 게 아이들 사이에 일종의 규칙처럼 자리잡고 있었다. 주인 여자가 초록색 플라스틱 그릇에 비닐을 바꿔 끼거나 순대를 써는 사이 아이들은 자두를 훔쳐 먹었다. 순대를 포장하고 나면 뾰족하게 쌓인 맨 꼭대기의 하나가, 오뎅 국물을 퍼주고 나면 그 밑의 서너 개가 흔적없이 사라지는 식이었다. D는 떡볶이를 먹고 자리에서 일어났다. 자두를 살 동전이 없어 그냥 나서려는데 주인 여자가 오뎅 국물을 뜨던 국자로 D의 얼굴을 후려쳤다. 넌 니 애비한테 배운 게 도둑질뿐이냐. 뜨거운 국물이 튀어 D의 턱과 목이 울긋불긋해졌지만 아무도 주인 여자를 말리지 않았다. 고개를 반대쪽으로 돌린 아이들이 아직 노란 살점이 붙어 있는 자두 씨를 뱉어 주머니 속에 숨겼다.

D는 마을버스 안이나 떡볶이집은 물론 언덕 모퉁이나 학교 교무실에서도 맞았다. 처음으로 가본 교회에서 쫓겨나기도 하고 슈퍼에서 두부 세례를 받기도 했다.

성장하면서 D는 차츰 알아갔다. 왜 사람들이 D를 후려칠 때마다 아버지를 들먹이는지, 왜 자신은 한결같이 나쁜 놈의 '새끼'였는지, 반장이 걷은 우유급식비에서 삼천원이 모자라거나 현장학습비를 잃어버린 학생이 나오면 왜 선생들이 제일 먼저 D의 가방을 뒤집고 바지를 벗겨보는지에 대해서. D는 자신에게 주어진 것 이상을 바란 적이 없었다. 돈과 먹을 것이 부족하면 부족한 대로 견뎠다. 가방 밑바닥이 떨어지거나 신발이 작아지면 복지회관 창고에서 적당한 걸 골라왔다. 그러나 D의 소박함이나 인내는 의미 없었다. 애초에 그가 구제불능좀도둑사기꾼의자식이기 때문이었다.

아버지는 기를 쓰고 집으로 돌아왔다. 하지만 실제로 같이 사는 날은 얼마 되지 않았는데, 아버지는 금세 집을 나가버리거나 누군가에게 잡혀가기 일쑤였다. 떠돌이 행식이 역력한 몰골만큼이나 그의 기록도 너저분했다. 금고털이 망보기로 시작해 좀처럼 끝날 줄 모르는 경력들을 종합해보면 잡범이라는 결론이 나왔다. 그것도 몹시 성실한 잡범이었다. 구자언덕 사람들은 D의 아버지가 지나가면 자기 주머니부터 더듬어보았다. 그뒤엔 침을 뱉거나 소금을 뿌렸다. 그에 화답이라도 하듯 D의 아버지는 그들의 누추한 집 방충망을 뜯고 들어가곤 했다.

아버지가 돌아오지 않는 기간은 점점 더 길어졌다. 어쩌다 돌아오면 다리를 절거나 손가락을 구부리지 못했다. 왼쪽 골반뼈가 오른쪽

것보다 반 뼘 정도 내려앉아 D의 아버지는 느리고 비뚤게 걸었다. 슈퍼 돈 통이나 시곗방 물건을 훔쳐 느릿느릿 달아나는 아버지는 쉽게 잡혔다. 미수에 그치는 날이 많았으나 어째서인지 살아야 할 형량은 배로 늘어났다. D는 수감된 아버지 대신 왜 자신이 뺨을 맞아야 하는지 이해할 수 없었다. 옷장 바닥에 붙여놓은 돈 봉투나 금목걸이를 훔쳐낸 건 D가 아니었다. 회수권을 쪼개고 자두를 훔쳐 먹은 사람이 D가 아니었듯이. 착하고 올바르게 살다보면 언젠가 사람들도 알아줄 거야. 복지관 선생은 붓거나 찢어지거나 데거나 멍든 D의 얼굴에 얼린 수건을 대주며 말했다.

거짓말.

D는 수건으로 얼굴을 가린 뒤 코웃음을 놓았다. 온순하게 몸을 말고 있으면 업신여김 당했다. 그들의 억측을 뒷받침하는 건 아버지 전과기록이었으므로 D는 한없이 무기력해졌다. 그건 D가 어찌할 수 없는 명백한 사실이었다. 훔치지 않았다고 소리치거나 저항하면 뻔뻔하기까지 하다며 욕하고 구타했다. 누명을 참고 있으면 역시 네놈이 범인이었다고 발길질했다. D가 아무리 참아도, 솔선수범해 골목길 쓰레기를 치우고 쌓인 눈을 쓸거나 깨부숴도 달라지는 건 없었다. 그렇다면,

참을 필요가 없는 게 아닐까. 훔치지 않아도 맞고 훔쳐도 맞았다. 입을 다물어도 맞고 변명을 해도 맞았다. 그렇다면 억울하지나 않게 훔치고 부수고 욕하면 되지 않을까. 나는 개놈의자식도둑놈쌍놈의자식이니까. D는 진심으로 그렇게 생각하기 시작했다.

D가 처음으로 때린 사람은 동급생 K였다. K는 엄지와 검지 손톱이

유난히 길었고 여름이면 틀림없이 자두 씨를 입에 물고 다녔다. 하도 빨아 거대한 아몬드처럼 변한 자두 씨를 아이들 머리에 뱉곤 했는데, K가 가장 신중하게 조준해 씨를 뱉는 곳은 D의 정수리였다. K는 푸른슈퍼 주인 아들이기도 했다. 그 말인즉 마을버스를 타고 학교에 다니는 아이들 중 유일하게 번지가 있는 집에 살고 있다는 뜻이었다. 주머니에 동전과 풍선껌을 가득 쟁인 K는 거만하고 뻔뻔했다.

푸른슈퍼 앞을 지나던 D가 두부 세례를 받은 건 K 때문이었다. 슈퍼 주인은 지난달 없어진 담배가 스무 갑이 넘는다며 D를 다그쳤다. D가 변명을 하려 하면 들고 나온 두부를 D의 얼굴에 대고 뭉갰다. 언제부터 삭힌 건지 쉰내가 지독했다. 두부 범벅이 된 D가 구자언덕을 오르는 동안 슈퍼 주인은 투포환 선수처럼 D를 향해 두부를 던졌다. D의 등에 맞고 으깨진 두부가 검은 길에 족적으로 남았다. 코와 귓속으로 들어간 두부 찌꺼기가 며칠 동안 썩은 내를 풍겼다.

—네가 한 짓이라고 말해.

D는 슈퍼 주인이 찾는 디스플러스를 K의 가방에서 보았다. K는 그것을 아이들에게 반값에 팔거나 제가 피워 없앴다. 내가 왜? 담배를 부러뜨린 K가 D의 정수리에 대고 가루를 털었다. 매큼한 냄새가 두부 쉰내와 뒤섞였다.

—난 슈퍼 주인 아들이니까 물건을 팔아. 넌 도둑놈 새끼니까 물건을 훔치지. 그게 뭐?

K를 보란 듯이 패주고 싶었으나 D의 주먹은 빗나갔다. 사람은커녕 판자벽조차 제대로 쳐본 적 없는 주먹이었다. 뼈가 불거진 D의 주먹은 강해 보인다기보다 악착같아 보였다. K는 팔다리를 쭉쭉 뻗어 D를

쳤다. 등허리에 신발 자국이 박힐 때까지 얻어맞던 D가 K의 다리를 끌어안았다. 흥분한 허벅지 근육이 경련하듯 떨리고 있었다. K의 팔꿈치가 D의 정수리를 가차없이 찍었다. 담뱃가루가 사방으로 날렸다. D는 K를 붙안은 채 기를 쓰고 몸통까지 기어올라 K의 뺨을 쳤다. 손가락 끝만 겨우 스친 한 대. 그게 다였다.

교무실에 꿇어앉은 사람은 D뿐이었다. D를 때리느라 멍든 팔꿈치에 파스를 붙인 K가 현기증이 난다며 양호실에 누운 탓이었다. 선생이 지겹다는 얼굴로 혀를 찼다.

—개놈의 새끼가 이제 개가 됐구나. 아주 자알 컸다.

내 이럴 줄 알았다, 그 애비에 그 아들이네. 그 사기꾼 놈은 최소한 사람은 안 때렸는데 저건 순 깡패잖아. 청출어람이니까 좀도둑 새끼는 특수강도가 되는 게 당연하지. 교무실 선생들이 만담하듯 한마디씩 덧붙이는 걸 D는 듣고만 있었다. 서러운 건 개가 된 탓이 아니었다. 그들의 억측에 확신을 준 탓도 아니었다. K를 한 대도 때리지 못한 것이, 그나마 휘두른 손조차 빗나간 것이 서러워 D는 꿇어앉은 자리에서 줄줄 울었다.

교내봉사 사십 시간에 유기정학 일주일을 받고도 D는 버텼다. 오해받고 멸시당한다 해서 학교를 그만둘 순 없었다. 자퇴나 가출은 아버지 전과기록이 그러했던 것처럼 인생 끝까지 D를 물고 늘어질 게 뻔했다. 아버지 꼬리표로도 모자라 내 것까지 얹으라니. D는 이를 악물고 학교화단 잡초를 뽑고 계단 놋쇠를 닦았다. 마을버스를 타는 대신 학교까지 걸어서 통학했다. 떡볶이집도 가지 않았다. 익숙한 길로만 걸으며 만나는 누구와도 시선을 마주치지 않았다. 학교에서 돈이 없어지면 말없이 가방을 뒤집고 팬티 차림으로 책상 뒤에 섰다. 굴욕과 수치와 증오와 환멸이 뒤섞여 결국 어떠한 감정도 잡아낼 수 없게 될 때까지, D는 버티고 또 버텼다.

곁곁이 늙은 아버지가 다시 돌아온 건 D가 고등학생이 된 해 가을이었다.

D는 편의점 야간 아르바이트로 매일을 보내고 있었다. 주말 낮에는 전봇대에 클럽 광고지를 붙이고 다달이 돌아오는 이벤트에 따라 전철역 앞에서 초콜릿과 카네이션을 팔았다. 이사도 했다. 구자언덕에서 벽이 가장 두꺼운 방이었다. D는 음악을 듣지도, 누군가와 대화를 하거나 섹스를 하지도 않았지만 벽이 두껍다는 자체만으로도 무한한 안정감을 느꼈다. 아버지가 돌아오지 않은 지 삼 년이 넘어가고 있었다. 언덕 사람들은 습관처럼 D를 도둑놈의 새끼라 불렀지만 정작 그 도둑놈에 대해서는 잊어가는 듯했다. D는 얼마 전 언덕 아랫집에 도둑이 들었던 때를 떠올렸다. 신발 다섯 켤레와 컴퓨터 모니터가 없어졌는데 아무도 D의 방을 뒤지러 오지 않았다. 이대로 삼 년만, 아니 딱 이 년만 더 지속되면 좋을 텐데. D는 편의점에서 데워온 유통기한 지난 김밥을 만지작거리며 기도했다. 봉지김치를 뜯으려는데 손기척도 없이 방문이 열렸다. 자물쇠를 걸어도 바람에 후들대던 나무문과 달리 이번 문은 양철이었다. D는 자물쇠가 풀어진 양철문과 들어선 이의 손에 들린 코바늘을 번갈아 보았다. 비루하고 구깃구깃한 노인은 당연히,

아버지였다.

유유히 방을 가로지른 D의 아버지가 방 안쪽에 펼쳐져 있던 이불

위에 앉았다. D는 당혹스러울 뿐이었다. 왜 이렇게 번번이 돌아오는 걸까. 대체 어떻게 알고 매번 돌아오는 걸까. D의 아버지는 별다른 인사나 설명도 없이 자신의 몸을 더듬었다. 손을 움직일 때마다 조끼에 달린 일곱 개 주머니에서, 검은 면바지 주머니에서, 종아리까지 끌어올린 양말 속에서 돈이 쏟아졌다. 금액도 색깔도 낡거나 구겨진 정도도 모두 다른 돈이었다. 이게 마지막이라는 듯 뒷주머니에서 동전을 한줌 꺼내놓은 D의 아버지가 옆으로 쓰러지듯 누웠다.

D는 코를 골며 잠든 아버지 옆에 앉았다. 벌어진 입으로 나란히 빠진 앞니가 보였다. 아니, 나란히 빠진 앞니의 빈 공간이 보였다. 그 사이로 붉고 무른 덩어리가 언뜻언뜻 비쳤다. 말을 할 수 있었던가. D는 새삼 아버지 혀에 대해 고민했다. 아무리 생각해도 그것이 움직이는 것을, 말하고 있는 모습을 본 적이 없었다. 상관없다, 고 D는 생각했다. D는 아버지 귓가에 입을 바짝 붙였다.

그런데요, 아버지. 이제 그만 오면 안 돼요?

……돌아오지 마세요, 제발요.

*

D는 쥐색 줄무늬 파자마에 이름을 쓰고 있는 아버지를 물끄러미 바라보았다.

줄무늬 파자마는 편의점에서 파는 잡지 부록으로 나온 것이었다. 남은 걸 가져다놓고 D도 잊고 있던 것을 어떻게 찾아냈는지 D의 아버지는 줄곧 그 옷만 입고 지냈다. 빨래한 옷이 마를 동안은 팬티만 입고 방 안을 서성였다. 다른 옷을 입히려 해도 막무가내였다. D는 하는 수 없이 비슷한 파자마 두 벌을 더 사다주었다.

이름을 쓰는 위치는 한결같았다. D의 아버지는 보드마커를 들고 파자마 양쪽 가슴에 차근차근 수를 적었다. 왼쪽 가슴엔 '나 32-4'처럼 한글이 들어간 숫자를 썼다. 오른쪽은 한결 수월해서 '4001' '5882'처럼 단출한 숫자만 들어갔다. 숫자들은 수시로 바뀌었다. 가끔 본인도 헷갈리는지 이전과 짝이 달라진 번호가 들어가거나 왼쪽 오른쪽 모두 숫자로만 채워질 때도 있었다. 이름 대신 쓰인 수감번호가 너무 많은 탓이었다. 파자마를 빨 때마다 숫자가 뭉개지고 번져 알아볼 수 없게 되었지만 아버지는 이름쓰기를 멈추지 않았다. D는 아버지를 '5882'라고 불러보았다. '4001' '1094'라고도 불렀다. 그때마다 아버지의 빈약한 등이 움찔거렸다. 느에, 하고 기이한 소리를 내며 돌아보기도 했다.

마지막으로 돌아온 아버지는 빌어먹게 늙었을 뿐 아니라 고장까지 나 있었다.

D는 그날의 광경을 또렷이 기억했다. 아버지를 잡아가는 경찰은 익숙했지만 아버지를 데려다주는 경찰을 보는 건 처음이었다. 어르신, 여기가 어르신 집이에요. 경찰 손에 이끌린 D의 아버지가 비척대며 방 안으로 들어섰다. 이제 여기서 사시면 돼요. 저기 아드님 계시네요, 알아보시겠어요? 수분이 전부 빠져나간 것처럼 쭈그러든 아버지 얼굴이 D를 향해 움직였다. 고3 겨울방학이었다. 직업전문학교에 입학하기로 한 D는 봄방학까지 놀이동산 눈썰매장에서 일하면서 돈을 모을 작정이었다. 처음으로 여자친구가 생긴 시기이기도 했다. 그

당시 D가 살고 있는 방의 벽 두께는 동네에서 평균치였으나, 좁고 더럽기는 이전까지의 모든 방과 마찬가지였다. 돈을 벌면 벽이 더 두꺼운, 사다리꼴이 아닌 직사각형의 방을, 가능하다면 언덕 아래에 얻고 싶었다. D는 음악도 듣고 싶고, 대화도 섹스도 하고 싶었다. 그 모든 게 가능할지도 모를 시점에 하필이면.

D는 반사적으로 고개를 저으며 부정했다.

—저는, 모르는 사람이에요.

—동네 분들이 전부 이 댁이라고 알려주시던데요. 저희도 서에서 확인 끝내고 왔고요.

—그래도 모릅니다. 잘못 오셨어요.

아버지가 비뚤고 느린 걸음으로 다가왔다. 좁은 방에선 다가서는 데에도 물러나는 데에도 한계가 있었다. D의 앞에 선 아버지가 천천히 주머니를 열었다. 천원짜리 수십 장이 우르르 쏟아져나왔다. 아버지는 주머니에서, 눌러쓴 모자 안쪽에서, 바지 속 어딘가에서 지폐들을 꺼내 D의 앞에 늘어놓았다. 단순히 굼뜬 것일 뿐인데 보기에 따라선 정성스럽게 느껴질 수 있는 움직임이었다. 경찰이 두 사람을 번갈아 쳐다보았다. D와 마주치는 시선에 비난하는 기색이 역력했다.

동전까지 전부 털어낸 아버지가 방 안을 천천히 걷기 시작했다. 세 발자국 걷고 오른쪽으로 돌아 네 발자국, 다시 오른쪽으로 세 발자국, 또 오른쪽으로 네 발자국. 아버지의 걸음은 정확히 직사각형 모양으로 반복됐다. 그는 간혹 남아 있는 공간을 두려운 눈빛으로 넘겨다보았다. 좁은 방이었다. 세간들이 엉망으로 쌓여 이불 한 채 까는 것도 버거운 크기인데 자신이 그리고 있는 직사각형 너머를 보는 아버지의 눈동자는 광활한 사막이라도 마주한 것처럼 겁에 질려 있었다. D의 아버지는 고개를 숙인 채 걷고 또 걸었다. 그리고 그 걸음은,

지금까지 이어지고 있었다.

D는 교체를 끝낸 수도꼭지를 상자 속에 넣었다. 낡은 싱크대에 단단히 고정된 새 수도꼭지는 지나치게 반짝거려 이질감이 들었다. 냄비 가득 지어놓은 밥과 방에 늘어놓은 양념참치캔과 김봉지를, D는 찬찬히 헤아렸다. 빨아서 잘 개킨 줄무늬 파자마들과 양말, 수건도 보았다. 이것이 아버지의 걸음을 얼마나 지속시켜줄지는 모를 일이었다. 아버지의 규칙적인 생활로 보자면 한 달, 길게는 두 달까지 버틸지도 몰랐다.

D는 포항에 직장을 구하면서도 자신이 비겁하다고는 생각하지 않았다. 파렴치하다거나 잔인하다고도 생각지 않았다. 이건 그저 선택일 뿐이었다. 어떤 이유에서였든 잡범이 되기로 한 건 아버지의 선택이었다. 잡범의 자식이 되는 건 D의 선택이 아니었음에도, D는 생의 전반에 걸쳐 충분히 비난받았다. 이제 와 새로운 질책이 두려울 리 없었다. D는 그저 아버지가 그랬던 것처럼 선택을 했을 뿐이었다. 그로부터 파생된 것들은 각자 감당하는 게 옳았다.

D는 나무문이 닫히지 않게 커다란 돌을 끌어다 문 밑에 괴었다. 멀지 않은 곳에서 개 헐떡이는 소리가 들려왔다. 이십 년 동안 그 앞을 지나쳤지만 크기가 얼마나 되는지 귀가 뾰족한지 꼬리가 짧은지조차 알지 못하는 개였다. 문밖에 내놓은 옷가방을 집어들고 골목을 내려가려던 D가 문득 걸음을 돌렸다. D는 길고 좁은 방으로 돌아와 여전

히 자신만의 궤적에 빠져 있는 아버지 앞에 섰다.

D가 자신의 몸 여기저기를 더듬었다. 손이 움직일 때마다 바지주머니에서, 양말목에서 지폐들이 쏟아졌다. 색깔도 금액도 구겨진 정도도 전부 제각각인 지폐들이었다. 이게 마지막이라는 듯 뒷주머니에서 동전 서너 개를 꺼낸 D가 아버지 앞에 돈을 늘어놓았다. 보기에 따라서는 헌신적으로 느껴질 정도의 정중한 동작이었다. D는 아주 오래전 그의 아버지가 그러했듯, 입을 다문 채 곧바로 방을 나섰다. 발길에 차여 문밖으로 튀어나온 동전 하나가 골목을 따라 오래도록 굴렀다. 컹컹 개 짖는 소리가 요란했다.

아무 말도 하지 마

아무에게도 어떠한 말도 하지 않고
오래된 방에 스스로를 유폐한 채로,
고는 그렇게 살아나갈 작정이었다.

고는 방 한복판에 누워 있었다.

아무것도 없는 방이었다. 낯선 곳이었으나 벽지와 창틀 같은 것이 익숙했다. 두꺼운 나무 창틀과 불투명 유리, 두 쪽의 창이 맞물리는 지점에 막대를 찔러넣는 잠금방식은 좀처럼 보기 힘든 구식이었다. 고는 만질만질하게 닳은 잠금막대의 머리 부분을 바라보며 샛노란 손을 떠올렸다. 담배를 피우기 위해, 오래 돋운 가래침을 뱉기 위해, 다리 몇 개가 떨어져나간 납작하고 긴 벌레를 창밖으로 던지기 위해 막대를 꽂고 뽑았을 누군가의 손. 손이 그려내는 동선은 상상 속에서조차 짧고 단조로웠다. 애초에 여유 같은 건 염두에 두지 않은 채 사방을 잘라낸, 작고 좁은 방이었다.

벽지에는 기형의 무늬들이 프린트되어 있었다. 바퀴에 눌린 올챙이 같은 문양이 꼬리에 꼬리를 물고 이어졌다. 치밀하게 그러나 가장 눈에 띄지 않는 방식으로 엮인 무늬들. 고는 무늬와 함께 흔해빠진 얼룩들—무심하게 그어진 사인펜 자국, 날벌레가 남긴 게 틀림없는 고동색 점들, 종이를 붙였다 뗀 흔적과 아직까지 남아 번들거리는 스카치테이프 등등—을 더듬었다. 수많은 계획표와 지푸라기만도 못한 명언, 계절과 관계없이 내내 헐벗었을 핀업걸이 요절한 흔적이었다.

오래된 못자국. 둥근 시계와 거울이 남겨놓은 흰 윤곽선을 훑던 고의 시선이 검누런 기름때에 가 닿았다. 벽 아래쪽에 옆으로 긴 타원형 얼룩이 둥둥 떠 있었고 약간 더 큰 얼룩이, 약간 더 긴 타원을 그리며 바로 아래 떠 있었다. 고는 목 잘린 눈사람 꼴을 한 저 기름때가 언제, 어느 때 생기는지 알았다. 등을 벽에 기댄 채 바닥에 앉은 남자가 어렵지 않게 그려졌다. 남자는 컵라면을 먹고 가장자리가 부스러진 손톱 발톱을 깎고 무가지신문을 뒤적이고 누군가와 통화를 하며 반가워하거나 화를 내는 어떤 순간에도 벽에서 등을 떼지 않았다. 어깨를 옴죽거릴 때마다, 정수리를 벽에 부빌 때마다 기름때와 땀이 벽지에 옮겨붙었다. 둥근 기름때는 아주 오랜 시간 꾸준히 퇴적되어 생긴 지형도였으나 어떤 종류의 기특함도 없었다. 그것이 외톨이 혹은 잉여의 지형도나 마찬가지인 탓이었다.

방은 비어 있었으나 흔적이 불러낸 기억들로 어수선했다. 고가 금세 이해할 수 있는 흔적도 있었고 아무래도 의아한 흔적—이를테면 천장에 써놓은 일곱 자리 숫자들이라든가 창틀에 붙여놓은 빨대 같은 것들—도 존재했다. 이 방에 가구나 물건이 남아 있었다면 의문들은 기하급수적으로 늘어났을 터였다. 남은 것이 사람이라면 더더욱.

고는 이 방 주인을, 사흘 전까지만 해도 이 방 주인이었던 남자를 떠올렸다.

고가 아는 것은 남자의 얼굴을 뒤덮은 맑은 땀과 펼쳐진 손바닥 정도였다. 어둠이 반쯤 삼킨 뒷모습 역시 알고 있었으나 그중 어느 것도 특별하지 않았다. 고가 가지고 있는 것은 몽타주조차 그릴 수 없는 흔해빠진 기억뿐이었다. 어찌 보면 당연했다. 고가 지금 누워 있는 곳 자체가 그랬다. 어느 대학 뒷골목에나 있을 법한 허름한 하숙촌. 정교하게 맞물린 늙은 건물들이 품은 방이 몇 개나 되는지, 그 안에 묶인 인영人影이 몇이나 되는지 아는 사람은 아무도 없었다. 볕이 거의 들지 않는 골목에는 서로 엇비슷하게 쭈그러든 그림자들이 허정댔다. 고는 서랍 속 동전처럼 얌전히 하숙방에 담겨 있었다. 복도나 골목을 떠돈 적은 있으나 다른 사람 방에 들어온 것은 이번이 처음이었다.

고가 살고 있는 건물 일층에는 다섯 개의 방이 마주 보거나 대각선으로 엇갈린 채 놓여 있었다. 굳게 닫힌 상아색 방문마다 흘러내린 페인트 자국이 선명했다. 복도에 면한 부분만 대충 칠해놓은 터라 방 안쪽엔 검게 곯은 나무가 고스란히 드러났다. 알람 소리와 노랫소리, 누군가가 애걸복걸하는 소리와 웃음소리가 무분별하게 뒤섞여 울렸다. 얇은 벽을 타고 오르던 소리들은 복도에 떨어져 나뒹굴다 방으로 굴러들었다.

고는 대부분의 소리들을 견뎌냈다. 정 참기 힘든 소리가 들리면 벽을 힘껏 두드리거나 방문을 걷어차 의사를 표현했다. 비슷한 구조를 가진 주변 모든 건물이 비슷한 종류의 소음들을 지니고 있었고, 비슷한 몰골을 한 사람들이 비슷한 양태로 의사를 표현했으므로, 고와 남자의 만남 역시 주변 모든 상황과 비슷할 수밖에 없었다.

남자와 고가 처음 만난 건 작년 겨울이었다. 양말을 신지 않으면 걸을 수도 없을 만큼 복도 바닥이 차가웠다. 허술한 각종 틈으로 기어든 바람이 다섯 개의 문을 차례차례 두드렸으나 답하는 이는 아무도 없었다. 대학이 방학중인 만큼 실제로 비어 있는 방도 몇 있을 터였다. 고는 하루에도 몇 번씩 부러 방문을 열었다 닫았다 하곤 했다. 얼어붙어 몇 주째 열리지 않는 창문처럼, 방문까지 얼어붙어버리는 건 아닐까 염려해서였다. 고의 걱정과 달리 문은 손쉽게 열리고 허술하게 닫혔다.

남자는 복도 끝 세탁실에서 자신의 빨래를 꺼내고 있었다. 제조회사 상표도 읽어낼 수 없을 만큼 낡은 통돌이 세탁기 안에 몸을 반쯤 밀어넣은 채였다. 배수가 순조롭지 못해 벽돌로 단을 세운 다음 그 위에 세탁기를 올려둔 터라 높이가 상당하긴 했다. 남자는 꼴사납게 허우적대며 쥐색 양말을 한 켤레씩 끄집어냈다. 남자의 왜소한 체격이 일을 더욱 더디게 만들었다. 고는 세탁기에 돌려야 할 빨래 뭉치를 손에 든 채 계속 기다렸다. 세탁기 뒤편에 놓인 기다란 쇠 집게에 대해선 아무 말도 하지 않았다. 자기가 알아서 하겠지. 고는 자신이 그랬던 것처럼 남자 역시 어느 순간 쇠 집게의 존재를 알아차릴 거라고, 곧 그걸 사용해 능숙하게 빨래를 꺼내게 될 거라고 생각했다. 잠자코 선 고가 화난 것처럼 보였는지 남자는 땀에 젖은 얼굴을 꾸벅 숙였다.

이후에도 고는 세탁실에서, 화장실로 가는 좁은 복도에서 종종 남자와 마주쳤다. 남자는 변함없이 세탁기에 몸 절반을 밀어넣고 있었다. 짐짓 비장하기까지 한 표정과 땀으로 흥건해진 관자놀이를 보며 고는 남자가 자신의 짐작보다 고지식하거나 눈치가 없는 모양이라고 생각했다. 쇠 집게에 대해 말해줘야 할 필요성은 여전히 느끼지 못했다. 남자는 고와 마주칠 때마다 고개를 숙였다. 겸연쩍어하는 것도 미안해하는 것도 반가워하는 것도 아닌 이상한 고갯짓이었다. 그래서 고는 더더욱 이해할 수 없었다.

남자는 왜 하필 고의 방문을 두드렸던 걸까.

사흘 전, 자정이 다 된 시간이었다. 고는 얇은 수건을 배 위에 올려놓고 자고 있었다. 발가락 언저리가 이상하게 가려워 좀처럼 깊이 잠들 수 없는 밤이었다. 새로 이사한 방이 있는지 벌레들이 눈에 띄게 늘어나 있었다. 벌레들은 뻔뻔하게 방 안을 가로지르고 잠든 고의 몸 위로 기어올랐다. 꼬리가 파랗게 빛나는 벌레나 삼각뿔처럼 생긴 벌레는 하숙집에 삼 년째 살고 있는 고도 처음 보는 종류였다. 벌레를 잡으면 무심히 창밖으로 던져버리던 고였지만 최근에는 담뱃불로 꼼꼼히 눌러 벌레를 죽였다. 기형의 벌레는 불쾌하고 섬뜩했다. 발가락에 스치는 게 머리카락일지 벌레의 더듬이일지 고민하고 있는데 누군가 방문을 두드렸다.

고는 먼저 불을 켜 발가락 사이부터 확인했다. 머리카락도 벌레도 없었는데 어쩐지 그것이 더 찜찜하게 느껴졌다. 방문을 열자 남자가 몸을 반쯤 돌리고 서 있었다. 고의 방 앞을 지나고 있는데 마침 문이 열렸다는 듯, 아니면 이제 막 돌아가려는 찰나에 문이 열렸다는 듯 어정쩡한 포즈였다. 복도 불이 꺼져 있어 표정은 잘 보이지 않았다. 덥수룩한 머리칼에 빰이 젖어 전체적으로 축축하고 시들시들한 인상이었다.

—삼만원만 빌려주세요.

남자가 불쑥 손을 내밀었다. 샛노란 손바닥이 고 앞에 펼쳐졌다. 돈이 아니라 무엇을 준다 해도 쥐지 못할 만큼 퉁퉁 부어오른 손바닥이었다. 그 손에 무사히 안착할 수 있는 건 점성이 높고 집요한 대신 무게가 없는, 비루함이나 수치 정도일 것만 같았다.

—삼만원만 빌려주세요, 삼만원만요.

재촉하듯 남자가 되뇌었다. 고는 남자의 손바닥을 들여다보았다. 남자와 대화는커녕 제대로 된 인사 한 번 나눠본 적 없는 고였다. 거절을 하는 것도, 거절하기 위해 어떤 변명을 끌어다 대는 것도 내키지 않았다. 거절의 말이라면 열 개라도 꾸며낼 수 있었다. 제가 마침 현금이 없어서요. 고는 난감한 표정을 지으며 그렇게 말할 수 있었다. 댁이 누군 줄 알고 돈을 빌려줘요? 돌연 화를 내며 그렇게 소리칠 수도 있었다. 한밤중에 이게 무슨 실례예요. 돈에 대해 직접 언급하지 않고 그런 식으로 말을 돌려 남자를 나무라는 것도 가능했다. 그러나 고는 한마디도 하지 않았다.

—제발요.

남자가 입을 달싹였다. 내민 손바닥도 그대로였다. 고는 그가 알아서 비킬 때까지 무심히 손바닥을 응시했다. 세탁기에 매달려 버둥대는 남자를 지켜보던 때와 유사한 종류의 침묵이 이어졌다. 무겁지만 허술하고, 무의미하고 조악하지만 견디기 버거운. 고는 아주 오래전에도 이런 시간이 존재했음을 떠올렸다. 아주, 아주 오래전 일이었다.

이윽고 남자가 돌아섰다.

남자는 자신의 방으로 돌아가는 대신 좁고 새까만 복도를 끝까지 걸었다. 고가 방문을 잠그고 다시 자리에 눕는 동안 세탁실로 간 남자는 뒷주머니에 들어 있던 빨랫줄—남자의 몸에 허리띠처럼 감겨 있었는지도 모를 그 줄—을 꺼내 고리를 만들었다. 고는 평소 꿈을 꾸지 않았으나 그날은 어째서인지 가볍고 다정한 꿈들이 조랑조랑 얽혀왔다. 잠은 달고 길었다. 발가락의 가려움은 진즉 사라져 있었다.

고는 다음날 한낮이 되어서야 몸을 일으켰다. 바닥에 깔았던 이불을 걷자 검은 점 세 개가 보였다. 좁쌀만큼 작은 점인데도 튀어나온 다리와 더듬이가 또렷했다. 고는 휴지에 침을 뱉어 말라붙은 벌레 잔해를 떼어냈다. 꼭 벌레 때문이 아니더라도 주변 공기가 수상했다. 벽에 덧발린 소리들이 조급하게 문을 흔들어댔다.

하숙촌의 소란을 고는 가장 늦게 알았다. 알았다기보다 전해 들었다, 는 게 맞았다. 구급차가 들어오지 못하는 좁고 긴 골목을 구급대원들이 얼마나 오래 헐떡이며 뛰어야 했는지. 마찬가지로 보라색 혀를 빼문 남자가 얼마나 오래 골목을 돌아나가야만 했는지. 하숙촌 사람들은 비슷비슷한 높낮이로 떠들어댔다. 상아색 방문이 빠르게 열리고 닫혔다. 삼 년도 더 전에 제적당한 학생이래. 학과 선후배를 죄다 다단계회사로 끌어들여서 과가 통째로 없어질 뻔했다더라. 피해액만 칠억이라던가, 대부업체까지 중간에 끼어서 그 일로 자퇴한 학생만 열 명이 넘는대. 등잔 밑이 어둡다고 학교 뒤에 숨어 살고 있을 줄 누가 알았겠어.

터진 올챙이만도 못한 소문들이 꼬리에 꼬리를 물고 이어졌다. 어디서 저렇게 많은 정보들이 쏟아지는 건지, 남자의 것이 맞긴 한 건지 의아할 지경이었다.

고는 하단에 좁쌀만한 점 세 개가 찍힌 이불을 들고 세탁실로 향했다. 늘 젖어 있거나 물이 고여 있던 세탁실 바닥이 보송보송했다. 남자가 발버둥치다 그랬는지 구급대원들이 그랬는지 뒤로 밀린 세탁기가 벽돌 단에서 당장이라도 떨어질 듯 기울어져 있었다. 세탁실은 방과 마찬가지로 천장이 낮았지만 왜소한 체구의 남자가 목을 매달기엔 충분한 높이였다. 빨랫줄 하나와 고작 이만큼의 높이로 죽음이 성립되다니 이상한 일이었다. 그러나 이보다 훨씬 조잡하고 어처구니없는 것이 불러낸 죽음을, 고는 알고 있었다.

바닥에 떨어진 쇠 집게를 고는 오랫동안 바라보았다.

고는 자신의 방으로 돌아가는 대신 짐이 모두 빠져나간 남자의 방에 들어가 누웠다.

정리를 한 사람이 하숙집 주인인지 남자의 가족인지 알 수 없었으나 방은 먼지 한 점 없이 깨끗했다. 고는 ㄴ자로 구부러진 못이 대칭을 이루며 벽 위쪽에 박혀 있는 걸 보았다. 남자는 저기 걸려 있던 빨랫줄을 풀어 재활용한 게 분명했다.

—별일 없니?

고는 바닥에 누워 술렁이는 흔적들을 약간 질린 얼굴로 마주한 채 어머니 목소리를 들었다. 고의 어머니는 시도 때도 없이 전화를 걸어 조바심 찬 목소리로 저렇게 묻곤 했다. 간밤 본인의 꿈이 지저분했다거나 그릇을 깼다거나 식탁에 놓던 숟가락이 뒤집혔다거나 하는 게 이유였다.

—좀 전에 창밖에서 누가 고야, 고야, 하고 불러대지 뭐니. 나가보니 허리가 밀방망이만큼 긴 새까만 고양이가 도망치는데, 불길해서

견딜 수가 있어야지. 별일 없는 거지?

—옆방 사람이 죽었어요.

고는 별로 얘기하고 싶은 기분이 아니었으나 그렇다고 거짓말을 할 기분도 아니었다. 고의 시선이 기름때와 못자국과 창틀을 맥없이 더듬었다.

—죽기 전날 나를 찾아와서는 삼만원만 빌려달라고 했어요.

—빌려줬니?

—아뇨.

—그럼 암 말 마라.

고의 어머니가 은밀히 속삭였다.

—아무한테도, 아무 말도 하지 마.

벌써 죽어버린 사람은 어쩔 수 없어, 괜히 휘말리지 말고 가만히 있으렴. 어간에 두드러지게 힘이 들어가 있어 거북하게만 들리는 말투였다. 그에 떠밀리듯 솟아오른 기억이 고의 뒷덜미를 잡았다. 아주 오래전 그날, 딸꾹질하듯 이어지던 초인종 소리와 인터폰에 디밀어지던 다양한 연령대의 얼굴들. 고의 어머니는 온갖 소란을 뒤로한 채 고의 어깨만 꽉 붙들고 있었다. 아무 말도 하지 마라, 절대로, 아무 말도 하면 안 돼. 주문처럼 이어지는 말에 고는 홀린 듯 고개를 끄덕였었다.

고는 아무 말도 하지 않았다. 늘 그래왔으므로 이번이라고 다를 리 없었다. 결코 흐려지지 않는 기억이라고 하나 기억은 기억일 뿐이었다. 어머니의 조바심과 불길함이 그저 히스테리일 뿐인 것처럼.

*

오래전의 고는 열 살이었다.

또래보다 현저히 몸집이 작은 열 살이었다. 같은 반 남자아이들은 물론 여자아이들까지 고보다 어깨가 넓고 팔다리가 길었다. 남자아이들은 야구나 축구에서 영 맥을 못 추는 고를 싫어했다. 여자아이들은 수수깡 같은 고의 다리와 두 뼘밖에 되지 않는 어깨를 흘겨보며 괜히 진저리쳤다. 고는 허약한 대신 눈치가 빠르고 성적이 좋았지만 아이들은 그런 고를 더욱 싫어했다.

—늙은 쥐 같아.

여자아이 하나가 그렇게 말했다. 아이들은 끝말잇기라도 하듯 고의 별명을 늘려갔다.

—사백 년 묵은 말라비틀어진 늙은 쥐 같아.

—사백 년 묵는 동안 머리만 좋아진 말라비틀어진 늙은 쥐 같아.

—사백 년 묵는 동안 머리만 좋아진, 온몸이 병균투성이라 옆에 가면 안 되는 말라비틀어진 늙은 쥐 같아.

고는 길고도 고된 자신의 별명에 지쳐버렸다. 아이들도 마찬가지였는지 몇 차례 놀린 뒤엔 다시 부르지 않았다. 그럼에도 고는 아무도 부르지 않는 그 지독한 별명을 좀처럼 잊지 못했다.

고는 수줍고 우울했다. 작은 쥐처럼 소리없이 움직여 사물함에서 책을 꺼내거나 철봉에 매달렸다. 마커펜으로 얼굴에 쥐 수염이 그려지곤 했으나 가끔이었다. 아이들 대부분이 별명을 가지고 있었고, 그에 어울리는 방식으로 한 번씩은 놀림당했다. 고가 아이들과 다른 점이 있다면 놀림당할 수만 있을 뿐 누군가를 놀릴 순 없다는 점이었다. 게다가 고는 수줍고 우울했으므로, 딱히 누구를 놀리고 싶단 기분 역시 들지 않았다.

학교가 끝나면 고는 서둘러 집으로 돌아와 옆집 문을 두드렸다.

이제 막 중학교에 입학한 원이 고의 옆집에 살았다. 원은 공부 못하는 말썽꾼으로 유명했지만 고에게만은 호의적이어서, 떡볶이집에서 어묵꼬치를 사주기도 하도 투구벌레 기르는 법을 알려주기도 했다. 맞벌이하는 부모 덕분에 원의 집은 항상 비어 있었다.

고는 원의 집에 놀러가 투구벌레 유충을 구경했다. 시리즈별로 묶인 만화책을 읽고 너구리와 짜파게티를 섞어 끓여먹었다. 고가 대수롭지 않은 것들을 하며 노는 동안 원은 거실 바닥에 배를 깔고 엎드려 연습장 가득 만화를 그렸다. 컷 대부분이 사람들을 습격하는 흡혈곤충으로 채워져 있었다. 흡혈 후 미라처럼 변한 사람 몸에 알을 낳는 곤충 때문에 인류가 멸종되는 게 결말이라고 했다. 고는 그 만화의 유일한 독자답게 모든 곤충이 투구벌레와 똑같이 생겼음을, 등장인물들의 얼굴이 전부 다 똑같음을 지적했다. 원은 곤충 머리를 삼각뿔 모양으로 만들기도 하고 갈라진 꼬리에 파란색을 덧입히기도 했다. 장면마다 평균 서른 마리는 등장하는 곤충들을 다리털까지 세세히 그려 넣느라 만화는 좀처럼 완성되지 않았다.

여름 초입의 어느 날이었다. 여름방학까지는 한 달 가까이 남았는데도 날이 끔찍하게 더웠다. 수분이 쭉 빠진 풀들이 뿌리도 없이 굴러다녔다. 바람이 불 때마다 운동장 모래가 한 방향으로 우우 몰려갔다. 아이들은 아랑곳하지 않고 야구공을 던지고 축구공을 찼다. 고는 매운 눈을 비비며 집으로 향했다.

집이 보이는 곳에 이른 고가 걸음을 멈췄다. 베란다 난간 사이로 몸을 반쯤 내민 원을 발견한 탓이었다. 고와 원의 집은 빌라 사층에 있었으나 실제 높이는 오층에 가까웠다. 아래를 향해 팔을 휘젓던 원이 몸을 일으켰다. 고를 향해 분주히 움직이는 손가락과 손바닥이 쉿, 얼른 올라와, 의 의미라는 걸 멀리서도 알아볼 수 있었다.

—아랫집에 우리 학교 애가 이사 왔어.

—그런데?

—근데 그 기집애가, 진짜 재수 없는 기집애거든. 혼내줄려고.

원이 바닥에 내려놓았던 장난감 낚싯대를 도로 쥐었다. 낚싯줄 끝에 꽤 굵은 돌이 하나 묶여 있었다. 난간 사이로 몸을 내민 원이 아랫집 창문을 향해 낚싯대를 흔들었다. 잘그락잘그락 돌 부딪는 소리가 요란했다. 창틀에 부딪쳤는지 쇳소리가 나는가 싶더니 제법 큰 소리로 유리창이 울렸다. 누구야. 고함소리와 함께 아랫집 창문이 사납게 열렸다. 얼른 낚싯대를 거둬들인 원이 숨죽여 웃었다.

원은 온갖 방법을 동원해 아랫집 혼내주기에 몰두했다. 영문도 모른 채 고 역시 원이 하는 일을 도왔다. 송—아랫집, 재수 없는 기집애 이름이 송이었다—은 아버지, 할머니와 함께 살았다. 아버지는 새벽에야 집에 오는 눈치였고 종일 동네 노인정에 앉아 있다 돌아오는 할머니는 귀가 어두웠다. 원은 피시방도 만화방도 끊고 바닥에 납작 엎드려 송이 집에 돌아오기만을 기다렸다.

—요 앞 사거리 단과학원 알지? 걔 거기서 수업 듣거든. 세시부터 세시 오십분까지 영어, 네시부터 네시 오십분까지 수학. 집에 오면 딱

다섯시지. 이것 봐, 문 열리는 소리 들리지?

송의 귀가시간은 비교적 정확했다. 문소리가 들린 시점부터 원과 고는 바쁘게 움직였다. 고는 체육 실기평가 과제인 이단줄넘기 연습을 원의 집 거실에서 했다. 원은 엑스자 뛰기 시범을 보여주거나 백과사전 한 질을 몽땅 끄집어내 바닥에 내팽개쳤다. 식탁 의자를 끌고 바닥을 두드리고 내던진 백과사전을 깃발 삼아 드리블 연습도 했다. 농구공 울리는 소리가 상당히 커서 흡족했던지 원은 맹렬히 농구공을 튕겨댔다. 볼륨을 최고로 올린 MP3를 화장실에 켜두는 일도 있었다. 등과 겨드랑 밑이 흥건해지도록 뛰고 있자면 틀림없이,

송이 올라와 원의 집 초인종을 눌렀다.

—조용히 좀 해.

—뭘? 무슨 소리야?

—뛰고 싶으면 밖으로 나가면 되잖아, 왜 굳이 집 안에서 이러는 거야?

—우리가 뭘 했다고 이래. 가만히 앉아서 만화책 본 것도 죄야?

—거짓말하지 마, 방금 전까지 농구했잖아. 넌 장난삼아 뛰는 거겠지만 아랫집은 천장이 다 흔들릴 정도라고.

—너야말로 생사람 잡지 마. 난 그런 적 없어. 재한테 물어봐, 내가 뭐 하고 있었는지.

뻔뻔한 얼굴의 원이 도리어 송에게 따졌다. 구레나룻에서 땀이 뚝뚝 떨어지고 거실에 온갖 물건이 널브러져 있는데도 숫제 모르는 척이었다. 그럴 때면 고는 벌게진 얼굴로 방에 숨어 있었으나 실랑이 횟수가 늘어 익숙해지고 난 뒤에는 거실에 앉아 무심히 그들의 말다툼

을 구경했다.

—펠리컨 같아.

고는 송이 내려간 뒤 야물야물 떠들어댔다.

—난 턱이 저렇게 긴 사람 처음 봤어. 저 누나 진짜 펠리컨 같아. 원래는 그냥 새였는데 대왕모기가 턱을 무는 바람에 펠리컨이 됐다고 하자.

고가 보기에 송은 못생기고 말 많은 펠리컨에 가까웠다. 뾰족하고 긴 턱은 물론 찢어진 눈매와 전투적으로 솟아오른 코도 마음에 들지 않았다. 원이 왜 재수 없는 기집애라며 괴롭히고 있는지 이해가 가는 생김새였다. 고는 좀더 길고 지독한 별명을 짓고 싶었으나 별 호응이 없는 원 탓에 그만두었다.

조용히 좀 해줘. 송은 부탁을 하기도 하고 원에게 욕설을 퍼붓기도 했다. 아예 문을 열어주지 않으면 될 텐데 원은 부러 현관까지 나가 일일이 대꾸해주고 욕을 먹었다. 송이 물감 푼 물을 들고 올라와 원에게 끼얹은 일도 있었다. 검은색 물감인지 먹물인지 확실치 않았지만 현관이며 신발장 근처가 온통 엉망이었다. 화를 낼 거란 예상과 달리 원은 히죽거리며 샤워를 하고 바닥을 청소했다. 고는 그런 원의 반응들이 생소했으나 뛰고 의자를 넘어뜨리고 책을 내던지는 일은 즐거웠다.

본격적으로 여름이 시작된 때였다.

일찌감치 방학한 초등학교와 달리 중학교는 연일 보충수업이 계속되었다. 고는 방 안에 앉아 일주일 치 일기를 미리 쓰고 동화책 줄거리를 독서록에 옮겨 적으며 원이 오기를 기다렸다. 유리창을 뚫고 들어올 것처럼 햇빛이 강했다. 선풍기를 틀어놓으면 바람을 마주한 얼굴만 미지근할 뿐 온몸이 땀으로 축축했다. 고의 어머니는 가끔 굵은 소금 몇 알을 집어 고의 혀 위에 올려놓았다. 또 원이네 가니? 고가 소금 알갱이를 씹으며 끄덕였다.

하교한 원이 얼린 수건으로 열을 식히는 동안 고가 대신 농구공을 튕겼다. 어김없이 초인종이 울리자 원이 서둘러 일어났다. 수건에서 흘러내린 물로 지저분하게 젖은 셔츠를 다른 걸로 갈아입은 다음에야 원은 문을 열었다.

—제발, 너무 시끄러워서 미칠 것 같아, 제발 그만해.

애원하다시피 매달리는 송을 보며 원이 잠시 고민하는 얼굴을 했다. 고는 덩달아 고민하는 얼굴로 농구공을 치우고 반으로 갈라지거나 찢어진 책들을 정리했다. 고민은 이틀이 한계여서, 사흘째가 되면 다시금 농구공과 야구방망이로 바닥을 두드렸다. 고는 초인종이 울릴 때마다 들뜬 얼굴로 뛰어나가는 원을 이해할 수 없었다. 그렇다고 불만이 있는 것도 아니어서 결과적으로는 아무런 변화도 생기지 않았다.

주말에는 혼내주기를 할 수 없었다. 송의 아버지가 집에 있었으므로 원은 발뒤꿈치를 들고 살살 걸어다녔다. 아예 밖으로 나가 피시방과 만화방을 전전하기도 했다. 미심쩍은 얼굴을 한 송의 아버지가 올라왔다 간 뒤엔 더욱 그랬다.

—나는 잘 모르겠지만 말이다, 평소에 좀 시끄럽게 구는 편이냐? 사내놈이니까 그럴 순 있겠는데 말이다, 농구…… 같은 걸 집에서 하는 건 아니지? 요즘 짓는 건물들이 워낙 허술하니 공 떨어지는 소

리가 크게 들릴 수도 있겠지. 나는 뭐 충분히 이해할 수 있는데 우리 집 애가 사춘기인지 워낙 예민하게 굴어서 말이다.

원은 더없이 순한 얼굴로 고개를 끄덕였다.

—우리 집 애도 아들놈이면 좋았을 텐데. 여자애들은 유난스럽고 시끄럽기만 하지 뭔 생각을 하는 건지 도통 알 수가 없지 뭐냐. 여튼 부탁 좀 하자.

송의 아버지를 배웅한 원은 바닥에 누워 흡혈곤충 만화를 마저 그렸다. 진공청소기 대신 손바닥만한 빗자루를 사용해 바닥을 청소하고, 계절에 맞지 않는 두꺼운 양말도 신었다. 쥐며느리처럼 숨죽인 채 주말을 보내고 난 뒤엔 보란 듯이 소음의 강도를 높였다. 고자질에 대한 보복이라도 되는 양 책장을 넘어뜨리고 마룻바닥에 홈이 파일 때까지 의자를 내리찍었다.

원이 만들어내는 소음이 늘 난폭한 것만은 아니었다. 어느 날 고는 작은방 바닥에 무릎 꿇고 앉은 원을 보았다. 원은 가볍게 쥔 주먹으로 바닥을 두드리고 있었다. 울림이 꽤 컸으나 상기된 얼굴과 세 번씩 끊어 노크하는 동작만은 진지하다못해 정교했다.

—뭐 하는 거야?

고가 묻자 원이 멋쩍게 웃었다.

—우리 집이랑 아랫집이랑 구조는 똑같을 거 아냐. 그럼 그 기집애 방도 여기겠지. 이 아래 그 기집애 책상이랑 침대도 있을 거고. 그 기집애도 이쯤 있을지 몰라, 나랑 똑같은 자리에.

—그게 뭐?

—그냥 그렇다고. 괴롭히는 거야, 그냥.

괴롭히기는 두 달 가까이 계속됐다. 고와 원이 날뛰고, 송이 올라와 소리치고의 연속이었다. 고는 누군가를 놀리는 것이 즐거웠다. 원숭이처럼 달아오른 얼굴로 빽빽대는 송을 구경하는 것 역시 좋았다. 늙은 쥐 운운하며 자신의 뺨에 수염을 그리는 아이들의 기분을 알 것 같기도 했다. 송과 원이 다투는 동안 입 닥쳐, 펠리컨, 하고 말해본 적도 있었다. 아무도 듣지 못했으나 가슴 어딘가가 확 열리는 기분이어서 그뒤로도 고는 간혹 송을 향해 욕을 했다. 당장 꺼져, 펠리컨, 이 고가 가장 자주 하는 말이었다.

원의 경우는 정반대였다. 원은 중독된 사람처럼 송을 불러올렸다. 잔뜩 화가 난 송과 마주하고도 정말 반갑다는 듯 안녕, 하기도 했고 너 나 좋아하냐? 왜 이렇게 뻔질나게 찾아와, 하며 짓궂은 언사를 늘어놓기도 했다. 송이 더 팔팔 뛰는 것은 물론이었다. 고와 원은 각자 나름의 재미에 취한 나머지 사태의 심각성을 알지 못했다. 한계에 이른 것은 당연하게도 송이었다.

—너 진짜 나 좋아하는구나? 학교에서 종일 봤는데도 내가 또 보고 싶어? 정 그러면 나랑……

느물대던 원이 말을 딱 멈췄다.

흡, 하고 짧게 바람 삼키는 소리 같은 게 들리기도 했다. 이어지는 건 기묘한 침묵이었다. 고는 거실에 앉아 대충 떠들어보던 만화책을 내려놓았다. 양팔을 넓게 벌려 문틀을 잡는 형태로, 현관문을 가로막고 선 원의 모습은 평소와 다를 바 없었다. 만화책을 한켠에 치운 고가 베란다까지 밀려나간 식탁 의자를 끌어왔다. 침묵은 그때까지도 이어지고 있었다. 다시 한번 돌아본 원의 뒷모습이 미미하게 변해 있었다. 구멍 뚫린 풍선처럼 조금씩, 아주 조금씩 쭈그러들고 있었던 것이다.

원의 어깨 너머로 드러난 송의 얼굴이 새파랬다. 불안하게 흔들리는 시선이 주저앉는 원을 따라 아래로 움직였다. 고가 다가가자 다가가는 만큼 송이 물러섰다. 쭈그러드는 원의 속도가 돌연 빨라졌고, 송이 몸을 돌려 뛰었다. 계단을 내려가는 발소리가 요란했다.

—왜 그래?

고가 물었지만 돌아오는 대답은 없었다. 원이 둥글게 몸을 말고 부르르 떨었다. 웃고 있는 건가 싶어 안도하려는 찰나 원이 몸을 돌렸다. 좀 전의 송 못지않게 새파란 얼굴이었다. 원은 왼손으로 옆구리께를 누르고 있었다. 손가락 틈으로 새어나온 피가 방울방울 떨어졌다. 적은 양이었으나 그렇다고 무시할 수준은 아니었다.

—조용히 해.

놀라 소리치려는 고의 입을 원이 틀어막았다. 그 바람에 다른 쪽 손에 들려 있던 송곳이 바닥으로 떨어졌다. 십 센티미터나 될까 말까 한 짧은 송곳이었다. 주황색 몸통에 꽂혀 있는 쇠가 뭉툭하고 시커멨다.

원이 급히 송곳을 주워 밖으로 던져버렸다. 계단을 따라 구르고 튕겨나가는 소리가 챙강챙강 울렸다. 엉거주춤 몸을 숙인 원이 방으로 들어갔다. 셔츠를 벗자 배꼽 왼쪽에 작게 뚫린 구멍이 보였다. 피가 조금씩, 끊임없이 흘러나오고 있었다.

—어떻게 해, 형, 빨리 병원에 가자.

—안 돼. 병원에 가면 무슨 일이 있었는지 다 말해야 되잖아. 경찰에 잡혀갈지도 몰라.

—잘못했다고 하면 되잖아. 앞으로 절대로 안 뛰겠다고 빌면 돼.

—우리 말고 그 기집애 말야. 사람을 찔렀으니까 감옥……에 갈지도 몰라.

—그럼 어때서!

—절대로 안 돼. 너, 지금 나랑 약속해. 아무한테도 말하지 않겠다고. 이런 상처는 아무것도 아니야. 약 바르면 금방 나아. 그러니까 절대로, 아무한테도 말하지 마.

고는 구급상자에 든 것을 모두 꺼내 원의 상처에 퍼발랐다. 소독약을 붓자 원의 마른 턱이 달달 떨렸다. 괜찮아. 그렇게 말하는 입가가 경련하듯 꿈틀거렸다. 저것 좀 갖다버려. 원이 피 묻은 셔츠를 가리켰다. 거즈를 얇게 말아 구멍에 밀어넣고 반창고를 붙이자 감쪽같았다. 속사정이야 어찌 됐든 겉으로 보기엔 그랬다.

—것 봐, 괜찮댔잖아. 너도 이제 집에 가.

원의 말에 고는 기다렸다는 듯 방을 나섰다. 원이 걱정되긴 했지만 그곳에서 빨리 벗어나고 싶은 것도 사실이었다. 생각지도 못한 상황이 불편하고 무서웠다. 흡혈곤충이 목덜미를 물어뜯는다 해도 이 정도로 공포스럽진 않을 것 같았다.

—절대로, 절대로 아무한테도 말하면 안 돼.

집을 나서는 고의 뒤통수에 대고, 원이 연거푸 외쳤다.

고는 원의 셔츠를 헌옷수거함에 내다버렸다. 원이 내던진 송곳은 아래층까지 굴러내려가 있었다. 지저분하게 녹슨 송곳 끝에 핏자국이 선명했다. 고는 망설이다가 그것을 주워 집으로 올라왔다. 아래층 송의 집도, 옆집 원의 집도 무서울 만큼 고요했다.

불안하고 두렵던 마음과 달리 고는 깊이 잠들었다. 작고 다정한 목소리들이 자꾸 고의 이름을 불렀다. 조랑조랑 얽혀오는 꿈들이 사랑스러워 고는 다음 꿈을, 또 다음 꿈을 열었다. 풀숲과 잔물결 이는 호수와 빙하에 대한 꿈이 이어졌다. 누군가가 고를 일으켜 꿀물을 마시게 했다. 혓바닥 위에 놓인 굵은 소금 알갱이를 혀로 굴리며 고는 꿈에 몰두했다.

고가 문득 몸을 일으켰다. 흉포하게 문을 두드리는 소리 때문이었다. 고가 잠든 지 사흘 만이었으나 그렇게 오랜 시간이 흘렀다는 걸 고만 몰랐다. 혼곤히 잠든 고가 풀숲과 잔물결 이는 호수와 빙하를 누비는 사이 옆집 원이 죽었다는 사실도 고만 몰랐다.

원의 상처는 실로 대수롭지 않은 것일 수 있었다. 그러나 원과 고는 녹슨 송곳이 배에 구멍을 냈을 경우 생길 수 있는 위험한 상황들에 대해 전혀 알지 못했다. 치명적인 균이 방치된 상처를 파고들어 원의 장기를 썩게 만들었다는 사실은 고는 물론이거니와 갑작스레 발작을 일으켜 숨이 멎어버린 원 역시 모를 터였다. 철문이 계속해서 거친 소리를 토해냈다. 문 안쪽에 결과를 전혀 알지 못하는 고가 있다면, 문밖에는 결과만 알고 원인을 모르는 이들이 있었다.

—엄마? 밖에 누가 온 거야?

고의 어머니는 문밖의 소란보다 고가 잠에서 깨어났다는 사실에 더 당황한 듯 보였다. 이불에 단단히 싸여 있던 고의 몸은 푹 젖어 있었다. 고는 한기를 느끼며 거실로 걸어나갔다. 화질이 나빠 뿌옇게 보이는 인터폰 화면 안에 원의 어머니 얼굴이 보였다. 원의 아버지로 보이는 사람도, 당최 누군지 짐작이 가지 않는 사람도 차례로 얼굴을 들이

밀었다. 초인종 소리가 딸꾹질하듯 이어졌다.

—어떻게 된 일인지 얘기만 듣게 해줘요.

—구멍이, 배에 구멍이 왜 생긴 건지만 들으면 된다니까, 우리 애가 왜 갑자기 죽었는지…… 이유는 알아야 될 거 아니야, 이유라도……

바로 옆에서 이야기하는 것처럼 문밖 목소리가 또렷했다. 고는 문을, 정확히는 체인이 걸려 있는 문을 두려운 얼굴로 바라보았다. 무슨 일이 벌어지고 있는 건지 혹은 벌어져버린 건지 알 수 없었다. 초인종 소리는 집요하게 이어졌고 그때마다 다른 얼굴들이 인터폰 화면에 비쳤다. 뒤로 물러서던 고의 시선이 식탁 위에 놓인 주황색 송곳에 가 닿았다.

책상 위에 놓아둔 게 왜 식탁에 있는 건지는 중요치 않았다. 고는 작은 구멍에서 끈질기게 새어나오던 피와 원의 얼굴을 떠올렸다. 병원에 가야 했는데. 원이 아무리 말리더라도 누군가에게 도와달라고 말했어야 했는데.

—형은……

목소리가 잘 나오지 않아 고는 힘겹게 말을 이었다.

—형은, 어떻게 됐어?

고의 어머니가 고의 양어깨를 꽉 틀어쥐었다. 너무 세게 쥐어 절로 비명이 나올 것 같았으나 고는 필사적으로 참았다. 고의 어머니 얼굴이 뭐라 형언할 수 없을 만큼 무시무시해서였다. 핏발 선 눈이 고를 똑바로 들여다보았다.

—넌 아무것도 모르는 거야.

고의 어머니가 또박또박, 한 글자씩 힘주어 말했다.

—넌 아무것도 몰라. 그러니까 무슨 말이든, 누구에게도 해선 안 돼. 절대로, 아무 말도 하지 마.

고는 몇 번이고 고개를 끄덕였다. 원의 얼굴이 흐릿하게 떠올랐다가 금세 지워졌다. 고가 들고 들어온 피 묻은 송곳과 고의 손금과 손톱 사이사이 끼어 있는 핏자국. 그것을 보고 고의 어머니가 어떤 식의 결론에 이르렀는지 고는 미처 몰랐다. 고는 괴괴한 침묵과 흉포한 소음 어느 쪽에도 휘말리고 싶지 않았다. 좀 전까지 꾸었던 조롱조롱 살가운 꿈만 계속되었으면 싶었다.

고는 입을 다물었다.

원이 당부한 대로, 고의 어머니가 명령한 대로 절대로, 아무에게도, 아무 말도 하지 않았다. 입을 다물고 눈을 감자 다시금 잠이 밀려왔다.

*

—그때 아랫집 살던 누나 말예요, 엄마.

고는 천천히 몸을 일으켰다. 해가 심하게 기울어진다 싶더니 전등 스위치를 내리듯 금세 어둠이 차올랐다. 텅 빈 방 안에 있던 흔적들이 덩달아 어둠 속에 몸을 숨겼다. ㄴ자로 구부러진 못도, 둥글고 흰 그림자도, 온갖 얼룩들과 잉여의 지형도인 누런 기름때도 더이상 보이지 않았다. 고는 뻣뻣해진 뺨을 손바닥으로 문질렀다.

—원이 형 죽고 나서 창밖으로 뛰어내렸던 아랫집 누나 혹시 기억나세요? 다행히 죽지는 않았지만 몸 어딘가가 불구가 됐다고 했잖아

요. 우리는 서둘러 이사 나오느라 몰랐지만.

—갑자기 옛날 일은 뭐하러.

—옛날 일이라고 기억에서 없어지는 건 아니잖아요. 그때, 그 누나가 왜 죽으려고 했는지 아는 사람이 아무도 없었어요. 다들 이상해하기만 했죠.

—……아무 말 마라.

—그럼요, 엄마. 나는, 안 해요. 아무한테도, 절대로 말 안 해요.

—괜찮니?

—절대로, 아무한테도, 아무 말도 안 해요.

전화를 끊자 단단하고 묵직한 침묵이 방 안을 메웠다. 고는 조심스럽게 벽을 쓰다듬었다. 남자는 이쯤에서 공부를 하고 전화를 하고 한숨을 쉬고 했겠지. 이쯤에서 조심스럽고 정중하게, 누군가의 방 벽을 두드렸는지도 몰라. 그렇지만 아무도,

대답하지 않았겠지.

고는 벽에 등을 기대고 앉았다. 훈기라곤 하나도 없는 방이었으므로 등에 닿는 벽 또한 차고 섬뜩했다. 고는 이 방에 아주 조금만, 조금만 더 머물 작정이었다. 그러고 나서는 다시 아무 말도 하지 않을 것이었다. 늘 그래왔으므로 이번이라고 다를 리 없었다. 아무에게도 어떠한 말도 하지 않고 오래된 방에 스스로를 유폐한 채로, 고는 그렇게 살아나갈 작정이었다.

어차피 당신은

어차피 당신은 아무것도 하지 않을 것이었다.
어차피 당신은 고작 이 정도의 인간이었다.

저기, 집이 한 채 불타고 있다.
당신이 모르는 집이다.
아는 집이라도 상관없다. 어차피 당신은
아무것도 하지 않을 것이기 때문이다.

1. 보빗 양에 대하여

당신은 그녀에게 '보빗 양'이라는 이름을 붙였다.

보빗 양은 새소리처럼 높고 신경질적인 목소리를 가진 소설가가 한 소녀에게 붙인 이름이었다. 소녀는 소설 주인공답게 적당히 매력적이었고 그에 못지않게 가증스러웠다. 축음기를 틀어놓고 날이 저물도록 빙글빙글 돌던 보빗 양은 스타가 되기 위해 할리우드로 떠나던 날 버스에 치여 죽었다. 보빗 양. 실제로 발음해보면 혀가 꼬이기 일쑤였으나 당신은 그녀의 이름을 포기하지 않았다. 당신이 늙은 혓바닥에 힘을 주어 그녀를 부를 일은 꿈속에서조차 없을 것이 분명했다.

보빗 양은 골초였다. 실제로 당신은 보빗 양이 담배를 피우러 집 앞 골목으로 나왔을 때 그녀를 처음 보았다. 그녀는 길고 가느다란 담배를 피웠는데—보빗 양 손가락에 걸린 담배는 발광체로 보일 만큼 유난히 새하얗게 빛났다—그녀의 짧고 통통한 손가락과는 전혀 어울리지 않았다.

집에 있을 때의 보빗 양은 삼십 분에 한 번꼴로 담배를 피우러 나왔다. 골목에 쭈그리고 앉아 깊숙이, 오래 담배를 빠는 모습이 인상적이었다. 보빗 양은 담배를 빨아들인 뒤 한동안 숨을 참았다가 후욱, 하고 단번에 내뿜었다. 입을 꽉 닫고 있어도 손끝이며 어딘가로 새어나가는 건지 보빗 양의 담배연기는 아지랑이나 한겨울 입김처럼 힘없이 어른거리고는 그만이었다.

뭐야, 또 밖을 보고 있는 거야?

당신의 딸—당신은 당신의 딸에게 아무런 이름도 지어주지 못했다. 심지어 사 년 전까지는 딸의 이름은커녕 존재조차 몰랐었다—이 방문을 걷어찼다. 당신은 즉시 창문에서 떨어져나왔다. 궁상 좀 그만 떨란 말이야. 깻잎장아찌가 든 작은 단지와 밥이 든 플라스틱 통 하나를 들고 들어온 당신의 딸이 거칠게 창문을 닫았다.

나가고 싶어? 응? 밖에 나가고 싶냐고!

당신은 고개를 저었다. 방바닥에는 당신의 딸이 어제 새로 사다준 솜이불이 깔려 있었다. 얼른 이불 위에 눕자 소독약 냄새가 먼지처럼 떠올랐다. 흰 수건으로 돌돌 말아놓은 베개를 끌어안고 당신은 온순하게 등을 구부렸다.

내가 얘기했지? 아빠 같은 사람이 밖에 나갔다가 길 잃어버림 어떻게 되는지? 길바닥에서 얼어 죽든지 정신병원에 갇히든지 둘 중 하나라고, 다신 집에 못 돌아온다고 했잖아.

응, 응.

하얗게 바랜 당신의 머리칼이 정수리에 착 달라붙었다. 당신은 슬쩍 손을 끌어올려 눈곱이 끼어 있진 않은지 입가가 더럽진 않은지 확인했다. 밤사이 가슬가슬 돋은 수염이 손에 걸리긴 해도 이 정도는 허용범위였다.

당신의 딸은 쉽게 화를 내지만 그만큼 쉽게 풀어지기도 했다. 이불 옆에 앉은 당신의 딸이 가지런하게 정리된 당신의 머리칼과 귀지 하나 없이 말간 당신의 귓속을 확인했다. 숨소리가 잠잠한 걸 보니 통과인 모양이었다. 당신의 딸은 전화기와 텔레비전 리모컨을 당신 귀 옆에 바짝 붙여놓고 한결 누그러진 목소리를 냈다.

일하러 갔다 올 테니까 얌전히 집에 있어야 돼. 먼지 들어오니까 창문 꼭 닫아놓고. 저 돼지 같은 넌 또 보고 있으면 나 정말 화낼 거야. 담배를 얼마나 피워대는지 골목이 담배꽁초랑 침으로 엉망이라고. 정말 골칫덩이라니까. 난 아빠가 저런 거 보는 거 싫어. 차라리 텔레비전을 봐, 알겠지?

응, 응.

들어올 때 아빠가 좋아하는 박하사탕 사올 테니까.

점심때가 한참 지나서야 당신은 창문을 열었다.

보빗 양은 골목에 없었다. 아직 일하러 나갈 시간이 아니니 집에서 자고 있는 게 분명했다. 당신은 보빗 양이 나올 때까지 기다리기로 했다. 보빗 양은 자고 일어난 직후에 서너 대의 담배를 연달아 피우는 버릇이 있었다. 당신이 보빗 양을 가장 오래, 느긋하게 관찰할 수 있는 시간이었다.

당신은 표지가 심하게 눌린 책 한 권을 무릎 위로 끌어왔다. 검고 두꺼운 커버는 귀퉁이가 다 닳아 너덜너덜했다. 그것은 당신에게 남겨진 유일한 책이었다. 당신은 그 책을 수십 번, 수백 번도 더 읽었다. 보빗 양의 이름을 가져온 것도 그 책에서였다. 천천히 책장을 넘기고 있자니 졸음이 쏟아졌다. 지난밤에 잠을 설친 덕분이었다.

지난밤에도 보빗 양은 골목에 나왔다.

당신은 언제 당신의 딸이 들어올지 몰라 조마조마한 마음으로 보빗 양을 지켜보았다. 보빗 양은 노랗게 기름이 밴 티셔츠를 입고 있었다. 목 언저리가 깊게 파여 있어 쭈그려앉은 보빗 양의 가슴이 훤히 들여다보였다. 부드럽게 음영진 굴곡이 닳기라도 할까봐 당신은 눈을 자주 깜빡거렸다. 아껴 볼 심산이었지만 차마 눈을 떼지는 못했다.

보빗 양의 살은 손가락 발가락 끝까지 어느 한 곳 빼놓지 않고 골고루 퍼져 있었다. 공평한 여자라고 당신은 감탄했다. 보빗 양은 통통했으되 유별나게 튀어나온 곳이 한 군데도 없었다. 당신은 지극히 단순하고 밋밋한 그 라인을 어느 때는 경탄에 차서, 어느 때는 욕망에 차서 바라보았다. 그렇다고 보빗 양을 떠올리며 수음을 하는 일은 없었다. 그런 짓을 하기에 당신은 너무 늙고 무기력했다. 어차피 서지도 않을 게 분명했다.

방금 누구랑 있었어?

목소리가 들려온 건 그때였다. 당신은 반사적으로 창문 아래 숨었다. 남자의 목소리는 낮고 그늘졌지만 골목길 하나쯤 거뜬히 넘어올 만큼 생생했다. 처음에 남자의 목소리를 들었을 때 당신은 그가 상냥한 사람이라고 생각했다. 그만큼 신중하고 조심스러운 목소리였다. 그러나 지금의 당신은 알고 있다. 그의 목소리에 노란 기름처럼 밴 광기를.

사람 목소리가 들린 것 같았는데? 자기 누구랑 얘기했어?

보빗 양이 고개를 저었다.

정말이야? 방금 전에 누가 저쪽으로 뛰어가지 않았어? 발소리도 들린 것 같은데.

보빗 양이 다시 고개를 저었다. 피우고 있던 담배도 바닥에 비벼 꺼버렸다. 남자가 가만히 가래를 돋워 그 옆에 뱉었다. 마침표라도 찍는 것처럼 정확한 자리에. 정말이지? 남자가 보빗 양에게 얼굴을 바짝 들이밀었다. 당신은 벽에 등을 붙이고 커튼 뒤에 숨어 그들을 지켜보았다. 혹시라도 소리가 샐까봐 입을 막는 것도 잊지 않았다.

자기, 내가 거짓말하는 거 얼마나 싫어하는지 알지?

남자의 눈이 골목 끝을 매섭게 쏘아보았다.

보빗 양이 자리에서 일어나 남자의 팔을 끌어당겼다. 통통한 팔이 남자의 팔뚝 앞에서는 어린아이 것처럼 허약해 보였다. 남자가 꼼짝도 않자 보빗 양이 앞장서 대문을 향해 걸어갔다. 오늘은 이대로 끝이 날 모양이야. 당신이 마음을 놓으려는 순간 남자가 발을 들어 보빗 양의 등을 걷어찼다. 문고리를 잡고 있던 보빗 양이 허공에 반쯤 뜬 채

대문 안으로 사라졌다. 당신은 창문을 닫았다.

보빗 양은 언제쯤 나올까.

당신은 졸린 눈을 비비며 골목을 내다보았다. 보빗 양네 집 대문은 굳게 잠겨 있었다. 그뒤로 어떻게 되었을까. 당신은 남자의 긴 팔과 투박한 등을 떠올리다 그만두었다. 전에도 이런 일이 몇 번이나 있었지만 문제가 된 적은 없었다. 다음날이면 보빗 양은 아무렇지도 않은 얼굴—자잘한 멍과 생채기 들로 뒤덮이긴 했지만 적어도 표정만큼은 변함없는 얼굴—로 골목에 나와 담배를 피우곤 했다. 그러니 오늘도 별일 없을 게 분명했다. 조금 뒤면 또 늘어진 셔츠 차림의 보빗 양이 나와 무념한 얼굴로 담배를 피우겠지. 당신은 햇빛이 쏟아지는 골목을 바라보다 꾸벅꾸벅 졸기 시작했다.

2. 허용범위에 대하여

당신의 딸은 사 년 전 급작스레 찾아왔다.

당신은 당신에게 딸이 있는지조차 몰랐다. 당신의 인생에 있어 연애라 부를 만한 것이 없기 때문이기도 했다. 당신이 안아본 여자는 두부가게에서 일하던 마흔이 훌쩍 넘은 늙은 여자가 유일했다.

두부가게는 재래시장 제일 안쪽에 있었는데 매일 아침 여섯시와 오후 세시에 갓 만든 손두부를 팔았다. 모서리가 뭉개지고 크기도 제각각인 두부였지만 고소한 맛 때문에 인기가 좋았다. 당신은 만두 속에 넣을 두부 다섯 모를 사기 위해 그곳에 갔다. 어머니는 집에서 빈둥대는 당신을 좋을 대로 부려먹었다. 당신은 두부를 산 뒤에 살색 스타킹을 사러 화장품가게에, 간장과 당면을 사러 슈퍼에 들러야 했다.

야야, 두부가 다 팔렸는데 어쩌냐.

늙은 여자가 수선스럽게 말하며 당신의 팔을 잡아끌었다.

만두소 할 거면 어차피 으깰 거니까, 깨진 거라도 좀 주랴?

당신은 늙은 여자에게 이끌려 두부가게 안쪽으로 들어갔다. 찜솥에서 아직 김이 펄펄 올라오고 있었다. 면주머니가 여기저기 널린 좁은 공간에 당신을 세워두고 늙은 여자는 물에 흠뻑 젖어 있는 두부 조각들을 건졌다. 함지박을 다리 사이에 끼우고 쭈그려앉은 터라 걷어올린 치마 속이 훤히 보였다.

늙은 여자가 팔을 크게 휘두를 때마다 늘어진 젖가슴이 덜렁덜렁 흔들렸다. 멍처럼 번진 큼지막한 젖꽃판이 보이다 말다 했다. 당신은 늙은 여자의 가슴과 치마 속을 흘끔흘끔 훔쳐보았다. 어머니와 비슷한 모습인데도 어쩐지 등에서 땀이 솟았다. 찜솥의 열기 때문인지도 몰랐다. 시뻘게진 당신의 이마를 보았는지 늙은 여자가 실쭉 웃었다.

말병신이라고 거시기까지 병신은 아닌갑다, 웅?

요 속이 그렇게 궁금허냐?

당신은 딱히 병신이 아니었다. 입을 뗄 때 심하게 더듬는다 뿐이지 말을 못 하는 것도 아니었다. 지능이 낮지도, 사고로 머리를 다치지도 않았다. 당신의 어머니는 당신에게 심부름을 시킬 때 대개 달력을 찢어 만든 메모지에 굵고 거친 글자들을 적어주었다. 필요한 곳에 가서 그것과 돈을 내밀면 그만이었다. 당신은 바쁜 어머니 대신 백 사이즈의 여성용 면팬티와 흡수력 두 배라는 잠자리용 생리대를 사러 가기도 했다. 사람들은 당신을 벙어리라고 생각하거나 정신지체아로 치부했다.

여러 의미의 병신, 으로 불린다는 사실을 알았을 때 당신은 그냥 침묵했다. 설명과 해명에는 너무 많은 말들이 필요했다. 한마디를 하려면 오 분은 더듬어야 하는 당신에게 그것은 일종의 고문이었다. 게다가 그렇게 해서 병신이 아님을 증명한다 한들 어차피 당신에게 달라질 건 아무것도 없었다.

야야, 함 들여다보련?

짧고 거친 정사 뒤에 늙은 여자가 말아올렸던 치마를 툭툭 털었다. 그러고는 끝이었다. 당신은 허둥대며 바지를 올리려다 앞으로 고꾸라졌다. 구정물에 흠뻑 젖은 바지를 늙은 여자가 면주머니로 닦아주었다.

땀범벅이 되어버린 당신에게 늙은 여자가 차게 식힌 콩물을 한 사발 따라 내밀었다. 당신은 시키는 대로 콩물을 마셨다. 인자 가봐라. 당신은 검정 비닐봉지에 담긴 두부 조각들을 손에 쥐고 가게를 나왔다. 시장 골목을 채 벗어나기도 전에 당신은 비리고 텁텁한 콩물을 고스란히 게워내고 말았다.

수증기로 가득 찬 좁은 가게와 구정물이 고인 시멘트바닥, 움직일 때마다 얼굴에 닿던 꺼끌꺼끌한 면주머니, 콩 비린내와 뭉글뭉글하게 뭉쳐 있던 두부 조각들. 당신에게 있어 여자와의 정사란 고작 그 정도 기억으로 남았다. 콩물처럼 비리고 걸쭉한 기억이었다.

당신은 어머니가 돌아가신 뒤 줄곧 혼자 살았다.

당신의 어머니는 그악스러운 여자였다. 삶에 집착하고 아이에게 맹

목적이 되는 것이 홀어미의 특성이라면 당신의 어머니는 기댈 곳 없는 병신 아들에 대한 죄책감까지 짊어지고 있었다. 그렇기에 고집 센 얼굴이 언제나 비장함으로 가득했다. 당신의 어머니는 말로 설명하기 힘든 복잡한 얼굴로 팔십 년을 살았다.

당신의 어머니가 생을 마감한 것은 바퀴벌레 한 마리 때문이었다. 부엌에서 바퀴벌레와 마주친 당신의 어머니는 때려죽일 요량으로 신발짝을 높이 쳐들었다. 한 발을 썩 내밀면서 내리치려는 찰나 바퀴벌레가 돌연 방향을 바꿔 당신의 어머니에게 달려들었다. 황급히 뒤로 물리던 다리가 엉키는 바람에 당신의 어머니는 요란한 소리를 내며 넘어졌다. 칼날을 세우려 꺼내놓은 숫돌에 뒷머리를 세게 찧은 것은 우연이었다.

당신은 구급대에 전화를 걸었다. 그러나 당신은 응, 응 하는 소리밖에 낼 수 없었다. 구급대원은 당신이 끙끙대는 소리를 듣고 장난전화 내지는 음란전화라 생각해 세 차례나 전화를 끊었다. 전화기를 들고 안절부절못하는 당신을 당신의 어머니가 핏발 선 눈으로 쏘아보고 있었다. 당신은 다시 전화를 걸어 더욱 큰 소리로 끙끙댔다. 결국 화가 난 구급대원이 콩밥을 먹이겠다고 으박지르며 주소지를 추적한 뒤에야 당신의 어머니는 병원으로 옮겨질 수 있었다.

억척스러운 성격대로 당신의 어머니는 상당한 재산을 당신에게 물려주었다.

당신은 방에 앉아 통장에 있는 돈을 조심스레 삼십 등분 했다. 당신이 당신 어머니처럼 팔십 세까지 산다는 가정하에 산정된 숫자였다. 삼십 등분 된 돈을 다시 삼백육십오 등분 한 뒤에야 당신은 당신이 하루에 쓸 수 있는 돈이 삼만 사천이백사십육원이라는 사실을 알았다. 무엇을 하든 충분한 돈이었다.

당신은 하루에 삼만원씩의 돈을 통장에서 찾아왔다. 사천이백사십육원은 혹시 당신 어머니보다 더 오래 살지 모를 날들을 위해 저금했다. 삼만원의 돈으로 당신은 음식을 사거나 책을 샀다. 남는 것이 시간이었으므로 서점을 오래 서성여 먼지가 제일 많이 쌓인 책을 골라내는 것이 당신의 일과였다. 책장 뒤로 떨어진 잡지 과월호를 단돈 오백원에 구입하기도 했다. 그날도 당신은 표지에 고양이 발톱 자국 같은 것이 드문드문 찍혀 있는 식물도감을 구입해 집에 돌아오는 길이었다.

집 앞 골목에 서 있던 웬 젊은 여자가 당신의 팔을 낚아챘다.

손톱이 이게 뭐야, 때가 잔뜩 꼈잖아.

당신보다 젊은 여자임은 분명했지만 손을 들여다보는 여자의 정수리에 벌써 희끗희끗하게 바랜 머리칼들이 앉아 있었다. 깡마른 어깨에 걸친 검은 카디건에는 흔한 보풀 하나 없었다. 여자가 당신을 세워놓고 몸 여기저기를 샅샅이 살폈다.

머리도 덥수룩하고 어디, 귀 좀 봐. 귀지를 한 번도 안 판 거야? 아유, 더러워라, 옷에서도 머리에서도 전부 냄새가 나잖아. 일단 들어가, 깨끗이 씻고 손톱도 깎고 귀지도 파야겠네. 난 지저분한 건 딱 질색이거든.

응, 응.

괜찮아, 이젠 내가 잘 돌봐줄 테니까. 아빠 모습을 보니 집 안이 어떨지도 뻔하네. 일단 청소부터 시작해야겠어. 뭐 해? 얼른 들어와.

여자는 당신을 거실에 앉혀놓고 멋대로 싱크대와 욕실에 락스를 부었다. 밀어두었던 빨래도 커다란 함지박에 담아 퍽퍽 소리를 내며 빨았다. 함지박을 다리 사이에 끼우고 쪼그려앉아 크게 팔을 휘두르는 모습에 당신은 두부가게 늙은 여자를 떠올렸다. 늙은 여자의 얼굴은 전혀 떠오르지 않았지만 그런 건 아무래도 상관없었다.

그후로 당신은 당신의 딸이라고 주장하는 여자와 사 년을 함께 살았다. 여자가 당신의 딸이든 아니든 그런 것은 중요치 않았다. 어차피 당신은 진실이라는 것에 관심이 없었다. 하루하루를 살아내는 것, 미지근한 밥알을 씹고 계절에 맞는 이부자리에서 잠드는 것, 책장에 무수히 찍힌 마침표를 세는 것, 그 정도가 당신이 생각하는 삶이었다.

당신의 딸은 성격이 급하고 화를 자주 내기는 했지만 약속했던 대로 당신을 꼼꼼히 돌봐주었다. 다만 걱정이 너무 많았다. 당신의 딸은 당신이 밖에 나갔다가 집에 돌아오지 못할까봐 두려워했다. 메모하거나 휴대폰에 문자를 찍어 보여주는 것만으로도 당신은 충분히 의사표현이 가능했다. 그러나 당신의 딸은 그런 사실을 인정하지 않았다. 전자대리점 고객센터에서 전화를 받는 당신의 딸은 고객 한 사람과 통화가 끝나면 당신에게 전화를 걸었다. 당신은 그저 응, 응 할 뿐이었으나 당신의 딸은 개의치 않았다. 당신이 집 안에 얌전히 있는 것. 그것이 당신의 딸이 바라는 유일한 당신의 역할이었다.

당신은 딸의 바람대로 얌전히 집에 있었다.

그렇다고 딸의 걱정과 의심이 사라지는 건 아니었다. 당신의 딸은 당신의 방문에 자물쇠를 달았다. 당신은 그에 대해 별다른 말을 하지 않았다. 그저 묵묵히 방 안에 앉아 당신의 딸이 퇴근해 돌아오길 기다렸다. 당신의 딸은 매일 정시에 퇴근해 정신없이 집으로 달려왔다. 창가에 서 있사면 핸드백과 시장비구니를 꽉 끌어안은 당신의 딸이 필사적으로 달려오는 모습을 볼 수 있었다.

당신의 딸이 집에 있는 동안은 당신도 자유롭게 거실을 오갈 수 있었다. 당신의 딸은 당신이 저녁을 먹는 동안 방 안을 청소했다. 방바닥에 거품이 나도록 세제를 푼 뒤 다시 뽀득뽀득해질 때까지 물걸레질을 했다. 문고리와 형광등, 창틀 같은 곳도 약을 뿌려 소독했다. 이부자리와 옷은 너무 자주 빨고 삶아 끄트머리가 금세 너덜너덜해졌다.

허용범위와 불용범위를 구분할 수만 있다면 당신의 딸과 지내는 건 힘들지 않았다.

범위는 비교적 명확했다. 귓속이 더럽거나 손톱이 긴 것은 불용. 창문을 열어놓는 것과 음식물을 바닥에 흘리는 것, 하루 이상 같은 옷을 입거나 같은 이불을 사흘 이상 까는 것, 책을 쌓아두는 것과—실제로 당신의 딸은 당신의 책장을 싹 비워버렸다. 오래된 책 귀퉁이에서 좀이 슨 흔적을 발견했기 때문이었다. 모든 책이 폐휴지처리장으로 실려갔지만 당신은 그 속에서 가까스로 책 한 권을 남길 수 있었다—욕실에서 젖은 손으로 화장지를 만지는 것 등등은 모두 불용이었다. 아침에 어쩔 수 없이 길어진 수염이나 흰머리는 허용범위에 들어갔다.

당신은 당신의 딸을 가만히 관찰해 허용범위 안에 자신을 들여놓았다. 어차피 함께 살 거라면 시끄럽지 않은 게 좋았다. 깨끗하게 지내서 나쁠 것 없지. 당신은 그렇게 스스로와 타협했다.

3. 남자에 대하여

당신은 남자에게 이름을 지어줄 필요성을 느끼지 못했다. 남자는 그냥 남자였다.

보빗 양은 남자를 두려워했다. 적어도 당신의 눈에는 그렇게 보였다. 오후 다섯시에 출근해서 새벽에야 돌아오는 보빗 양과 달리 남자는 집에서 빈둥빈둥 놀았다. 집 밖으로 나설 때는 슈퍼에 갈 때와 보빗 양을 마중나올 때가 전부였다. 남자는 늙은 개처럼 대문에 엉덩이를 붙이고 어슬렁대다 잽싸게 보빗 양을 물고 들어갔다.

누구랑 통화했어?

보빗 양은 들고 있던 휴대폰을 통째로 남자에게 넘겼다. 남자는 버튼을 연달아 눌러 통화내역을 확인했다. 당신은 보빗 양이 누구와도 통화하지 않았다는 사실을 알고 있었다. 보빗 양은 가끔 골목에 앉아 휴대폰으로 사진을 찍곤 했다. 시멘트바닥이나 쓰레기봉투, 가로등 같은 것들이었다. 담배를 피우고 있는 보빗 양 자신을 찍고 있는 걸지도 몰랐다. 적막한 골목에 채찍질하듯 울리는 셔터 소리에 당신은 흠칫흠칫 놀라곤 했다.

그새 통화내역까지 지운 거야? 누군데? 나한테 말 못 할 사람이야? 왜? 왜 말을 못 하는데? 뭐 하는 새끼야?

보빗 양이 피우던 담배를 바닥에 내려놓았다. 이다음에 일어날 일을 당신도, 보빗 양도 알고 있었다. 남자가 보빗 양의 머리채를 휘어잡고 종아리를 걷어차며 대문 안으로 끌고 들어가는 것을 당신은 멍하니 바라보았다. 당신이 할 수 있는 일이란 아무것도 없었다. 보빗 양은 남자에게 몇 대 더 맞을 것이고, 함께 밤을 보낼 것이며, 다음날 낮이면 여느 때처럼 부어디진 얼굴로 골목에 쭈그려앉아 담배를 피울 것이었다.

당신의 딸은 일찍 잠자리에 들었다.

당신은 가만가만 창문을 열었다. 보빗 양이 사흘째 골목에 나오지 않았다. 당신은 보빗 양의 완만한 가슴곡선과 짧고 통통한 손가락을 떠올렸다. 금방이라도 떨어질 것처럼 손끝에 아슬아슬하게 매달려 있던 새하얀 담배도 떠올렸다. 찰칵, 하는 셔터 소리와 동시에 아득하고 길어지던 보빗 양의 눈도 떠올렸다. 보빗 양의 눈은 우물처럼 깊었다. 눈을 슴벅일 때마다 속눈썹이 활처럼 긴 그림자를 드리웠다. 유난히 오뚝한 코와 구릿빛 피부. 영모나 경선이처럼 토속적인 이름도, 수빈이나 예린이처럼 낯간지러운 이름도 어울리지 않는 이목구비. 당신이 보빗 양이라는 이름을 지어준 것도 애초에 그런 생김새 때문인지도 몰랐다.

보빗 양은 언제쯤 나올까. 당신은 제법 길게 목을 늘여 골목 이쪽저쪽을 확인했다. 아지랑이처럼 흩어지던 담배연기가 사라진 골목은 전에 없이 어두웠다. 보빗 양의 집 대문이 거칠게 열린 건 그때였다. 회색 트레이닝복에 새까만 점퍼를 걸치고 뛰어나오던 남자가 골목에 어룽진 빛을 보고 고개를 들었다. 당신이 창문 아래 숨을 틈조차 없었다.

뭘 봐, 씨발!

카악, 퉷. 남자의 가래가 보빗 양이 항상 앉아 있던 자리에 정확히 떨어졌다. 남자는 크게 몇 걸음 뛰더니 별안간 벼락 맞은 사람처럼 멈추었다. 야 이 씨발아, 너지! 남자가 단번에 당신의 집 앞으로 달려왔다. 시뻘겋게 핏대 선 남자의 얼굴이 담벼락과 창살과 방충망을 모조리 뚫고 당신의 코앞까지 밀려드는 것 같았다. 당신은 얼른 창문을 닫았다.

썅년, 잡히기만 해봐, 가만 안 둬, 죽여버릴 테니까, 아주, 다시는 도망 못 가게, 모가지를 확 꺾어버릴 테니까, 너 이 새끼, 일루 안 나와?

잔돌들이 요란한 소리를 내며 당신의 창문에 부딪쳤다. 당신은 얼른 누워 이불을 목까지 끌어올렸다. 창밖에서 날뛰고 있는 남자는 물론 잠들어 있는 당신의 딸이 두려워서였다. 당신의 딸이라면 방문에 자물쇠를 걸었을 때처럼 창문에도 망설임 없이 자물쇠를 걸 것이 분명했다.

이사 갈까봐.

당신의 딸이 방바닥에 균일하게 일어난 거품을 꽉 짠 물걸레로 훔쳐내며 말했다. 당신은 커다란 비닐을 목에 두른 채 거실에 앉아 있었다. 청소를 마치고 소독과 이불 말리기까지 끝나면 당신의 딸은 주말마다 그래왔던 것처럼 당신의 머리칼을 잘라줄 것이었다. 당신은 가위와 분무기를 꺼내놓고 당신의 순서를 얌전히 기다렸다.

여긴 동네가 더러워. 돼지 같은 술집 여자도 모자라서 이젠 미친놈까지 난리야. 새벽에 얼마나 시끄럽게 구는지 한숨도 못 잤어. 이게 다 동네가 후져서 그래. 좀더 깨끗하고 좋은 동네로 이사 가자. 아빠도 좋지?

응, 응.

그래, 그럴 줄 알았어.

응, 응.

집은 내가 알아볼게. 이참에 아예 아파트로 가자. 그럼 아빠도 가끔 밖에 나갈 수 있게 해줄게. 단지 내 놀이터라든가 노인정이라든가 뭐 그런 데 말야.

당신은 도리질을 치다 이내 그만뒀다. 바닥청소에 심취한 당신의 딸은 당신을 한 번도 돌아보지 않았다. 설령 보았다고 한들 당신의 의견이란 어차피 별 의미 없을 게 분명했다. 여기가 왜 이래? 당신의 딸은 창틀을 닦다 말고 기겁해 외쳤다. 당신의 방 유리창에 자잘하게 팬 자국과 엷은 금이 가득했다. 남자가 던진 돌 때문인 게 분명했지만 당신은 아무 말도 하지 않았다.

당신은 당신의 딸이 머리칼을 잘라주는 동안 어머니에 대해 생각했다. 잘린 머리칼이 떨어질 때마다 목에 두른 비닐이 경쾌한 소리를 냈다. 당신은 당신의 어머니와 함께 평생을 이 동네에서 살았다. 이사를 너덧 번 다니긴 했지만 항상 엇비슷한 곳이었다. 두 집 건너 세 집 건너 가는 게 고작이었다. 수많은 골목길과 지름길, 재래시장으로 넘어가는 언덕길, 재작년부터 버스가 다니기 시작한 아스팔트길. 당신은 당신이 외우고 있는 길들을 세세히 떠올렸다. 당신은 한 번도 이곳이 더러운 동네라고 생각해본 적 없었다. 보빗 양과 남자를 술집 돼지와 미친놈이라고 생각해본 적도 없었다.

머리칼을 비닐에 싸서 버리고 당신의 딸은 테이프로 바닥에 떨어진 머리칼을 꼼꼼히 찍어냈다. 당신은 소독약 냄새가 떠도는 방 안에 오도카니 앉아 있었다. 당신의 딸이 호기롭게 문을 열어준다 해도 당신이 할 일이라는 건 딱히 없었다. 오히려 당신의 딸이 회사에 가 있는 동안이 마음 편했다. 적어도 창문을 열고 보빗 양을 지켜볼 수 있으니. 당신의 딸이 식사준비를 하느라 부엌에 있는 동안 당신은 조심조심 창문을 열었다. 반 뼘만큼 열고 밖을 내다보자 그곳에,

보빗 양이 있었다.

당신은 안도의 숨을 내쉬었다. 보빗 양은 전보다 훨씬 부어터진 얼굴로 담배를 입에 물었다. 불도 붙이지 않은 담배가 입에서 자꾸 떨어졌다. 담배를 주워 다시 물고 다시 물고 하는 보빗 양의 몸에 멍자국이 요란했다. 단추를 채우다 만 남방 깃이 벌어져 가슴이 절반은 드러나 있는데도, 당신의 시선은 전혀 다른 곳에 머물렀다. 지금까지도 보빗 양의 목을 꽉 틀어쥐고 있는 것처럼 보이는 검은 손자국이었다. 푹 파인 엄지손가락 자리와 나머지 네 손가락까지 또렷했다. 남자의 손자국인 게 분명했다.

그래도, 라고 당신은 생각했다. 다시 또 별다를 바 없는 일상이 펼쳐질 것이었다. 남자나 당신의 딸이 어떻든 간에 당신에게는 보빗 양이 이 골목 안에 있다는 사실이 중요했다. 당신은 죽어버린 당신의 어머니나 당신의 딸보다 보빗 양을 더 가깝게 느끼고 있었다. 그렇다고 해서 뭐가 크게 달라지는 것은 아니지만 어쨌든 그랬다.

4. 사건에 대하여

찰칵, 하는 소리에 당신은 잠에서 깼다.

한밤의 셔터 소리는 다소 신경질적으로 들렸다. 당신은 슬그머니 이불에서 빠져나와 창문을 열었다. 예상대로 보빗 양이었다. 일을 쉬

는 날인 건지 얼굴과 목이 저 모양이라 쉬는 건지 모르겠지만 보빗 양은 골목에 나와 있었다. 평소와 다른 점이라면 보빗 양의 통통한 손가락에 담배가 들려 있지 않다는 정도였다.

보빗 양은 휴대폰 버튼을 계속해서 눌렀다. 항상 쭈그려앉아 있던 자리를 벗어나 골목 여기저기를 서성이기도 했다. 당신은 보빗 양이 당신의 방 창문을 향해 걸어올 때 사뭇 긴장했다. 보빗 양의 눈은 한쪽은 너무 붓고 다른 한쪽은 너무 꺼져 있어 어디를 보고 있는지조차 가늠할 수 없었다. 보빗 양은 당신의 방 창문 앞에 한동안 서 있었다.

당신은 창문 아래로 숨지 않았다. 그렇다고 보빗 양에게 말을 건 것도 아니었다. 당신은 그저 멍하니 서 있었다. 당신이 말을 건다 한들 보빗 양이 받아줄 리 없었다. 어차피 당신은 말도 제대로 하지 못하는 이웃집 늙은이에 불과했다.

보빗 양이 천천히 방향을 틀었다. 발끝이 골목 저편을 향했다가 집을 향했다가 했다. 그러니까 보빗 양은 골목 안을 뱅뱅 돌고 있는 중이었다. 세 바퀴 네 바퀴를 돌고 다섯 바퀴째 접어들려는데 대문이 열리며 남자가 나왔다.

당신은 보빗 양이 이상하다고 생각했다. 지금처럼 낯설고 기이한 보빗 양을 도무지 견딜 수가 없었다. 남자가 나온 것은 차라리 다행이었다. 이제 남자가 보빗 양을 닦달하고 문 안으로 끌고 들어가면 끝이었다. 물론 몇 대 얻어맞기야 하겠지만 그거라면 상관없었다. 남자의 발길질로 마무리되는 일상에 보빗 양뿐 아니라 당신까지 길든 까닭이었다. 당신은 남자가 얼른 보빗 양의 종아리를 걷어차길, 머리채를 휘어잡길 바랐다. 그러면 내일 낮에는 햇빛 속에 나른히 앉아 있는 보빗 양을 볼 수 있을 터였다.

결국 이거란 말이지?

남자가 으득 이를 갈았다.

내가 그렇게 알아듣게끔 얘길 했는데도, 그래도 결국 나를 배신한단 말이지? 또 도망치겠다고 여기까지 기어나왔단 말이지? 그렇담 차라리,

죽어버려. 남자가 그렇게 말하며 보빗 양에게 와락 안겼다. 분명 그렇게 보였다. 보빗 양은 기묘한 소리를 내며 고꾸라졌다. 가래가 낀 것처럼 탁하고 거친 목소리였다. 당신은 보빗 양의 목소리를 처음 들어본다는 사실에 놀랐다. 남자가 그렇게 격렬히 보빗 양을 끌어안는 모습을 처음 목격한다는 사실에도 놀랐다. 그러나 무엇보다,

쓰러진 보빗 양의 몸에서 힘차게 솟구치는 핏줄기에 놀랐다.

남자는 보빗 양을 내려다보며 서 있었다. 남자의 어깨가 단거리달리기를 지금 막 마친 육상 선수처럼 들썩거렸다. 당신은 소리없이 주저앉았다. 창문을 닫을 정신도 없이 바닥을 기어 이불에 얼굴을 묻었다. 당신이 할 수 있는 일이라곤 소독약 냄새에 혼미해진 채 방금 남자가 그랬던 것처럼 말없이 헐떡이는 것뿐이었다.

시간이 얼마나 흐른 건지 알 수 없었다.

당신은 고통스럽게 몸을 일으켰다. 가능하다면 절대로 눈을 뜨고 싶지 않았다. 그러나 당신을 괴롭히는 건 다름아닌 당신의 어머니였다. 숫돌 옆에 쓰러져 있던 당신의 어머니가 자꾸 눈앞에 떠올랐다. 어머니가 그랬던 것처럼 보빗 양 또한 부릅뜬 눈으로 당신의 방 창문

을 노려보고 있을 것 같았다. 당신은 땀과 눈물과 콧물로 흠씬 젖은 얼굴을 이불에 마구 문질렀다. 골목은 아직 캄캄했다.

골목 어디에도 남자의 흔적은 없었다. 보빗 양 역시 사라지고 없었지만 흔적까지 사라진 것은 아니었다. 보빗 양이 쓰러졌던 자리에 검게 퍼져 있는 얼룩이 명백한 증거였다.

당신은 안절부절못한 채 방 안을 맴돌았다. 경찰과 구급대에 생각이 미쳤지만 마땅히 결심이 서지 않았다. 어떻게, 뭐라고 말할 것인가. 전화를 걸 생각만 해도 등에서 절로 땀이 솟았다. 남자가 생각을 고쳐먹고 보빗 양을 병원에 데려간 거라면 당신이 나설 필요가 없었다. 당신처럼 우연히 사건을 목격한 누군가가 경찰에 신고를 했을 수도 있었다. 당신은 그렇게 믿고 싶었다. 그렇기만 하다면 당신이 해야 할 일은 아무것도 없었다.

창문을 닫으려는데 무언가가 짧게 반짝였다.

보빗 양의 휴대폰이 골목에 나동그라져 있었다. 가만 살펴보니 남은 것은 피얼룩뿐이 아니었다. 보빗 양의 휴대폰과 곳곳의 가래와 그리고 칼. 칼! 당신의 심장이 터질 것처럼 부풀었다. 보빗 양의 부드럽고 차진 살에 파묻혔던 그 칼이 분명했다.

5. 불타오름에 대하여

보빗 양의 휴대폰 안에는 골목 사진만 가득했다.

하나같이 초점이 흐리고 심하게 흔들린 사진들이었다. 당신의 방 창문이나 담배를 물고 있는 보빗 양의 얼굴 같은 건 어디에도 없었다. 보빗 양은 걸음을 옮긴 방향대로 골목을 점점이 찍어놓았다. 마치 자신의 몸 대신 카메라가 성큼성큼 골목을 빠져나가기라도 하는 것처럼.

아빠?

당신은 당신의 딸 목소리에 화들짝 놀라 보빗 양의 휴대폰을 뒤로 감추었다. 당신이 딸의 허락도 없이 집을 빠져나온 건 이번이 처음이었다. 당신의 딸은 두꺼운 카디건—여전히 그 흔한 보풀 하나 일어나지 않은—을 어깨에 걸치고 당신에게 뛰어왔다. 그러고는 당신의 발밑에 엉망으로 퍼진, 비리고 역한 냄새를 풍기기 시작한 피얼룩을 발견했다.

이게, 다 뭐야?

당신의 딸이 딱딱하게 굳은 얼굴로 물었다. 공포에 질린 얼굴 같기도 했다.

손에 든 건 뭐고 이게 다 무슨, 설마……

응, 응.

아빠가 한 거야? 그래?

응, 응.

입이 떡 벌어진 당신의 딸이 언젠가 그랬던 것처럼 당신의 몸을 샅샅이 살폈다. 피가 꾸덕꾸덕하게 마르기 시작한 칼이 당신의 바지춤에서, 보빗 양의 휴대폰이 당신의 손에서 튀어나왔다. 깨끗하게 삶은 당신의 셔츠도 군데군데 피가 묻어 있었다.

세상에. 당신의 딸이 비명 같은 소리를 쏟아냈다. 당신은 그런 게 아니라고 손사래를 쳤다. 당신은 그저 확인해보고 싶었던 것뿐이었다. 보빗 양이 찍었던 사진들이 과연 무엇이었는지. 보빗 양의 몸에 파묻혔던 칼이 과연 어떤 느낌인지. 그저 그것뿐이었다.

누굴 찌른 거야? 죽였어? 도망친 거야? 사람은, 시체는 어딨어?

당신의 딸이 다급하게 물었다. 아니야. 당신이 힘껏 고개를 저었지만 소용없었다. 내가 아니라 저 집 남자가. 당신은 그렇게 알릴 작정으로 보빗 양의 집 대문을 가리켰다. 좁은 골목을 사이에 두고 마주 앉은 보빗 양의 집은 당신의 집과 쌍둥이처럼 닮아 있었다. 당신의 딸이 녹슬고 구겨진 검은 문을 밀었다.

대문 안쪽에 엎어져 있는 보빗 양의 허벅지에 당신의 눈이 멎었다. 그것은 이미 퍼렇게 굳기 시작해 온기라고는 전혀 없어 보였다. 당신의 딸이 입을 틀어막는 것이 보였다. 웅, 웅. 답답해진 당신이 팔을 크게 휘저었다. 당신의 딸은 당신과 보빗 양을 몇 번이나 번갈아 보더니 쏜살같이 당신의 집으로 뛰어들어갔다.

이제 됐어. 아빠는 이제 아무것도 모르는 거야.

당신의 딸이 당신의 손을 꽉 잡았다. 소독액이 가득 담긴 플라스틱 통을 끌어안은 채였다. 당신의 딸은 한 치 망설임도 없이 보빗 양의 등에 소독액을 뿌렸다. 좁은 마당과 바투 이어진 집 벽에도, 담벼락에도, 낡은 대문에까지 꼼꼼히.

아빠 잘못이 아니야. 그럴 수 있어, 운이 나빴던 것뿐이야. 그러니까 잊어버려. 깨끗이 치워버리면 아무도 몰라.

뭐라고 말릴 틈도 없이 당신의 딸은 대문 안에 불을 놓았다. 당신이 들고 있던 보빗 양의 휴대폰과 칼도 불길 속으로 던져버렸다. 당신의 딸은 당신을 집으로 끌고 와 문을 잠그고 얼룩진 옷과 신발을 벗겼다. 당신이 새 옷으로 갈아입는 동안 당신의 딸은 머리를 꽉 졸라 묶고 옷을 갈아입었다. 거울을 보며 눈곱과 콧속을 체크하는 모습이 너무 태연해 맞은편 집이 활활 불타오르고 있다는 사실을 잊은 걸까 싶을 정도였다.

이젠 내가 다 알아서 할 테니까 걱정하지 마.

응, 응.

아빠가 이런 사람인 게 차라리 다행이야. 말도 못 하고 정신도 온전치 않은 사람이 뭘 어쩌겠어? 아빤 저 여잘 본 적도 없는 거야. 매일 집에만 있었으니 알 턱이 없지. 걱정 마, 내가 아빨 지켜줄게. 절대로, 절대로 들키지 않게 해줄게.

응, 응.

검은 연기와 함께 뭐라 형언할 수 없는 냄새가 골목 맞은편에서 치솟았다. 당신의 딸은 불이 솟아오르는 정도를 가늠해보는 듯했다. 그러고는 소방서에 전화를 걸어 다급한 듯 주소를 읊었다.

불길이 점점 더 맹렬하게 타오르기 시작했다. 보빗 양이 찍었던 골목 사진처럼 검고 더러운 연기가 발자국 찍히듯 검게 펴져 올라가고 있었다. 당신은 보빗 양의 눈과 짧고 통통한 손가락과 아지랑이처럼 흩어지던 담배연기 같은 것들을 떠올렸다. 보빗 양이라는 이름을 지어줄 때 가슴속에 차오르던 사랑스러운 기분. 그러나 할리우드에서 스타가 되기에 충분했던 보빗 양은 어떻게 되었던가. 새소리처럼 높고 신경질적인 목소리를 가졌던 소설가는 매력적이고 가증스러운 보빗 양을 어떻게 만들었던가. 어차피 보빗 양의 최후란 이런 것이었다.

당신은 그만 입을 다물었다. 어차피 당신은 아무것도 하지 않을 것이었다. 어차피 당신은 고작 이 정도의 인간이었다.

나선의 방향

다섯 시간.
그 짧은 시간 내에 이런 일이 가능한 걸까.
이렇게 모든 것이 깨끗이,
사라져버릴 수도 있는 걸까.

고작 다섯 시간이었다.

남자는 낯익다고도, 낯설다고도 할 수 없는 들판을 유심히 바라보았다. 본디 이곳은 검고 단단한 땅이었다. 군데군데 오래된 뼈처럼 튀어나와 있던 편마암이 지금은 흔적조차 없었다. 들판을 뒤덮은 건 남루한 틀에서 빠져나온 듯 균일하게 색을 잃은 모래들이었다. 헐거운 궤적을 그리며 남자의 손목시계가 흘러내렸다. 납작하고 가는 남자의 손목에 비해 터무니없이 큰 시계는 스테인리스로 도금된 굵은 선이 무례할 정도로 샛노랬다. 남자의 손가락이 손목시계를 두어 번 두드렸다. 다섯 시간. 그 짧은 시간 내에 이런 일이 가능한 걸까. 이렇게 모든 것이 깨끗이, 사라져버릴 수도 있는 걸까.

남자는 황량한 들판을, 모래밖에 남지 않은, 애초에 모래 외에 무엇이 있었다고 상상할 수 없게끔 아득한 음영만이 남은 들판을 다시 한 번 살폈다. 지그재그로 날아드는 바람이 표정 없이 건조했다. 흔들리는 것은 사방 어디에도 없었다. 다섯 시간 전까지만 해도 들판에 붙박여 있던 남자의 집은 이제 흙벽돌 하나 남아 있지 않았다.

돌이켜보면 그의 인생에서 사라지지 않는 것은 없었다.

남자의 부모는 아주 오래전 사라졌다. 남자의 목소리 역시 그들과 함께 사라졌으며, 목에 사선으로 새겨졌던 굵은 칼자국은 새로 돋은 살과 주름 사이로 흐려져 한때 그가 소유했던 말의 억양과 리듬의 기억을 품은 채 사라졌다. 열 살 아래 남동생이 사라진 건 삼 년 전이었다. 하얗고 넓은 이마와 상반되게 억센 머리칼을 가졌던 딸은 다섯 시간 전에 사라졌다. 이제 마지막, 마리암과 그들의 집이 사라진 지점에 이르러서야 남자는 자신의 불행을 오롯이 마주했다. 어쩌자고 이렇게 불행한 삶을 끈질기게 이어온 걸까. 주저앉은 남자의 손바닥에 모래알이 닿았다. 가슬가슬한 모래알이 뜻밖에 따뜻해서, 남자는 뺨을 바닥에 대고 흐느꼈다. 이왕 사라져버릴 거라면 이보다 더 끔찍해야 했다. 더 잔혹한 장면으로 의심할 겨를 없이 사라졌어야 했다. 집이 있던 자리에 증기가 솟구치는 거대한 구멍이라도 뚫려 있었다면 이렇게 무기력해지진 않았을 거라고, 들판에 엎드린 남자는 끅끅대며 사라진 것들의 말끔함을 원망했다.

*

남자의 일과는 밤 열한시부터 시작됐다. 느슨하고 여유롭던 동대문 도매상가의 공기는 밤 열시를 넘어가면서 확연히 팽팽해졌다. 습관처럼 던지던 호객과 아부의 대사들은 사라진 지 오래였다. 작은 책만한 크기의 가방을 허리춤이나 손목에 매단 사입자들이 상점과 상점 간 좁은 길에 빼곡했다. 거래처로 걸음을 옮기면서도 사입자들은 주변에 걸린 옷과 사람들의 동선을 면밀히 훑었다. 여러 가게로 시선을 돌리는 사람은 드물게 가방 안에 현금 뭉치를 챙겨온 사입자이거나 야시장 구경꾼인 경우가 많았다. 사입자들은 이 시간대의 흐름을 방해하는 구경꾼을 딱히 반기지 않았다. 그들의 걸음은 너무 느렸고 수시로 멈추거나 망설였으며 웅혈처럼 아무 데나 고여 수다를 떨었다. 사입자 중에는 옷을 가득 싸넣은 대봉을 양어깨에 메고 가다 그들의 뒤통수를 가차없이 떠밀어버리는 사람도 있었다. 옷을 몸에 대보며 한갓지게 거울 앞에 서 길을 막는 웅혈들에 대한 경고였다. 남자는 그 정도까진 아니었지만 아무 데나 무리지어 선 구경꾼들이 성가시긴 했다. 이왕이면 더 늦은 시간에 나올 것이지. 지방으로 내려보낼 옷들을 싸려면 열한시부터 새벽 한시까지는 물 한 모금 마실 시간조차 빠듯할 정도로 바빴다.

남자가 가야 할 곳은 정해져 있었다. 몇 년간 거래를 계속해온 상점들은 서로를 견제하지 않아도 될 만큼 적당히 떨어진 곳에 위치했다. 영수증만 수북한 남자의 손가방이 허벅지와 허리께를 분주히 오갔다. 대구에 있는 소매상점 두 개가 거래처의 전부인 남자는 다른 사입자들보다 시간이 넉넉한 편이었다. 그렇다 해도 물건을 실어보내는 장차시간에 맞추려면 마냥 늦장을 부릴 수는 없었다. 남자는 구경꾼들을 서툴게 밀어내며 상가 구석으로 파고들었다.

남자는 자신이 하는 일이, 말하자면 수송관 역할에 불과하다는 걸 알고 있었다. 대구 소매상점은 남자의 동생이 운영하는 곳이었다. 사업수완이 좋은 남자의 동생은 대구에 제법 규모가 큰 상점 두 개를 운영하고 있었다. 하나는 번화가 내로변에, 하나는 멀티플렉스 영화관이 입점해 있는 쇼핑몰 이층에 있다고 들었다. 시작은 권리금 오천짜리 쪽가게였다. 지하상가에서 지상으로 올라가는 계단 아래, 삽으로 떠낸 듯한 삼각형 공간이 동생의 첫 가게였다. 일곱 평짜리 가게의 밑변과 빗변이 정확하게 사십오 도를 유지하고 있어 물건을 진열하는 것도, 안에 재고품을 쟁여두는 것도 쉽지 않았다. 그럼에도 동생은 여성용 플랫슈즈와 액세서리를 팔아 이 년 만에 종잣돈 이억을 만들었다. 가게를 넓히면서 여성의류로 품목을 바꾼 동생은 밤마다 남자를 데리고 동대문을 돌았다. 그것이 남자를 사입자로 만들기 위한 첫 단계였음을 남자는 아주 나중에야 깨달았다.

—담달부터는 형이 혼자 올 거예요.

남자를 앞으로 쓱 밀어세운 동생이 거래처 사장에게 몇 번이고 허리를 굽히며 말했다.

—제가 오던 때랑 똑같이, 그렇게만 해주세요. 저희 형 진짜 착한 사람이거든요. 묵은 옷 두세 종 섞어넣으셔도 괜찮아요, 신상품만 제대로 챙겨주시면 사장님 반품 나온 옷들 제가 어떻게든 팔아드릴게요. 저희 형 좀 잘 부탁드립니다.

동생이 대구에 상점을 계약했을 때도, 둘이 함께 살던 서울 전셋집을 남자 명의로 돌려놓았을 때도, 동대문 거래처에 홍삼 박스를 돌리며 남자를 부탁했을 때도 남자는 멀뚱히 서 있기만 했다. 동생이 준비하는 것이 남자의 자립인지 본인의 자유인지 가늠할 수 없어서였다. 어느 쪽이라 해도 남자는 방해할 생각이 없었다. 동생이 남자에게 품고 있는 건 가족애와 연민, 학습된 책임감과 질긴 부채감이었다. 그것들의 조합은 부모가 죽던 날*로부터 이십 년간, 다리에 도끼 자국이 찍힌 의자처럼 위태롭게 동생의 발밑을 떠받치고 있었다.

남자는 잠자코 동생의 뜻을 따랐다. 동생이 대구로 내려간 뒤, 남자는 이틀에 한 번꼴로 동대문에 나와 물건을 매입했다. 남자가 하는 일

---

* 남자의 부모는 고속도로에서 죽었다. 남자와 동생은 목격자이자 사고 당사자이자 유족이라는 복잡한 위치에 놓여 있었다. 두 사람은 똑같이 어렸으나 각자가 기억하는 것이 달랐다.

남자는 누더기처럼 기워진 고속도로와 화물트럭을 기억했다. 남자가 전국 청소년 웅변대회에서 큰 상을 받은 직후였고, 그를 축하하기 위해 온 가족이 나들이를 나선 참이었다. 화물차가 많이 다니는 곳이라 도로 여기저기가 꺼져 있었는데, 대충 시멘트를 눌러 바른 통에 차가 수시로 요동쳤다. 앞서 가던 트럭의 사고는 우연이었다. 화물 과적 때문에 브레이크가 파열돼 생긴 사고로 화물트럭 운전사에게는 필연이었겠으나 그 뒤를 따라 주행했을 뿐인 남자의 가족에게는 참혹한 우연에 불과했다. 컨테이너를 설치하지 않은 화물트럭에는 건축용 목재가 가득 실려 있었다. 트럭에서 일시에 쏟아진 목재들이 뒤따라오던 승용차 전면유리창에 침처럼 꽂혔다. 부모의 상반신은 치아 하나 온전히 남은 게 없었다. 깨진 목재와 유리창이 뒷좌석 중앙에 비스듬히 앉아 있던 남자의 목과 옆구리에 박혔다. 고작 여덟 살이었던 남자의 동생만이 앞이마에 검푸른 혹이 돋는 경상이었다. 남자는 죽지 않는 대신 목소리를 잃었다.

남자의 동생은 날카로운 굉음과 자신의 배 위에 올라 있던 형의 손을 기억했다. 나들이를 가는 내내 배가 아프다고 칭얼댔던 일도 기억했다. 남자의 동생은 자신의 배가 진짜 아팠는지 거듭 부모의 칭찬을 받는 형이 못마땅해 심술을 부렸던 건지 정확히 기억하지 못했다. 다만 이동하는 내내 형이 자신의 배를 쓰다듬어주던 것만을 기억했다. 굉음은 순식간에 그들을 덮쳤고 수 초 후엔 거짓말처럼 모든 걸 정지시켰다. 남자의 동생은 먹먹한 정적 속에 이상한 각도로 젖혀진 앞좌석을 목격했다. 남자의 손이 자신의 배를 아프게 누르고 있었다. 몸을 뒤틀어 상체를 일으킨 남자의 동생은 남자의 목에 박힌 말뚝 같은 것을 보았다. 부모와 달리 남자는 살아남았다. 동생은 남자의 장기가 온전치 못하고 궂은 날이면 옆구리를 쥐고 바닥을 뒹굴면서도 아프다 한마디 뱉을 수 없는 상황이 된 게 전부 자신 때문이라고 생각했다. 자신의 배를 쓰다듬느라 뒷좌석 중앙에 앉아 있지 않았다면 남자 역시 앞좌석 등받이에 처박혀 혹 하나 돋는 걸로 끝났을지 몰랐다.

은 단순했다. 거래처에서 골라놓은 신상품을 매입하고 동생이 문자로 보낸 주문품들을 더해넣어 꽁꽁 싼 대봉 대여섯 뭉치를 상자에 실어 대구로 보내면 그만이었다. 동생은 남자의 월급으로 꼬박꼬박 백오십만원씩을 송금했다. 남자는 특별히 돈이 필요하지 않았으나 동생을 말리지 않았다. 대신 발 빠른 사입자들이 골라둔 것을 눈여겨봤다가 자신의 돈으로 서너 종씩 따로 매입해 대봉에 끼워넣었다.

이 정도면 괜찮은 공존이라고 남자는 생각했다. 대구에 자리잡고 아이 둘을 키우며 사는 동생에게 짐이 되고 싶지는 않았다. 남자가 짐이 되는 것은 매달 백오십만원의 월급을 받는 순간이 아니라 일을 그만두고 스스로의 힘으로 살아보겠다고 허세를 부리는 순간이었다. 남자는 되도록 동생이 최선이라고 생각해둔 틀에서 벗어나고 싶지 않았다. 동생의 의자처럼 남자의 의자 다리에도 모진 도끼 자국이 남은 탓이었다. 남자는 자신이 목소리를 낼 수 없게 된 것이 나름의 형벌이라고 생각했다. 자신이 웅변대회에서 상을 받지 않았다면 그들의 부모는 지금까지 살아 있을지 몰랐다.

남자가 다가오는 걸 확인한 거래처 사장이 투명하고 질긴 대봉을 꺼내 옷을 싸기 시작했다. 공장에서 새로 들여온 옷들 위주로, 색깔별로 챙겨넣되 윗옷의 경우 블랙과 화이트를, 바지나 치마의 경우 제일 많이 팔리는 27, 28, 29 사이즈를 서너 점씩 더 챙겼다. 똑같은 대봉이 두 개 꾸려지는 동안 남자는 영수증에 옷 종류와 개수, 가격을 기록했다. 거래처 특성상 외상거래가 주를 이뤄 남자가 보낸 영수증대로 돈을 지불하는 건 남자의 동생이었다. 일말의 과정에는 어떤 대화도 필요치 않았다. 남자는 대봉을 어깨에 이고 꾸벅 인사를 한 뒤 상가를 나섰다.

지방 각 곳으로 내려가는 장차들이 상가 뒤편에 줄지어 서 있었다. 남자는 대봉 표면에 커다랗게 지역과 상점 이름을 써넣었다. 대구를 비롯해 전주, 광주, 부산까지 적혀 있는 대봉들이 공터에 빼곡했다. 여기까지였다. 남자는 대봉을 버스 짐칸에 밀어넣고 시간을 확인했다. 새벽 두시. 황갈색 가죽줄이 손목에 딱 맞게 감긴 시계는 동생이 대구로 내려가면서 남자에게 준 선물이었다. 남자는 곡선으로 부드럽게 부푼 문자판 유리를 손가락으로 두드리며 화장실로 들어갔다. 슬그머니 거울 앞에 선 남자가 웃옷에 붙은 실밥을 털었다. 어깨와 팔꿈치 부근에 눌리고 구겨진 옷감을 정리하고, 대봉에 쓸려 정전기가 일어난 머리칼도 물을 묻혀 가라앉혔다. 새벽 두시. 순대곱창볶음을 먹으러 갈 시간이었다.

남자는 파란색 플라스틱 의자를 끌어다 앉으며 포장마차 주인 여자가 실쭉 웃는 모습을 지켜보았다. 포장마차에 들어설 때부터 주인 여자는 요란하게 눈짓을 하며 목소리를 높였다. 말임아, 거기 순대 써는 거 그만두고 이리 좀 와봐라. 말임아, 저기 순대볶음 일 인분 니가 갖다드려. 말임아. 단무지도 갖다놔야지. 부잡스러운 광경 속에 남자는 팻말처럼 가만히 꽂혀 있었다. 말임은 주인 여자의 말을 대부분 알아듣지 못했다. 말임이 읽는 것은 주인 여자의 손짓과 몸짓이었다. 야채와 순대를 수북이 올린 플라스틱 접시가 남자 앞에 놓였다. 단무지 그릇과 물그릇이, 말간 국물이 담긴 우동대접이 말임의 손에서 남자 앞으로 차근차근 옮겨왔다. 남자는 꽉 잡아 묶은 말임의 머리칼과 불 앞에 한참을 서 있어도 땀 한 방울 돋지 않는 맨송맨송한 이마와 좁은 콧날을 눈치껏 훔쳐보았다. 말임은 머리가 작고 턱이 좁았는데 그마저도 받치기 버겁다는 듯 가느다란 목이 늘 왼편으로 기울어져 있었다. 남자가 보고 싶은 건 말임의 눈이었다. 언젠가 백열전구 밑에서 마주친 그녀의 눈은 모래빛이었다.

말임을 처음 본 건 넉 달 전이었다. 남자는 새벽시장 앞에 늘어선 포장마차들을 딱히 좋아하지 않았다. 동생과 함께 다닐 때야 사입이 끝난 뒤 납작만두나 곱창볶음으로 허기를 채웠지만 지금은 그럴 필요가 없었다. 남자는 포장마차에서 야식을 먹는 대신 편의점에 들어가 삼각김밥과 야채주스를 샀다. 아슬아슬한 수위까지 누린내를 풍기는 곱창볶음과 소주 반병은 동생이 좋아하는 메뉴였다. 남자는 적당히 배를 채울 수 있는, 담백하고 맵지 않은 것이 좋았다. 소주를 삼킬 때마다 목젖에 매달리는 화기火氣도 싫었다. 혼자 살게 된 뒤 남자는 대부분의 끼니를 삼각김밥이나 기사식당 백반으로 해결했다. 추울 때는 유부와 튀김을 올린 우동을 먹을 때도 있었으나 가끔이었다. 그날도 남자는 포장마차 골목을 그냥 지나쳐 길을 건너려던 참이었다. 포장마차 뒤쪽으로 한 여자가 나오더니 십사 킬로그램짜리 고추장깡통에 든 물을 바닥에 휙 끼얹었다. 운동화와 바지 밑단이 흠뻑 젖은 남자는 망연히 여자만 바라보았다. 그것은 바지 밑단에 지저분하게 달라붙은 고추장 찌꺼기가 더러워서도, 젖은 운동화가 불쾌해서도 아니었다. 사과의 내용일 게 분명한 여자의 말을 한마디도 알아들을 수 없었던 까닭이었다.

기어코는 귀도 고장난 걸까. 아까 상점 안에서는 괜찮았던 것 같은

데. 남자를 앞에 두고 열심히 머리를 조아리던 여자가 무언가를 깨달은 듯 멈칫했다. 포장마차 안으로 다시 들어간 여자가 주인 여자를 끌고 나왔다. 아이고, 이게 뭐래. 금세 상황을 눈치챈 주인 여자는 되레 호들갑을 떨며 남자를 포장마차 안으로 밀었다. 여기 앉아 볶음 한 접시 먹고 있음 싹 마르겠구만 뭘. 내 맛있게 볶아줄게. 아니다, 말임이 니가 볶아라, 응? 주인 여자가 내미는 대로 나무주걱을 받아쥔 여자—말임이 불안한 눈으로 남자를 바라보았다. 모래빛. 남자는 불빛 아래 무방비하게 드러난 말임의 눈을 보았다. 말임의 모래빛 눈동자는 너무 밝았고, 그래서 그 안이 텅 빈 것처럼 보였다. 가뭇없이 사라져버릴 듯 피폐한 눈을 남자는 이전에도 본 적이 있었다. 하얀 배를 드러낸 채 뒷좌석에 누워 있던, 남자의 목에서 왈칵 쏟아지는 핏덩어리를 바라보던 여덟 살 동생의 눈동자가 꼭 그랬다. 동생은 그뒤로 두 번, 자살을 시도했다.

남자는 꼬박꼬박 포장마차에 들렀다. 남자의 눈이 자연스럽게 말임을 찾았다. 말임은 양손에 나무주걱을 쥔 채 순대곱창을 볶고 있기도 했고, 박스째 놓인 깻잎을 다듬고 있기도 했다. 고추장 양념에 양파를 갈아넣거나 세로로 정확히 세 번 접은 사각어묵을 파도처럼 구겨 꼬치에 끼우기도 했다. 포장마차의 온갖 잡일을 도맡아 하고 있는 셈이었다. 남자는 플라스틱 접시에 비닐을 끼우고 있는 말임의 느른히 기울어진 목을, 수시로 훔쳐보았다. 어느 날의 말임은 배꼽 근처에 주먹을 댄 채 우뚝 멈춰 섰다. 돌연 생수병을 들어 반통씩 들이켤 때도 있었다. 어쨌거나 말임이 눈을 깜박이고 있으면 안심이 됐다. 남자는 자신의 감정이 불안인지 사랑인지 잘 구분할 수 없었다. 남자의 시선을 눈치챈 주인 여자가 어떤 식으로 부산을 떨든 상관없었다. 남자는 다만 말임이 살아 있는 게 좋았다. 말임의 눈에 차곡차곡 자신의 그림자가 쌓이는 것이, 간혹 알아들을 수 없는 이국의 언어로 낮게 읊조리는 말임의 목소리가, 자신에게 물그릇을 건네주는 발갛게 익은 손끝이 좋았다.

두세 달에 한 번씩 동생은 남자를 보러 왔다. 함께 올라온 동생의 아내는 남자의 집을 호주머니 뒤집듯 탈탈 털어 닦았다. 동생의 아내가 조린 우엉과 느타리버섯으로 냉장고를 채운 뒤 남자의 침실에서 커튼을 뜯어 빠는 동안 남자와 남자의 동생은 도매시장 거래처를 돌았다. 거듭되는 불황이었다. 꼬박꼬박 대금을 정산하는 남자의 동생은 귀한 손님이라 거래처마다 반기는 기색이 역력했다. 동생은 새로 나올 옷과 이미 나온 옷 얘기 사이사이 남자의 어깨를 괜스레 끌어안고 팔을 쓰다듬었다. 그때마다 남자는 앞에 놓인 바바리코트의 가볍게 조인 허리선을 쓰다듬거나 희미하게 고개를 끄덕임으로써 동의를 표했다. 동생의 목소리는 톤이 높고 유쾌했다. 동생의 아내 역시 활기찬 목소리를 가졌다. 두 사람이 마주 보고 얘기하고 있으면 어떤 음절이나 억양이 맞물리며 규칙적인 화음을 만들어내곤 했다. 내게도 목소리가 있었다면 어땠을까. 아마 말임의 것처럼 낮고 희미했을 거라고, 우리가 만들어낸 화음은 자신들만 들을 수 있을 만큼 작겠지만 그만큼 상냥하고 섬세했을 거라고 남자는 목 언저리를 쓰다듬으며 생각했다.

거래처를 돌며 사입까지 모두 끝낸 뒤 남자와 동생은 포장마차 골목으로 향했다. 순대곱창볶음 냄새가 적당한 훈기와 함께 끓어오르고 있었다. 막 볶기 시작했는지 냄새가 아직 비렸다. 단골집에 들어서는 동생의 손을 은근히 끌어 남자는 그 옆집, 또 옆집으로 걸음을 옮겼다. 이른 시간이라 포장마차 실내는 비어 있었다. 요란을 떨던 주인 여자가 말을 뚝 멈췄다. 남자의 뒤에 선 동생을 훑는 눈이 갈팡질팡 흔들렸다. 물그릇도 우동대접도 모두 더디게 나왔다. 심지어 그들은 나무젓가락도 없이 단무지 그릇만 앞에 둔 채 오도카니 앉아 있었다. 동생은 여전히 유쾌했으나 어쩐지 신중해진 눈으로 주위를 살폈다.

보여주고 싶은 사람이 있어.

남자의 말을 알아들은 건 동생뿐만이 아니었다.

말임은 포장마차 뒤편에서 나오지 않았다. 남자와 동생은 어색한 침묵 속에 순대곱창볶음을 먹었다. 남자에게 침묵은 오래된 더께 같은 것이었으나 동생에게 침묵은 허물어진 늪지에 가까웠다. 깻잎과 깨가 많이 들어간 볶음은 지나치게 담백해서 결국 아무런 맛도 나지 않았다. 11월 밤바람이 끈질기게 포장마차를 흔들었다. 차고 무거운 바람이었다. 두리번대던 남자는 주인 여자가 슬쩍 젖힌 천막 저편으로 도로가에 쭈그려앉아 깻잎을 씻고 있는 말임을 발견했다. 웬일인지 목이 꼿꼿했다. 얇은 어깨가 바람이 불 때마다 움칫거렸다.

더운 나라에서 왔으니 이 나라 더위는 아무것도 아닐 거라고 떠들어대던 주인 여자의 말이 떠올랐다. 순대곱창을 볶는 사람도 먹는 사람도 등판에 하얗게 소금이 끼어 있던 8월이었다. 그렇다면 11월의 날씨는 말임에게 거대한 무엇일 터였다. 말임의 나라에도 겨울이 있었을까, 태풍이나 눈이, 고드름 같은 것이 있었을까. 남자는 동생에게 뭐라 말할 틈도 없이 포장마차를 나섰다. 동생의 승합차에는 미리 실어놓은 대봉들이 가득했다. 남자는 그중 하나를 골라 테이핑된 부분을 뜯었다. 폭이 좁거나 넓고, 감이 두툼하거나 얇은 옷들이 색깔별로 누워 단층을 이룬 사이로 손을 쑤셔넣었다. 이즈음, 이즈음이었을 텐데. 남자는 결국 옷을 전부 헤쳐놓은 다음에야 두꺼운 털실로 꽈배기 모양을 넣어 짠 니트 카디건을 끄집어냈다.

말임은 여전히 포장마차 뒤에 있었다. 도매상가로 모여들기 시작한 승합차와 장차들이 말임의 앞을 휙휙 지나쳤다. 흐르는 물에 얼마나 씻었는지 바구니에 담긴 깻잎이 전부 너덜너덜했다. 젖은 손끝이 새빨갰다. 남자는 카디건으로 말임의 어깨를 조심스레 감쌌다. 말임의 가는 목이 부러지듯 툭 꺾여 무릎 사이에 얼굴을 묻었다. 코앞에 닿도록 브레이크도 밟지 않은 차 한 대가 말임의 얼굴에 찬바람을 끼얹듯 퍼붓고 사라졌다.

포장마차 주인 여자와 딱 한 시간 얘기했을 뿐인데 남자의 동생은 많은 것을 알아왔다. 말임을 지켜본 남자의 넉 달은 현실 앞에 별 의미가 없었다. 그 여자 이름은 말임이 아니야. 동생은 그렇게 말했다. 원래 이름이 마리암인데 포장마차 사람들이 편할 대로 부르던 게 굳어서 말임이 된 거래. 이집트에서 왔다니까 그렇게 더운 나라에서 온 것도 아니야.

남자는 동생의 말이 그리 새롭거나 충격적이지 않았다. 여자—말임—마리암의 이름 같은 건 상관없었다. 말임이거나 마리암이거나 남자로서는 어차피 부르지 못할 이름들이었다. 남자와 마리암에게는 말이나 호칭이 필요치 않았다. 각각의 언어, 이를테면 마리암이 쓰는 이

국의 언어와 남자가 쓰는 침묵의 언어 사이에는 어떤 식의 접점도 없었다. 남자의 눈치를 살피던 동생이 조용히 덧붙였다. 그리고 마리암에게는,

—남편이 있대.* 언젠가는 남편이 마리암을 찾으러 올 거야. 돈 낸 게 억울해서라도 찾아다니겠지. 죽을 때까지 돈을 보내줄 수도 없는 노릇이잖아.

남자는 동생의 근심과 불안을 이해했다. 그러나 이해만 했을 뿐 어떤 대답도 해줄 수 없었다. 마리암이 죽지 않길 바란다고, 그런 사연

---

* 경남 어느 과수원집 장남에게 마리암이 시집온 건 삼 년 전이라고 했다. 한국에서 유학중인 사촌언니의 소개였다. 마리암의 사촌은 서울에 살았고, 서울을 제외한 어느 도시에도 가보지 못했다. 그건 시골로 시집온 마리암이 삼 년간 단 한 번도 마을을 벗어날 수 없었던 것과 같지만 다른 이치였다. 여기 사람들은 모두 잘살아. 빈민촌에 살고 있는 마리암의 가족은 사촌언니의 그 말을 믿었다. 여기 사람들은 굉장히 세련됐어. 남자들이 특히 친절해. 한국영화를 딱 한 편 볼 수 있었던 열아홉 살의 마리암은 그 말을 믿었다. 일찌감치 박사학위를 취득한 뒤 한국으로 유학 온 사촌언니와 열 살이 넘어가던 시점부터 가족들을 먹여살리기 위해 일을 해야 했던 마리암의 사정은 다를 것이었으나 아무도 그런 것을 신경쓰지 않았다. 누군가는 알고도 입을 다물었는지 몰랐다. 경남 과수원은 넓고 아득했다. 어떻게 지내니, 라고 사촌언니가 물으면 마리암은 여긴 너무 넓어, 라고 대답했다. 여긴 좁고 높을 뿐인데 거긴 넓구나. 잘됐다. 사촌언니는 진심으로 그렇게 말했다. 마리암은 넓은 과수원 복판에서 남편에게 자주 맞았다. 마리암의 남편은 좁은 곳을 싫어해서 마리암과 관계를 가질 때도, 폭력을 행할 때도 모두 탁 트인 들판에서 했다. 가래로 두들겨맞아 뇌진탕을 일으킨 마리암이 발견된 곳도 과수원 길옆이었다. 마리암은 남편을 피해 이주여성쉼터를 세 번 옮겼다. 마리암의 가족에게 상당한 돈을 송금한 뒤 마리암을 데려왔던 남편은 당연히 이혼을 거부했다. 마리암의 여권은 남편에게 빼앗긴 채였다. 마리암을 돌보던 복지사가 포장마차 주인 여자의 동생이었던 덕에 마리암은 포장마차에 다니며 약간의 돈을 벌 수 있었다. 마리암은 월급의 절반은 알렉산드리아에 있는 가족에게, 나머지 절반은 남편에게 송금해왔다. 찾지 말아주세요, 그런 식의 애걸인 셈이었다.

이 있다면 전남편에게 절대 발견되지 않길 바란다고, 그래서 할 수만 있다면 마리암을 자신의 좁은 방에 숨겨주고 싶다고 차마 말할 수 없었다. 남자의 눈이 자꾸 사방을 헛돌았다. 남자의 손가락이 시계를 톡톡 두들겼다. 동생은 남자의 대답을 기다리고 있었다. 남자는 이전에 동생이 데려왔던 신붓감들을 돌이켜보았다. 장애인협회에서 오랫동안 일했다던 차분한 분위기의 여성이 있었다. 남자처럼 언어장애가 있지만 그림동화를 그리면서 똑똑하게 살아가던 여성이 있었다. 남자보다 세 살 많은 도매상점 여직원도 있었다. 동생이 꿈꾸는 그림은 그랬다. 자립에 성공한 배려 깊은 여성. 몸에 딱 맞는 소파처럼 안전하고 따뜻하게 남자를 감싸안아줄 어머니 같은 여성. 마리암은 그 어느 쪽에도 들지 않을 게 확실했다.

괜찮아, 나는.

남자는 휴대폰 문자판을 열어 자음과 모음을 하나씩 두드렸다. 너무 천천히 눌러 글자가 흩어지면 지우고 다시 썼다. 괜찮아, 나는. 오랜 시간을 들여 남자는 그렇게 썼다.

이대로도 괜찮아, 나는.

동생이 남자의 휴대폰을 사납게 빼앗았다. 동생은 그날 대구로 내려가지 않았다. 남자는 우렁우렁한 동생의 목소리와 그를 뒤쫓는 동생의 아내 목소리를 밤새 들었다. 그렇듯 조급하게 흐트러진 화음은 처음이었다. 남자는 의자 다리를 덥석덥석 베어먹는 도끼 자국에 잠을 설쳤다. 동생이 정해준 틀에서 벗어나지 말자고 남자는 생각했다. 달라질 건 없었다. 동생 내외가 대구로 내려가면 남자의 일과는 다시 밤 열한시부터 시작될 것이었다. 대봉을 짊어지고 사람들과 부대끼며 공터로 갈 것이고, 장차에 짐을 실은 뒤에는 습관처럼 시간을 확인할 터였다. 새벽 두시에는 누리고 매운 순대곱창볶음 일 인분을 먹고, 마리암은 거기 어디에서 목을 기울이고. 이대로도 괜찮아. 남자는 다시 그렇게 말할 참이었으나 남자의 동생은 날이 밝기도 전 혼자 집을 나서 다음날까지 돌아오지 않았다.

*

지산기념관은 바다가 보이는 외진 들판에 있었다.

조선시대에 유배 온 누구의 자손이라는데 지산이라는 이 고장에서도 호를 아는 사람은 드물었다. 옆머리가 싹둑 잘린 지우개처럼 생긴 건물에 열 평 남짓한 홀 하나가 전부인 기념관에는 지산이 썼다는 수필과 시조를 묶은 책 다섯 권과 누렇게 들떠 귀퉁이가 불탄 것처럼 보이는 원고 여남은 장, 수묵화 몇 점이 유리관에 덮인 채 드문드문 놓여 있었다. 입구 정면에 붙은 대형 초상화는 어떻게 봐도 최근에 그린 것처럼 보였다. 남자는 누구의 이름도 적히지 않은 방명록을 덮었다가 다시 펼쳐놓았다. 자신의 이름을 적어볼까도 했으나 괜히 겸연쩍었다. 붓펜 뚜껑을 오래 여닫은 끝에 남자는 방명록 첫 페이지에 마리암의 이름을 썼다. 자음이 유난히 작아 기우뚱하게 적힌 글자들이 마리암과 꼭 닮아 있었다.

지산의 후손이 국회의원이 되면서 급조해놓은 기념관이라 내건 현판만이 그럴듯할 뿐 존재감이 없었다. 간혹 바닷가에 놀러온 사람들이 들판에 오뚝 선 건물이 공중화장실인 줄 알고 들어왔다가 멋쩍게

나가곤 했다. 아무도 알지 못하는 기념관에서 백 미터쯤 떨어진 곳에는 초가집이 두 채 있었다. 하나는 지산의 생가를 복원해놓은 곳으로 철사로 잡아 묶은 장지문 안쪽에 나무책상과 보료, 서랍장 등등이 놓였다. 책상 위에 펼쳐놓은 책이 바람과 햇볕에 실컷 닳아 애처로운 모양새였다. 부엌과 그 곁에 붙은 광까지 착실히 복원해놓았으나 그 안에 있는 쇠스랑이나 검은 가마솥, 지게는 사실 지산과 아무 관계 없는 물건들이었다. 따지고 보면 기념관 안의 것들도 광에 걸린 코뚜레만큼이나 뜬금없고 조악했다. 생가 옆 또하나의 초가는 기념관 관리인이 사는 곳이었다. 짚을 엮어 만든 지붕이 눈에 띄게 작았는데, 그곳은 남자와 마리암과 그들의 어린 딸이 사는 곳이기도 했다.

11월의 이른 새벽 서울에서 출발한 남자의 동생은 여섯 시간을 꼬박 헤맨 다음에야 마리암의 남편 집에 도착할 수 있었다. 동생은 마리암을 데려올 때 든 돈 전부를 주겠노라고 했고, 한 시간 후에는 두 배를 주겠다고 했다. 돈을 높일 때마다 굳세게 고개를 젓던 마리암의 남편은 열 배를 주지 않으면 이혼해주지 않겠다고 우기다 동생이 자리를 털고 일어나자 돌연 다급해졌다. 남자의 동생이 차를 타고 떠나려는데 마리암의 남편이 좇아나와 차 뒷범퍼를 사납게 걷어찼다. 당장 마리암을 잡아와 죽여버리겠다고 날뛰는 것도 잊지 않았다. 남자의 동생은 그를 무시하고 차를 몰았다. 고속도로 몇 개를 갈아타며 이주여성쉼터와 복지관과 가정폭력상담소와 경찰서와 변호사 사무실을 두루 누빈 남자의 동생은 다음날에야 남자의 집으로 돌아왔다. 동생을 맞이하던 동생의 아내가 작게 비명을 질렀다. 차 뒤꽁무니에 우악스레 꽂힌 낫을 발견한 탓이었다.

동생은 서둘러 경기도 외곽으로 남자와 마리암을 보냈다. 동생의 지인이 운영하는 펜션에 남자와 마리암이 숨어 있는 동안 곱창집 포장마차가 반쯤 부서지고 이주여성쉼터 신발장이 불탔다. 남자와 마리암은 용인에서 공주로, 남해의 아주 작은 섬에서 남강 옆 모텔로 떠돌았다. 마리암은 불안해했지만 남자는 행복했다. 마리암이 꽈배기 무늬 니트 카디건을 꼭꼭 여며 입을 때면 남자는 손목시계를 천천히 두드리며 숨을 골랐다. 동생이 선물해준 것과 달리 투박하고 굵은 메탈 시계였다. 남자의 손목에 비해 터무니없이 큰 시계는 스테인리스로 도금된 굵은 선이 무례할 정도로 샛노랬으나 남자는 그것을 한시도 몸에서 떼놓지 않았다. 동대문 좌판에 널린 오천원짜리 중국산 시계든 포장마차 손님이 테이블에 풀어놓고 간 것이든 상관없었다. 남자는 자신의 팔목에 그것을 감아주던 마리암의 손을 기억했다. 서툰 손이었다. 누군가의 살갗이나 체온을 낯설어하는 턱없이 수줍은 손. 남자는 가끔 그 손을 잡아 손바닥에 자신의 이름을 써주었다. 마리암의 이름을 쓰기도 하고 함께 가자라고 쓰기도 했다. 어떤 글씨를 쓰든 마리암은 묵묵히 얼굴만 붉힐 뿐이었다.

지산기념관은 동생이 마지막으로 알아온 곳이었다. 여기라면 그놈도 찾아오지 못할 거야. 월급이, 아주 적긴 하지만. 남자는 깊게 고개를 끄덕였다. 집이 있고 쌀을 살 돈이 있고 마리암이 있다면 그걸로 충분했다. 줄곧 미안한 얼굴을 하고 있는 동생을 남자는 꽉 끌어안았다. 휴대폰 화면에 남자는 괜찮아, 를 쓰다가 금세 지우고 다른 말을 썼다.

아주 좋아.

행복해, 나는.

남자는 매일 오전 아홉시 기념관 문을 열었다. 올이 성긴 싸리비로 주변을 쓸고 보름에 한 번씩 잔디를 깎았다. 기념관 내부는 늘 깨끗했지만 남자는 꼬박꼬박 유리를 닦고 점검일지를 작성했다. 지역신문과 고지서 들을 정리하고 아주 가끔 찾아오는 방문객들에게 팸플릿을 나눠줬다. 그들 중 대부분은 화장실만 쓰고 나가거나 시내로 나가는 버스 편을 물으러 왔다가 말 못하는 관리인과 외국인 여자에게 난색을 표하며 돌아갔다. 폐관은 오후 다섯시였다. 남자와 마리암은 저녁식사를 하기 전까지 바닷가를 걸었다. 들판에 나란히 붙어앉아 시간을 보낼 때도 있었다. 마리암이 그녀의 언어로 가족에게 긴 편지를 쓰는 동안 남자는 그의 언어로 마리암에게 긴 이야기를 늘어놓았다. 기념관 소유의 낡은 트럭은 오 킬로미터 떨어진 시내로 장을 보러 갈 때나 목욕탕에 갈 때 썼다. 딸이 태어난 뒤엔 시내로 갈 일이 조금 잦아졌으나 그들의 삶은 대개 평온하고 고요했다.

마리암은 한국말을 쓸 줄도 읽을 줄도 몰랐다. 마리암이 아는 것은 남자의 가만가만 이어지는 고갯짓과 부지런히 움직이는 남자의 손이었다. 남자는 마리암이 속살거리는 말뜻을 여전히 알 수 없었으나 그녀의 눈짓과 몸짓을 대부분 읽을 수 있었다. 그들은 눈동자와 손가락을 움직이고 더듬어 서로의 말을 읽었다. 마리암은 바람에 찢어진 장지문을 손본 남자가 평상에 걸터앉아 목 언저리를 쓰다듬으면 물이 필요하다는 것을 알았다. 마리암이 자신의 옷깃을 잠깐 잡았다 놓고 등을 돌리면 남자는 마리암이 신발을 바꿔 신거나 뜨거운 차를 담은 물통을 가지고 올 때까지 기다렸다. 약간의 돈 외에는 무엇도 필요치 않은 생활이었다. 그들의 딸이 막 백일이 지날 무렵 남자는 동생의 부고를 들었다. 동생이 뇌졸중으로 쓰러진 곳이 하필 물품창고 안이라, 호흡장애를 일으킨 동생을 병원으로 데려간 사람이 아무도 없었다고 했다. 남자는 장례식이 끝난 뒤 한동안 초가집에 붙은 광에서 나오지 않았다. 축축하게 젖은 엉덩이로 흙바닥에 앉아 가쁘고 아팠을 동생의 마지막을 생각했다. 너무 쉽게 죽어버리는 자신의 가족들을 떠올리고는 무릎에 코를 박고 울었다. 자신이 끈질기게 살아남은 건지 연거푸 버려진 건지 가늠할 수 없어 남자의 슬픔은 쉽게 응고되지 않았다. 해가 질 무렵이면 마리암이 뜨거운 렌즈콩 수프 한 컵을 들고 남자 곁에 앉았다. 마리암은 남자에게 천천히 수프를 먹이고 뻣뻣해진 손과 종아리를 문질러주었다. 마리암의 얇은 등에 몸을 붙인 채 남자는 동이 틀 때까지, 방 안에 혼자 남겨진 그들의 딸이 더이상 참지 못하고 울음을 터뜨릴 때까지 숨을 골랐다. 젖은 숨이 바닥으로 뚝뚝 떨어졌다.

남자와 마리암에게 있어 남자의 동생은 세상과 통하는 연결고리 같은 것이었다. 이제 남자와 마리암의 세계는 들판 안쪽으로 한정됐다. 기념관과 초가집 두 채. 그들의 딸은 잘 정돈된 잔디 위에서 힘차게 뛰놀았다. 군데군데 뼈처럼 튀어나온 편마암 모서리에 무릎을 찢기면 우렁차게 울었다. 마리암은 그녀의 언어를 아이에게 가르쳤다. 작은 돌을 늘어놓고 숫자를 가르치기도 하고 노래를 불러주기도 했다. 마리암의 목소리는 속삭이듯 낮고 딸의 목소리는 또렷하고 높았다. 남자는 그들이 만들어내는 화음이 좋았다. 들뜬 목소리가 어긋나거나 부산을 떨 때조차 사랑스러워 몇 시간이고 그들 곁에 바짝 붙어 시간을 보내곤 했다. 간혹 기념관 방명록에 써넣은 이름들을 확인할 때도 있었다. 남자는 마리암의 이름 옆에 부모의 이름을, 동생의 이름을, 자신의 이름을 가지런히 늘어놓았다. 남은 백지에 딸의 이름을 써넣자 그들만의 족보가 완성되었다.

*

남자는 마리암이 잠든 틈을 타 딸을 안고 나왔다. 밤새 사십 도를 웃도는 열에 시달린 어린 딸이 팔다리를 늘어뜨린 채 땀에 젖은 이마를 남자의 목에 문질렀다. 축축하고 뜨거운 살갗이 안쓰러워 남자는 여러 번 딸의 뺨을 쓸었다. 딸이 빠르게 숨을 내뱉을 때마다 연한 허브향이 올라왔다. 남자는 밤새 미지근한 물수건으로 딸의 몸을 닦고 캐모마일 잎을 씹어 즙을 먹이던 마리암을 떠올렸다. 길고 고된 밤이었다. 아직 진료를 볼 시간은 아니었지만 병원이 있는 터미널까지 나가려면 시간이 꽤 걸릴 터였다. 남자는 딸의 몸을 담요로 둘둘 말았다가 다시 풀었다. 옷깃을 한껏 벌려주자 불긋하게 오른 열꽃이 조금 움츠러드는 듯했다. 기념관부터 들판 끝까지 뜀박질을 하던 날처럼 딸의 숨이 가빴다. 남자는 트럭에 시동을 켜기 전 딸의 가슴과 목을 정성껏 문질렀다. 반쯤 열린 눈꺼풀 아래 딸의 눈동자가 가볍게 떨렸다.

터미널에는 예상보다 일찍 도착했다. 남자는 딸을 끌어안고 병원 로비에 앉아 접수창구가 열릴 때까지 기다렸다. 딸이 감기에 걸린 건 금요일 밤이었다. 기념관에 있는 구급상자에서 종합감기약을 꺼내 먹였으나 열은 좀처럼 떨어지지 않았다. 병원은 주말에 문을 열지 않았고 응급실에 가려면 다른 지역 종합병원까지 나가야 했다. 딸은 누워 잠을 자다가 시들시들 앉아 그림을 그리다가 다시 잠들었다가를 반복했다. 워낙 튼튼한 아이니 금방 나을 거야. 남자의 말에 마리암 역시 뭐라고 대꾸했으나 서로의 말이 같은 것인지는 알 수 없었다. 마리암은 딸을 업고 들판 끝까지 걸어갔다가 돌아왔다. 남자 역시 트럭 키를 여러 차례 만지작거렸다. 딸은 마리암의 등에서 숨을 몰아쉬며 잠들어 있었다. 병이 나아가는 과정일지도 몰랐다. 어린 시절의 남자와 남자의 동생은 열이 나면 땀을 흠뻑 쏟아내며 잠을 잤다. 오렌지주스를 마시고 잠들고 물을 마시고 잠들고를 계속하면 어느 순간 방바닥에 빨려들어간 것처럼 무겁던 팔다리가 가벼워졌다. 남자의 딸 역시 어린 날의 그들처럼 아침이 되면 팔랑팔랑 뛰어다니며 높고 또렷한 목소리를 내리라 생각했다. 모래알처럼 한없이 엷은 딸의 동공과 마주치기 전까지는.

이윽고 병원 문이 열렸다. 접수대를 향해 걷는 남자의 품에서 딸이 조금씩 부풀기 시작했다. 남자는 딸의 숨이 단순히 힘찬 게 아니라 기이하고 불길하단 사실을 깨달았다. 얼굴을 확인하려 몸을 기울이자 딸의 머리가 덜컥 떨어졌다. 벌어진 입 안쪽으로 혀가 검게 말라붙어 있었다. 남자는 의사와 간호사에게 많은 말을 들었다. 그것은 설명이기도 했고 협박이기도 했다가 호된 질책으로 변했다. 남자가 알아들은 말은 패혈증, 위급 따위의 극적인 단어 몇 개에 불과했다. 남자는 지금의 상황을 이해할 수 없었다. 몇 시간 전까지만 해도 딸은 자신의 목덜미에 이마를 부비고 마리암의 가슴께를 더듬고 있었다. 환절기마다 감기를 앓았지만 사나흘이면 금세 털고 일어나 들판을 가로지르곤 했다. 그런데 왜 지금은 다르다고 하는 걸까. 남자는 부산하게 뛰어다니는 의사의 밑자락 터진 가운과 돌돌돌 소리를 내며 굴러가 딸의 몸 주변에 쌓이는 낯선 기계들과 발가벗겨진 딸을 망연히 바라보았다. 딸의 풀어진 손끝이 보라색으로 익어가고 있었다.

남자는 휴대폰에 저장된 기념관 전화번호를 불러내다 손을 멈췄다. 마리암은 한참 전에 잠에서 깼을 것이었다. 남자가 딸을 병원에 데려갔음을 짐작하고 안도하며 싸리비를 움직이고 있을지 몰랐다. 아무도 찾아오지 않는 기념관에 남자 대신 덩그마니 앉아 그들의 이름 뒤로 누구의 이름도 써지지 않은 방명록을 들여다보고 있을지도 몰랐다. 전화벨이 울리면 본능적으로 수화기를 들 수도 있었다. 그렇다고 한들 무엇을, 어떻게 할 수 있단 말인가.

남자는 자신의 목을, 주름과 세월 사이로 숨어들어 이제는 손금처럼 흐려진 상처를 더듬었다. 자신의 목소리는 유효하지 않았다. 얼굴을 마주 볼 수 없는, 손을 맞잡을 수 없는 거리에서 남자의 목소리는 어떤 것도 마리암에게 전할 수 없었다. 그게 사랑하는 딸의 죽음일지라도. 남자는 딸의 발밑에 쭈그려앉았다. 자신조차 이해하지 못한 지금의 상황을 마리암에게 어떻게 전해야 한단 말인가. 남자는 조개껍데기처럼 반들거리던 딸의 손톱에 집요하게 들러붙는 죽음의 색을 문질러 지우며 자신들이 낙원이라 생각했던 그곳이 일종의 유배지였음을 깨달았다. 그들이 서로를 완벽히 이해할 수 있었던 게 아니라 오해할 틈이 없었을 뿐임을, 세상을 유유히 살아가고 있던 게 아니라 그것과 마주칠 순간을 필사적으로 유예하고 있었을 뿐임을. 남자에게 언어 따윈 존재하지 않았다. 간혹 마리암이 남자에게 보내던 아득한 시선은 이해할 수 없음에서 오는 체념인지도 몰랐다.

*

결국, 그의 인생에서 사라지지 않는 것은 없었다.

남자는 모래로 뒤덮인 들판에 서서 사라진 것들을 하나씩 떠올렸다. 튀어나온 편마암의 검은 얼룩과 그것에 무릎이나 팔꿈치가 찢겨 울고 있던 딸의 목소리. 잘게 쪼개져 때로는 자장가처럼 들리고 때로는 무곡처럼 들리던 언어의 음률. 몸을 조금만 움직여도 금세 모두와 발가락이 맞닿던 좁은 방. 느른히 기울어진 마리암의 목. 처음엔 사랑하는 이들의 족보였으나 이제는 사라진 것들의 목록이 되어버린 방명록의 이름들. 한 번도 불러보지 못했던 그 이름들.

괜찮지 않았다, 이제는.

정말로, 행복하지 않았다.

남자는 천천히 들판을 걷기 시작했다. 시작도 끝도 없는 바람이 사방에서 불었다. 표정 없이 건조한 바람이었다. 남자의 걸음이 바람을 따라 지그재그로 흔들렸다. 부모가 죽던 날처럼 눈에 띄게 끔찍했다면 남자는 조금 더 경계했을 터였다. 동생의 차 뒷범퍼에 꽂혔던 낫이 자신의 허벅지나 팔뚝에 꽂혔다면 남자는 조금 더 예민해졌을 터였다. 끈질기게 달라붙는 불행의 근원이 자신인 줄 알았다면 애초에 마리암의 손을 잡지 않았을 터였다. 남자는 이제 무엇을 원망해야 하는지, 어떤 것을 반성해야 하는지 알 수 없었다. 그저 걷는 것 외엔 아무것도 할 수 없었다. 바람이 남자의 궤적을 더듬었다. 남자는 둥글게 둥글게, 마리암과 그의 작은 딸이 함께 등을 맞대고 잠들던 자리를 향해 점점 더 작은 원을 그리며 걸었다. 모래알이 자기장에 휘둘리듯 남자의 걸음을 따랐다. 모래알의 뾰족하거나 둥근 모서리가 일제히 한 방향으로 흘러가고 있었다. 이윽고 나선의 중심에 다다른 남자가 무심코 자신의 목을 긁었다. 그의 몸에 물이끼처럼 돋아난 모래가 남자의 손에 긁혀 툭툭 바닥으로 떨어졌다. 들판에 남은 것은 모래, 오로지 모래뿐이었다.

다만 허공

삐거덕,
소리와 함께 열린 문 바깥쪽은 바닥도 천장도 없이
다만, 허공이었다.

나무문은 A4용지를 두 장 나란히 붙여놓은 것만한 크기였다. 이원영은 그것을 자판기 옆 거대한 크기의 알루미늄 쓰레기통 뒤에서 발견했다. 수요일 오후였고, 자판기와 쓰레기통은 사람들이 좀처럼 오지 않는 서쪽 계단 삼층에 있었다.

*

서쪽 계단은 원래 오전 열시경과 점심시간 직후, 오후 다섯시경 사람들로 그득 차던 곳이었다. 건물에서 유일하게 흡연이 허락된 곳이기 때문이었다. 사람들은 뻐근한 어깨를 앞뒤로 휘휘 돌리며 이곳으로 나와 담배를 물었다. 겨울이면 뜨거운 커피가 담긴 종이컵이, 여름이면 옆구리에 물방울이 송골송골 맺힌 탄산음료캔이 당연하다는 듯 따라붙었다. 서쪽 계단을 이용하는 사람들은 대개 남자들이어서 볼썽

사납게 허리운동을 한다든지 바지춤을 추켜올려도 타박하는 사람이 없었다.

사람들이 머무는 시간은 고작 십 분 정도였으나 그 시간이면 신세한탄과 뒷담화, 약간의 음담패설이 모두 가능했다. 회사 내 루머가 이곳에서 생겨날 법도 했으나 실상은 그렇지 않았다. 누가 하고 누가 들어도 호응하기 쉬운 이야기들이 서쪽 계단에서 오갔다. 사람들은 모래를 칠 할 정도 채운 갈색 항아리를 중심으로 모여들었다. 된장독처럼 의젓하게 생긴 항아리는 오후가 되면 담배꽁초와 구겨진 담뱃갑, 껌종이와 마시다 버린 커피로 넘쳐났다. 다음날 말끔히 치워지긴 했으나 모래에 박힌 커피 얼룩과 침자국만은 그대로였다.

모여드는 사람에 비해 계단참이 좁아 담배를 피우려면 부서와 나이가 각기 다른 사람들 틈에 끼어들어야 할 때도 많았다. 사람들은 스스럼없이 라이터를 돌려 쓰며 안부인사 나누듯 자연스럽게 안내데스크의 늙은 여자에 대해 이야기했다—여자는 사실 늙은 여자가 아닐 수도 있었으나 타 회사 안내데스크를 지키고 있는 아가씨들과 비교했을 때 그러했다. 여자는 남편과 일곱 살짜리 아이와 함께 살고 있었으므로 아가씨보다 아줌마라고 부르는 것이 더 타당하게 느껴졌고, 서쪽 계단에 모인 남자들에게 아줌마는 대개 늙은 여자를 지칭하는 말이었다.

늙은 여자가 마흔두 살의 나이에도 청초한 외모를 자랑한다거나 각선미가 끝내주는 다리를 갖고 있어서가 아니었다. 오히려 늙은 여자는 해골처럼 움푹 파인 뺨과 굴곡 없이 밋밋하고 두꺼운 다리로 유명했다. 사람들이 모두 알고 있는 여자가 늙은 여자 하나뿐이었기 때문에 그녀는 뜻밖의 인기를 누렸다.

이원영 역시 서쪽 계단에서 수십 개비의 담배를 빌리고 빌려주었다. 물론 안내데스크의 늙은 여자에 대한 이야기도 함께했다. 이원영은 늙은 여자의 제복에 대해 주로 이야기했다. 서글플 정도로 안 어울리는 병아리색 투피스에 대해서. 그나마 다행인 건 안내데스크 여성들이 흔히 쓰고 있는 종이배 모양의 모자가 제복에서 빠져 있다는 점이었다. 화사하고 명랑한 병아리색 투피스는 여자의 얼굴을 위궤양 환자처럼 컴컴하게 만들어놓았다.

사람들은 늙은 여자의 밀랍처럼 두꺼운 화장과 점심시간이 지나면 으레 한두 방울씩 배 부근에 떨어져 있는 간장 자국에 대해 이야기했다. 자판기 커피 한 잔에 베풀어지는 과도한 친절과 단어 사이를 부자연스럽게 딱딱 끊는 말투에 대해서도 이야기했다. 그러나 늙은 여자가 계약기간이 끝날 때마다 이전 월급의 구십 퍼센트만 받고 일하겠다는 조건하에 재계약을 한다든지, 트럭에 찜통을 얹어 만두를 팔러 다니는 남편이 여자에게 건네주고 가는 고기만두 일 인분으로 삼 년째 점심을 해결하고 있다든지 하는 것에 대해서는 아무도 이야기하지 않았다.

서쪽 계단에 사람들이 급격히 줄어들기 시작한 건 재작년부터였다. 담뱃값이 올랐고 유명인 조언에 힘입어 금연열풍이 불었고 회사가 금연건물로 지정되었고 일찌감치 담배를 끊은 상사들이 흡연자들을 경멸의 눈초리로 바라보기 시작했고 인사고과에 흡연 여부가 반영되기 시작한 게 이유였다. 담배를 피우려면 칠층 사무실에서 일하다가도 무조건 건물 밖으로 뛰어나가야 했다. 폭우, 폭설, 태풍 속에서도 마찬가지였다. 휘몰아치는 눈보라와 싸우며 급하게 담배를 빨고 올라가면 돌아오는 건 직원들의 싸늘한 눈초리와 수상쩍게 뭔가를 휘갈겨쓰는 상사의 뒷모습뿐이었다.

사람들은 체력 소모에 비례하는 서러움과 모욕감, 실질적 불이익을 견디다 못해 금연을 강행했다. 서쪽 계단의 모래 항아리는 애진즉 치워졌다. 대신 거대한 크기의 알루미늄 쓰레기통이 자판기 옆에 놓였다. 안내데스크의 늙은 여자는 결국 회사를 그만두었고, 병아리색 제복이 끔찍하게 어울리는 스무 살짜리 여자애가 안내데스크를 맡았다. 스무 살 여자애는 두세 달 간격으로 왕왕 바뀌었으나 점심시간이 끝난 뒤 고기만두 이 인분 가격의 테이크아웃 커피를 손에 들고 종종걸음치며 회사로 들어오는 모습만은 한결같았다.

*

나무문은 A4용지를 두 장 나란히 붙여놓은 것만한 크기였다. 이원영은 그것을 자판기 옆 거대한 크기의 알루미늄 쓰레기통 뒤에서 발견했다. 수요일 오후였고, 자판기와 쓰레기통은 사람들이 좀처럼 오지 않는 서쪽 계단 삼층에 있었다.

무릎에도 채 닿지 않는 높이의 나무문 때문에 이원영은 자리에 쪼그려앉아 목을 길게 늘어뜨렸다. 나무문은 톱밥을 눌러 만든 MDF나 나뭇결 무늬를 그럴듯하게 흉내낸 미장합판과는 존재감부터가 달랐다. 장인이 만든 옻나무서랍장처럼 그윽한 색과 고아한 품격이 귀퉁이마다 깃들어 있었다. 반들반들 윤이 나는 표면은 물론 딱 떨어지게 끼워맞춘 이음매 어디에도 못자국이 보이지 않았다. 나무문은 굉장히 작고 고급스러운데다가 충분히 비현실적이었다.

이원영이 조심스레 나무문에 손을 댔다. 삐거덕, 소리와 함께 문이 뒤로 밀렸다. 우유투입구나 고양이들이 드나드는 작은 문처럼 나무문은 아주 조금만 열렸다. 이원영은 나무문을 미는 데 생각보다 많은 힘이 필요하다는 사실과 누군가가 반대편에서 내리누르는 것처럼 문이 순식간에 닫혀버린다는 사실에 당황했다. 손바닥에 힘을 주고 다시 문을 밀자 삐거덕, 소리가 소름끼치도록 선명하게 적막을 갈랐다.

*

삐거덕, 소리는 이원영이 움직일 때마다 성가신 꼬리말처럼 따라붙었다. 푸른빛이 도는 플라스틱과 검은색 바퀴로 간단히 이루어진 의자는 결코 듣기 좋다고 할 수 없는 소리들을 토해냈다. 삐익, 삐거덕, 끼꾹 같은 소리들이었다. 사무실에 앉은 사람들이 일어나거나 다시 자리에 앉을 때마다 곳곳에서 삐익, 끼꾹 따위가 울렸다.

이원영의 의자는 다른 사람들 것보다 훨씬 더 날카롭고 큰 소리를 냈다. 보통 단음으로 끝나는 다른 소리들과 달리 이원영의 것은 초성 중성 종성이 갖춰진 짜임새 좋은 글자처럼 삐거, 덕 하고 마무리 음을 넣었다. 글자 사이에 숨겨져 있는 미세한 리듬감과 높낮이가 주변인들의 신경을 더욱 날카롭게 만들었다.

가장 괴로운 사람은 이원영 자신이었다. 열두 시간 가까이 앉아 있느라 짓무른 엉덩이를 잠깐 들었다 내려도, 직각으로 굳은 팔을 조심스레 펼 때도, 다른 사람과 이야기하느라 어깨를 틀어도, 하다못해 모니터에 쌓인 먼지를 닦으려 팔만 뻗어도 삐거덕, 소리가 가차없이 울려퍼졌다.

이원영은 푸른빛이 도는 플라스틱 의자를 원망했다. 사무실에 앉은 오십 명의 직원에게 일제히 지급된 의자였으나 유독 자신의 의자만이 고집을 부리는 것 같았다. 의자는 때때로 이원영이 꼼짝 않을 때조차 트림을 뽑아내듯 무료하게 삐거덕, 소리를 뽑아냈다. 자네는 상당히 산만하군. 이원영의 상사가 그런 말을 흘리고 갔을 때조차 의자는 삐거덕, 하고 몸을 틀었다.

이원영은 자신이 연말마다 근무태도 평점에서 최하등급을 받는 이유가 의자 때문이라고 생각했다. 평점사유는 한결같았다. 근무시간에 자리를 비우는 일이 잦고 일에 대한 몰입도가 떨어짐. 억울한 사유가 아닐 수 없었다. 이원영이 자리를 비우는 일은 하루에 단 세 번뿐이었다. 서쪽 계단에 가는 두 번과 점심시간 한 번. 옆자리 직원은 종일 다리를 떨어도 의자가 삐걱대는 법이 없었다. 이원영의 의자만이 고성능센서처럼 이원영의 움직임을 탐지하고 낱낱이 고했다. 직원들이 퇴근한 뒤 슬그머니 의자를 바꿔놓아도 다음날이면 어김없이 그 의자가, 이원영 자리에 놓여 있었다.

이원영의 승진은 무한 보류되었다. 동기들이 잽싸게 승진을 하고 그만큼 잽싸게 명예퇴직을 하는 동안 이원영은 여전히 회사에 다녔다. 얼마 되지 않는 퇴직금으로 포장마차를 열었다가 일 년 만에 파산신고를 한 동기와 다단계에 빠져 퇴직금만큼의 프라이팬만 쌓인 동기와 위자료로 아내에게 퇴직금을 다 빼앗긴 뒤 인력시장을 전전하는 동기를 볼 때면 느린 승진이 득인지 실인지 구분짓기 힘들었다.

어쨌거나 이원영은 긴 시간 살아남았다. '버섯과장'이라는 별명이 붙었지만 상관없었다. 죽은 나무에 기생하든 어디다 팔아먹지도 못할 만큼 볼품없이 찢어진 하등품이든 일단은 일을 하고 월급을 받는다는 사실이 중요했다. 입사 십 년 만에 과장이 되어서도, 과장인 채로 다시 오 년을 머물렀어도 이원영은 자신의 자리에 만족했다. 새로 지급받은 검은 가죽의자 때문이었다.

합성가죽에 등받이가 좀 모자란 듯 잘려 있고 쿠션은 얇고 딱딱했지만 이원영은 검은 가죽의자가 마음에 들었다. 의자는 이원영이 앉을 때 푸쉭, 하고 서툰 소리를 뿜어내고는 그만이었다. 그것은 잠잘 때 흘러나오는 숨소리 같기도 했고 미약하게 쏟아지는 한숨소리 같기도 했다.

*

나무문은 A4용지를 두 장 나란히 붙여놓은 것만한 크기였다. 이원영은 그것을 자판기 옆 거대한 크기의 알루미늄 쓰레기통 뒤에서 발견했다. 수요일 오후였고, 자판기와 쓰레기통은 사람들이 좀처럼 오지 않는 서쪽 계단 삼층에 있었다. 이원영은 팔과 어깨로 나무문을 밀었다. 숨을 들이마신 뒤 단숨에 밀어붙여서인지 나무문은 좀 전보다 수월하게 열렸다.

반 뼘쯤 열린 틈으로 빛이 쏟아졌다. 한밤중 도로에서 맞은편 차량이 쏟아내는 헤드라이트 불빛처럼 강렬하고 시린 빛이었다. 이원영은 혼란스러웠다. 그것은 이를테면 기대와 설렘으로 가득 찬, 기이하면서도 활기찬 혼란이었다.

자판기에서 음료수를 뽑으려다 동전을 떨어뜨리지 않았다면, 그 동전이 오백원짜리가 아니었다면, 오백원짜리 동전이 거대한 크기의 알루미늄 쓰레기통 뒤쪽으로 굴러가지 않았다면 결코 발견하지 못했을 나무문이었다. 페인트를 덕지덕지 바른 시멘트벽에 나무문이라니. 이원영은 나무문을 보고 만지고 밀어 열면서도 그것의 존재를 믿지 못했다.

이원영은 터무니없는 기적에 매달리거나 외계인과의 조우를 꿈꾸는 타입이 아니었다. 금요일 오후에 로또를 사본 적도 없고 경품 응모를 해본 적도 없었다. 광화문을 지나다 사람들이 어어, 하고 허공을 손가락질할 때도 꿋꿋이 길을 건너 버스에 올랐다. 그러나 어린 시절부터 꾸준히 훈련받아온 굴지의 상상력이 이원영의 머릿속 어딘가에 아직 남아 있었다. 그것은 도깨비 방망이에서 금은보화가 튀어나오고 논에서 데려온 우렁이가 각시로 변해 오첩반상을 차려주고 늙은 호박이 사파이어가 박힌 황금마차로 탈바꿈하는 세계에서 배워온 것들이었다.

이원영은 스스로도 정의할 수 없는 기대감에 싸여 나무문을 밀었다. 삐거덕, 소리가 못내 거슬렸지만 푸른빛이 도는 플라스틱 의자는 이미 사라지고 없었다. 삐거덕, 소리가 날 때마다 무언가를 휘갈겨쓰던 상사도 퇴직하고 없었다. 길쭉한 무언가가 나무문 저편에 놓여 있었다. 이원영은 눈이 빛에 익숙해지기를 기다렸다. 이윽고 형체를 드러낸 것은 갈색 구두였다. 두툼하게 올라온 발등에 일부러인 듯 재봉

선을 거칠게 박은 구두는 투박한 디자인이었으나 아직 반질거리는 새 것이었다.

구두는 뚜벅뚜벅 나무문을 지나고 있었다. 묵직한 걸음이 점잖고 여유로웠다. 사라지지 않고 자꾸 되돌아오는 걸 보니 구두를 신은 누군가가 나무문 앞을 서성이는 모양이었다. 이봐요. 이원영이 조심스럽게 말을 붙였다. 구두가 뚜벅뚜벅 오른쪽으로 사라지더니 한참 만에 돌아왔다. 이, 이봐요. 이원영이 조금 더 크게 소리쳤다. 구두가 뚜벅뚜벅 왼쪽으로 사라지더니 더 한참 만에 돌아왔다. 이봐요! 초조해진 이원영이 큰 소리로 외치며 몸을 튼 순간 나무문이 닫혔다. 몸을 틀면서 나무문을 받치고 있던 어깨가 뒤로 빠진 탓이었다.

이원영은 천천히 호흡을 가다듬었다. 헛기침도 두 번 했다. 어깨와 목 언저리 근육으로 나무문을 힘껏 밀며 이원영이 떠올린 것은 회중시계를 지닌 흰토끼였다. 이미 사라져버렸을지도 몰라. 이원영은 뭔가 지지대를 찾아 나무문을 받치지 않은 것을 뒤늦게 후회했다.

삐거덕, 소리와 함께 다시 문이 열렸다. 아까보다 조금 더 큰 소리로 아까보다 조금 더 많이. 이원영이 불편하게 목을 꺾어 빛으로 싸인 저 너머를 들여다봤다. 강렬하게 쏟아지던 빛은 아까보다 한층 풀이 죽어 있었다. 회중시계처럼 둥글고, 흰토끼처럼 뿌연 무언가가 맞은편에 있었다. 눈을 가늘게 뜨고 정체를 파악하던 이원영이 화들짝 놀라 뒤로 물러섰다. 넓적하고 커다란 얼굴이, 나무문 저편에서 이원영을 쳐다보고 있었다.

*

이원영은 사람 얼굴을 마주하는 일에 익숙지 않았다. 이원영이 있는 제3사무실은 삼십여 명의 직원들이 오 열 횡대로 줄맞춰 앉아 있었다. 제3사무실보다 규모가 두세 배 큰 제1, 2사무실은 카드와 보험 텔레마케팅을 담당했다. 제3사무실은 각 기업에서 의뢰하는 만족도 조사와 개인이나 단체가 의뢰하는 소규모 설문지까지 잡다한 일들을 도맡아 했다. 직접적으로 판매와 연관된 일이 아닌 만큼 급여는 적었으나 두 달마다 전체 인원의 육십 퍼센트 정도가 물갈이되는 다른 사무실보다 직원 교체율이 현저히 낮았다. 단점이라면 과장 두 명을 제외한 나머지 직원이 모두 파트타임이라는 점이었다.

점심시간은 한시부터 두시까지로 정해져 있었다. 그러나 직원들이 서로 얼굴을 마주하는 경우는 거의 없었다. 점심시간에 사람들을 모아 식당으로 가려면 사람들이 하던 일을 모두 마무리짓고 올 때까지 기다려야 했고, 급작스레 걸려온 클레임에 대응하는 사람을 기다려야 했고, 화장실에 간 사람을 기다려야 했다. 무엇을 먹을지 식성과 취향의 합의를 위해 식당가를 서성여야 했고, 각자 메뉴에 대해 고민하는 시간을 충분히 가진 뒤 주문을 넣어야 했고, 천천히 그릇을 비운 뒤 물 한 잔을 꼬박 다 마시는 사람 또한 기다려야 했다. 이 모든 것을 견뎌낼 만큼의 유대감과 친근감이 직원들에게는 없었다.

그들에겐 협동업무란 것 자체가 없었다. 제자리에 앉아 수화기를 붙들고 깨알 같은 글씨가 박힌 설문지를 줄줄이 읽어 답을 얻어내는 것이 유일한 업무인데다가, 완성된 설문지 개수에 따라 돈을 받았다.

이름도 기억 못 하는 옆옆자리 사람이 설렁탕을 먹을지 해장국을 먹을지 결정할 때까지 식당가를 어슬렁거릴 시간이면 '연수원이용만족도설문조사'를 최소한 두 장은 끝낼 수 있었다.

직원들은 점심시간이 되면 슬그머니 자리를 비웠다. 뿔뿔이 흩어진 직원들은 휴게실에 두더지처럼 숨어 삼각김밥을 뜯어먹고, 패스트푸드점에서 허겁지겁 햄버거를 먹어치우고, 그도 아니면 파티션 밑에 머리를 박고 고구마나 칼로리바를 씹어삼켰다.

이원영 역시 계란과 햄을 넣은 토스트를 사먹거나 삶은 계란 세 개를 박카스와 함께 먹으며 점심시간을 보냈다. 남는 시간에는 서쪽 계단에서 담배를 피우고 커피를 마셨다. 안내데스크의 늙은 여자에 대해 이야기하는 것—그러니까 늙은 여자가 신은 비둘기색 스타킹과 학생용 단화, 화장으로도 가려지지 않는 기미 자국, 누가 말을 시키지 않는 한 두세 시간씩 꿈쩍도 않는 놀라운 능력에 대해서—이 애매한 시간에 전화를 돌리다 욕을 먹는 것보다 훨씬 나았다.

사람들이 설문조사에 그나마 너그러워지는 시간은 오후 세시에서 다섯시 사이였다. 그 외의 시간대에는 대개 공격적이고 날카로워서, 사소한 발음상의 문제까지 조롱거리로 삼았다. 하대와 욕설은 당연했다.

과장으로 승진하면서 좋아진 것은 가죽의자뿐만이 아니었다. 여전히 전화업무를 하기는 했지만 최소한 일을 골라서 할 수 있다는 점이 장점 중 하나였다. 이원영은 설문대상을 무작위로 선정해야 하는 일거리를 직원들에게 넘겼다. 조사대상의 인적사항이 미리 확보된 일거리—이원영이 제일 좋아하는 것은 '연수원이용만족도설문조사'였다. 이것은 대개 연수를 받은 기업의 '프로그램효율성조사'와 맞물려 있었는데, 연수대상자 명단이 미리 확보되어 있는 만큼 설문조사를 해달라고 애걸할 필요가 전혀 없었다. 연수 프로그램이 실무에 도움이 되는 내용으로 짜여 있었는지, 연수원 시설이 편리하고 청결했는지 등등의 문항을 불러주면 연수생들은 신중한 목소리로 매우만족, 을 골라냈다. 수십 개 문항에 꼬박꼬박 답한 뒤 '수고하셨습니다' 같은 인사를 건네오기도 했다. 설문의 실명 여부 효력은 이 정도였다—를 도맡아 하는데도 하루에 한두 번은 꼭 욕을 먹었다.

이원영은 서쪽 계단에서 자판기 커피가 담긴 종이컵이 흐물흐물해질 때까지 서성이거나 각 기업에 넘겨야 하는 설문지 통계를 냈다. 구인 사이트에 광고를 올리는 일도 매일 해야 하는 일 중 하나였다. 광고내용은 간단했다. '설문조사아르바이트 연령제한없음 학력제한없음 남녀가능 근무시간과 급여 추후협의.'

전화는 수시로 걸려왔고 조건에 수긍한 사람들이 면접도 없이 자리를 차지하고 앉아 전화를 걸었다. 그다음부터는 모든 것이 똑같았다. 전화를 걸고, 답을 얻거나 욕을 먹고, 콜록거리며 미지근한 보리차를 마시고, 붓고 갈라진 목을 달래기 위해 가루약과 호올스를 상비하고, 전화를 걸고, 답을 얻거나 욕을 먹고, 파티션에 머리를 파묻고 칼로리바를 뜯어먹은 뒤 다시 전화를 걸고, 답을 얻거나 욕을 먹고.

*

나무문은 A4용지를 두 장 나란히 붙여놓은 것만한 크기였다. 이원영은 그것을 자판기 옆 거대한 크기의 알루미늄 쓰레기통 뒤에서 발견했다. 수요일 오후였고, 자판기와 쓰레기통은 사람들이 좀처럼 오지 않는 서쪽 계단 삼층에 있었다. 이원영이 뒤로 나동그라졌음에도 나무문은 닫히지 않았다. 맞은편 사람이 문을 잡고 있는 게 틀림없었다.

—당신은 어떻게 거기 있지요? 이 벽 너머에는 아무것도 없을 텐데요.

사실 그 질문은 이원영이 해야 하는 것이었다. 서쪽 계단은 건물 제일 끝에 있었다. 거대한 크기의 알루미늄 쓰레기통과 자판기가 붙어 있는 벽은 계단참 외에 어느 곳과도 공유되지 않았다. 벽 바깥쪽은 다만 허공이었다. 나무문이 달려 있다 해도 그 문을 열었을 때 보이는 것이 없어야 정상이었다. 이렇게 빛이 쏟아지는 공간이, 심지어 그곳에 존재하는 사람이 있어서는 안 되었다.

이원영은 눈을 꾹 감았다 떴다. 나무문은 여전히 열려 있었고, 그 너머에서 놀랍다는 얼굴로 이원영을 바라보고 있는 사람 역시 그대로였다. 자세히 보니 이마와 양쪽 볼이 상당히 넓은 남자였다. 뒤에서 쏟아지는 빛 때문에 얼굴이 뚜렷이 보이지는 않았지만 살이 오른 볼과 턱이 유난히 반짝거렸다.

—당신이야말로 어떻게 거기 있는 겁니까? 이 벽 너머는 허공인데요.

—그곳은 굉장히 어두워 보이네요. 캄캄해요.

—그곳이야말로 굉장히 환합니다. 눈이 부셔요.

—여기 나무문이 있다는 사실을 지금 처음 알았어요.

—난 이 회사에 다닌 지 십오 년째인데 여기 나무문이 있다는 사실을 지금 처음 알았습니다.

—십오 년? 십오 년 동안이나 그 허공에서 사셨다고요?

—허공은 이쪽이 아니라 그쪽입니다.

—이상한 일이네요. 정말 이상해요.

—정말 이상합니다.

—그곳은 어떤 곳인가요?

—어떤 곳이냐니, 뭐가 말입니까?

—그곳에도 여자와 남자가 있고, 물과 밥이 있고, 수영장과 학교와 술집과 춤추는 곳이 있나요? 사랑과 역사를 다룬 영화를 상영하고 아름다움과 죽음에 대해 쓴 책을 읽나요? 존재와 불안에 대한 시를 쓰고 나이팅게일이 되고 싶은 아이를 위해 돈을 기부하나요? 계절마다 다른 연주회가 열리고 등에 십 킬로그램짜리 혹을 얹은 콰시모도가 에스메랄다를 위해 종을 울리고요?

—이곳에는 여자와 남자가 있습니다. 물과 밥과 돈도 있습니다. 그리고 회사가 있지요. 다른 건 모르겠습니다. 콰시모도라니, 여긴 세 글자로 된 이름밖에 없습니다.

—그럼 그곳엔 무엇이 있나요?

—무엇이라니…… 여기엔 사무실이 있습니다. 책상과 전화와 설문지와…… 의자.

—역시 허공이군요.

*

허공 속에서 사는 것 같아. 민주는 입버릇처럼 그 말을 달고 살았다. 이원영은 그게 좋은 뜻인 줄 알았다. 꿈속을 걷는 것처럼, 허공에 둥둥 떠 있는 것처럼 행복하다는 뜻인 줄로만 알았다. 허공 속에서 사는 것 같아요. 민주가 그 말을 할 때마다 웃으며 고개를 끄덕인 것도 그 탓이었다.

민주를 만난 건 십 년 전 일이었다. 이원영이 아직 삼십대였을 때, 근무평점에서 최하등급을 받아 승진에서 거푸 미끄러지던 때였다. 민주는 당시 병아리색 제복을 입고 안내데스크에 서 있었다. 당시에는 종이배 모양의 작고 딱딱한 모자가 제복에 포함되어 있었다. 모자를 쓴 민주는 아몬드를 올려 굳힌 버터사탕 같았다. 작달막한 키에 각진 얼굴이 고집스러워 보이면서도 귀여웠다.

서쪽 계단에 모인 사람들은 전에 없이 활기찼다. 민주의 눈썹과 민주의 코와 민주의 가슴과 민주의 손에 대해 여러 이야기가 오갔다. 이원영은 그들이 민주에게 저녁 먹자는 얘길 꺼냈다가 세차게 거절당한 얘기와 커피를 사다주었더니 싸늘하게 되돌려주더라는 얘기와 전화번호를 물었다가 대꾸도 없이 무시당했다는 얘기를 쏙 빼놓는 것이 우스웠다. 이원영은 더 열심히 서쪽 계단을 들락거렸다.

민주는 자존심이 센 여자였다. 이원영 입장에서 민주의 자존심과 민주에게 보이는 사람들의 호감은 거추장스러우면서도 은근히 자랑스러운 요소들이었다. 민주가 빼어나게 아름답다거나 특유의 미덕이 있어서가 아니라, 안내데스크에 있기 때문에 때아닌 인기를 누리는 것이라 해도 마찬가지였다. 서쪽 계단 사람들이 민주에게 애인이 있는지 없는지 노골적으로 탐색할 때마다 이원영은 짐짓 시치미를 뗐다.

민주는 원래 이원영의 팀원이었다. 이원영이 팀장이었다곤 해도 특별한 의미는 없었다. 몇 안 되는 정규직 직원들은 입사하자마자 팀장이라는 직위를 달았다. 파트타임으로 일하는 사람들이 전부 다 팀원인 셈이었다. 팀장은 팀원들과 똑같은 일을 했다. 설문지를 나눠 갖고 전화를 돌리고 항목마다 '매우불만족'과 '만족'을 표시했다. 새로운 팀원을 모집하고 그들의 성과를 확인해 주급을 송금하는 일이 팀장에겐 꼬리처럼 덧붙을 뿐이었다.

지나치게 꼼꼼한 민주는 설문지 한 장에 남들 두 배의 시간을 들였다. 당연히 수입은 적었다. 월요일마다 이원영은 민주가 결근할까봐 전전긍긍했다. 주급인 탓에 월요일 결근은 퇴사를 의미했다. 안내데스크 직원이 임신을 이유로 그만두었을 때 이원영은 민주에게 묻지도 않고 자신이 가지고 있던 민주의 이력서를 접수시켰다. 민주는 반만 화를 냈다. 온전히 화를 내지 않은 것은 어쨌거나 안내데스크 월급이 훨씬 많고 안정적이기 때문이었다.

이원영은 민주와 꼭 일 년을 사귀었다. 민주가 이십대 후반이었으므로 당연히 결혼을 염두에 둔 교제였다. 고요하고 촘촘한 민주의 성격은 설문조사 일에 어울리지 않았지만 아내와 어머니의 성격으로는 썩 좋았다. 이원영은 정갈하게 차려진 밥상과 깨끗한 거실, 밤톨만한 아이를 품에 안은 채 꼬박꼬박 졸고 있는 민주의 모습을 상상하며 행복해했다. 아이는 민주를 닮아 작고 야무질 터였다. 이왕이면 고집 센 여자아이가 좋겠다고 이원영은 생각했다. 민주의 알쏭달쏭한 표정이 아직 매력으로 느껴지던 시기였다.

민주는 특별히 나쁠 것도 좋을 것도 없는 환경에서 자랐다. 여고를 졸업한 뒤 전자대리점, 백화점 화장품코너, 안경점을 거쳐 안내데스크로 온 이력도 평범했다. 뛰어난 점도, 유난히 떨어지는 점도 없다는 면에서 민주는 이원영과 닮아 있었다. 그건 어느 자리에 놓이더라도 두드러지지 않고 어우러진다는 것을 의미했고, 동시에 어느 자리에서 빠지더라도 전혀 아쉬울 게 없다는 것을 의미하기도 했다.

이원영은 설문지를 체크하고 통계내고 돈이 적게 들어왔다고 따지러 오는 팀원들에게 각각의 설문지마다 금액이 다르다는 사실을 이해시키느라 바빴다. 틈틈이 서쪽 계단에서 우쭐대야 했고 새로운 팀원을 모집해야 했고 스스로의 성과급을 위해 전화해야 했다. 그러고도 시간이 남으면 흰 러그에 앉아 와이셔츠 소매단추를 다는 민주를 상상했다. 그러느라 정작 민주의 낯빛이 어두워지고 하루종일 출입구를 바라보고 있는 눈이 탁해지는 것을 눈치채지 못했다.

—허공 속에서 사는 것 같아요.

—응, 나도 그래.

—팀장님도요?

—발이 땅에 닿질 않는 기분이야.

—팀장님도 그렇구나. 그럼 팀장님도……

—응, 나도,

—죽고 싶은 기분이겠네요.

—행복해죽겠어.

민주와 이원영은 오래도록 마주 보았다. 민주의 얼굴이 한없이 낯설게 느껴진 것은 그때였다. 서쪽 계단에 모여든 사람들이 떠들어대던 얼굴이, 손이, 가슴이, 여기 있는 민주와 동일인이 맞나 싶을 정도였다. 낯섦과 어긋남은 즉각 불안을 불러왔다. 이원영은 붙잡고 있던 민주의 손에서 슬며시 힘을 뺐다.

—어째서 그런 말을 하는 거지?

—허공 속에 사는 것 같으니까요.

—그래, 허공 속에 사는 것 같으니까,

—불행하잖아요.

—행복하잖아.

이원영이 민주의 손을 완전히 놓았다.

—……팀장님은 오늘도 내일도 오 년 후에도 전화 거는 일만 하겠죠?

—그렇겠지, 그게 내 일이니까.

—저는 오늘도 내일도 오 년 후에도 안내데스크에 서서 출입구만 바라보고요?

—그게 민주 일이잖아.

—그런데도 행복한가요?

이원영은 응, 이라고 대답하기 전에 머뭇거렸다. 민주의 행복한가요, 라는 질문이 이제 우리 헤어질까요, 로 들린 까닭이었다. 응, 이라는 대답과 함께 민주와 영영 헤어지게 될 것임을 이원영은 어쩔 수 없이 깨달았다.

돈을 벌고 밥을 먹고 연애까지 하는데 왜 행복하지 않다는 걸까. 아무리 생각해도 민주를 이해할 수 없었다. 이원영은 재빨리 입을 다물었지만 희미하게 끄덕여진 머리를 민주는 놓치지 않고 보았다.

이원영과 헤어진 뒤에도 민주는 서쪽 계단 사람들의 저녁식사와 커피와 데이트 신청을 모두 거절했다. 민주는 얼마 지나지 않아 일을 그만두었다. 민주가 허공 속에서 뛰어내려 죽어버렸든가 허공에서 자신을 끌어내려줄 남자를 만난 모양이라고, 이원영은 생각했다. 이후 이원영은 민주를 다시 만나지 못했지만 민주의 작고 각진 얼굴과 서늘한 목소리는 시도 때도 없이 이원영을 찾아왔다. 허공 속에서 사는 것 같아요. 이원영은 수시로 도리질치고 고개를 끄덕였다.

*

나무문은 A4용지를 두 장 나란히 붙여놓은 것만한 크기였다. 이원영은 그것을 자판기 옆 거대한 크기의 알루미늄 쓰레기통 뒤에서 발견했다. 수요일 오후였고, 자판기와 쓰레기통은 사람들이 좀처럼 오지 않는 서쪽 계단 삼층에 있었다. 나무문 너머의 남자는 그윽하고 차분한 눈빛으로 이원영을 바라보고 있었다.

이원영은 남자의 눈에서 기대와 동경의 빛이 깨끗이 사라지고 연민과 동정이 자리잡기 시작하는 걸 확인했다. 허공 속에서 사는 것 같아. 이원영은 저도 모르게 민주가 했던 말을 중얼거렸다.

—얼굴빛이 안 좋아요.

—그쪽은 아주 좋아 보입니다.

—저는 어릴 때부터 이런 걸 쭉 동경해왔어요. 〈나니아 연대기〉처럼, 옷장 문을 열고 들어가면 끝없는 눈밭이 펼쳐져 있다든지 하는 거요. 작은 구멍 속에는 몸이 커지고 작아지는 약물이 놓인 식탁이 있죠. 콩나무 위에는 거인의 저택이 있고요, 엘리베이터 층간에 있는 납

작한 길은 존 말코비치의 뇌와 연결되어 있기도 해요. 살다가 그런 순간과 맞닥뜨리면 절대로 지나치지 않을 자신이 있었어요, 전.

—지금이 그때입니까?

—설마요. 다만…… 당신에겐 지금이 그때인 것 같아요.

이원영이 놀란 눈으로 남자를 바라보았다.

—이리로 오지 않겠어요?

*

제1, 2사무실과 달리 제3사무실 규모는 점점 더 작아졌다. 서른 명에서 열 명으로 인원이 줄어드는 동안 이원영과 함께 유일한 정규직 직원이었던 과장이 회사를 그만두었다. 퇴직금은 이전 사람들의 절반 수준밖에 나오지 않았다. 주저앉아 있기에도, 무언가를 새롭게 시작하기에도 터무니없이 적은 금액이었다.

—이과장님도 한 살이라도 젊을 때 나가셔야죠.

떠나는 마당에서야 그는 살갑게 말을 붙여왔다.

—자네는 어떻게, 뭘 할 셈인가?

—와이프랑 조그맣게 어린이집 하나 차리기로 했어요. 대출받고 퇴직금 합치면 어떻게든 되겠더라고요. 와이프가 애들 가르치고 저는 운전이나 해주는 거죠, 뭐. 회계도 봐주고.

이원영은 그처럼 말하는 이들을 지금까지 너무 많이 봐왔다. 연탄불고기와 삼치집을 한다는 이도 있었고 대리점을 차리겠다는 이도 있었다. 타 회사로 이직하거나 심기일전하고 새로운 기술을 배우는 이도 봤다. 그러나 그들은 지금 다 어디로 갔는가.

—이건 가라앉는 배예요. 모르시겠어요, 이과장님?

—가라앉는 배에서 쥐들이 도망쳐봐야 어디로 가겠나.

*

나무문은 A4용지를 두 장 나란히 붙여놓은 것만한 크기였다. 이원영은 그것을 자판기 옆 거대한 크기의 알루미늄 쓰레기통 뒤에서 발견했다. 수요일 오후였고, 자판기와 쓰레기통은 사람들이 좀처럼 오지 않는 서쪽 계단 삼층에 있었다. 나무문 너머의 남자가 한층 더 분명한 목소리로 말했다.

—이쪽으로 건너오세요.

—나는……

이원영이 힘없이 도리질쳤다.

—나는 그런 것을 꿈꾸기에 너무 늙었습니다.

*

이원영은 다섯 명의 팀원만을 데리고 사무실을 옮겼다. 제3사무실은 벽을 헐어 제2사무실과 합쳐졌다. 제3팀 대신 설문팀이라는 호칭이 붙은 것도 그때부터였다. 설문팀은 집기들이 쌓여 있던 창고를 비우고 그곳에 사무실을 꾸렸다. 물품을 옮겨올 필요도 없이 얼기설기 쌓여 있는 책상을 닦아 늘어놓은 것이 전부였다. 책상은 각기 틀어박힌 연도가 달라 옆 책상보다 넓거나 좁고 색이 옅거나 짙었다.

컴퓨터나 기타 기계가 필요 없었으므로 책상 위에는 유선전화 한 대씩만이 덩그마니 놓였다. 곰팡이 맺힌 창고 벽을 가리느라 별 의미 없는 도표들과 회사 포스터를 붙이는 바람에 사무실은 한층 더 산만하고 지저분해 보였다. 팀원이 줄고 사무실 위치가 바뀌어도 그들이 하는 일은 이전과 똑같았다.

필요한 인원은 줄었지만 이원영은 이전보다 더 자주 구인광고를 내야 했다. 설문지 문항이 교묘하게 길어졌고 장당 받을 수 있는 돈은 날이 갈수록 줄어들었다. 오래 일한 팀원은 성대결절과 임금 문제로 그만두었고 새로 들어온 팀원은 흉흉한 사무실과 설문대상자의 적나라한 욕설에 기가 질려 그만두었다. 잔꾀에 능한 이들은 거짓설문지를 작성한 뒤 돈만 받고 연락을 끊었다. 뒷수습은 언제나 이원영의 몫이었다. 이원영은 부지런히 시말서를 쓰고 의뢰업체에 사과전화를 하고 수상쩍은 설문지들을 다시 작성했다.

무엇보다 이원영을 괴롭히는 건 의자였다. 창고에 널린 것이 책상과 의자라 검은 가죽의자를 가지고 오지 않은 것이 실수였다. 그곳 의자는 흔히 보조의자로 쓰이는, 반으로 접히는 철제의자였다. 등받이가 허리까지밖에 오지 않았고 쿠션이랄 것도 없이 나무판에 얇은 솜을 한 줄 얹은 것이 다였다. 팔걸이는 물론 없었다. 이원영은 낮고 낡은 의자에 구부정하게 앉아 일했다.

의자는 이원영이 열두 시간 가까이 앉아 있느라 짓무른 엉덩이를 잠깐 들었다 내려도, 레고인형처럼 ㄴ자로 굳은 팔을 조심스레 펼 때도, 팀원에게 지시사항을 내리느라 어깨를 틀어도, 하다못해 전화기 위에 쌓인 먼지를 닦으려 팔만 뻗어도 삐거덕, 하고 비명을 질러댔다. 때때로 이원영이 꼼짝 않을 때조차 트림을 뽑아내듯 무료하게 삐거덕, 소리를 뽑아내곤 했다. 이원영이 삐거덕, 하면 옆자리 의자들이 맞장구치듯 삐익, 꺼꾹, 쯔으으, 뜨득, 찍쪽 했다.

동물원 같은 사무실 소음조차 이원영은 길게 누릴 수 없었다. 정리를 위한 구태의연한 과정이었던 만큼 설문팀은 순식간에 삭제되었다. 정산이 필요한 건 어차피 이원영 한 명뿐이었다. 마지막 출근날 이원영이 한 일은 전화선을 뽑는 일이었다. 여섯 대의 전화기를 박스 안에 집어넣자 밖에서 기다리고 있던 사람들이 이원영과 다섯 명의 팀원들이 옮겼던 집기들을 도로 들고 들어왔다. 사무실은 순식간에 이전의 창고로 되돌아갔다.

이원영은 천천히 서쪽 계단으로 걸음을 옮겼다. 이제 다시는 올 일이 없는 곳이었다. 이제는 무얼 해야 하나. 이원영이 할 줄 아는 일이라곤 설문지를 분배하고 통계를 내고 전화를 걸어 문항들을 조목조목 불러주고 구인 사이트에 광고를 올리는 것밖에 없었다. 퇴직금은 당장 반년 먹고살기도 빠듯할 만큼 적었다. 십오 년. 제대하자마자 입사해 오늘까지 일한 것이 무려 십오 년이었다. 그런데도 이원영에게 남은 것은 재취직조차 어려운 모호한 나이와 아마도 백색으로 칠해질 평균수명까지의 인생과 검지에 박힌 굳은살 정도였다.

허공 속에서 사는 것 같아. 이원영은 민주의 말을 입속에서 몇 번이고 되뇌었다. 지금이라면 얼마든지 대답해줄 수 있었다. 허공 속에서 사는 것 같아서, 불행하다고.

사람들이 좀처럼 오지 않는 서쪽 계단은 어두웠고 쿰쿰한 냄새가 났다. 한때 의젓하게 자리를 지키고 있던 항아리는 이제 기억 속에서만 존재했다. 거대한 크기의 알루미늄 쓰레기통이 자판기 옆에 놓여 있었다. 자판기 버튼 대부분에 품절 표시가 떠 있었다. 들어본 적 없는 회사의 강장음료가 살 수 있는 유일한 물건이었다.

이원영이 주머니에서 동전을 꺼냈다. 동전 투입구에 손을 가져다 대면서 이원영은 비로소 자신이 떨고 있음을 알았다. 오백원짜리 동전이 손에서 벗어나 바닥을 굴렀다. 우아한 궤적을 그리며 굴러간 동전은 거대한 크기의 알루미늄 쓰레기통 뒤쪽으로 사라졌다. 이원영은 잠시 망설이다 거대한 크기의 알루미늄 쓰레기통을 끌어내기 시작했다. 그리고 그곳에,

나무문이 있었다.

*

나무문은 A4용지를 두 장 나란히 붙여놓은 것만한 크기였다. 이원영은 그것을 자판기 옆 거대한 크기의 알루미늄 쓰레기통 뒤에서 발견했다. 수요일 오후였고, 자판기와 쓰레기통은 사람들이 좀처럼 오지 않는 서쪽 계단 삼층에 있었다. 생각해보니 그랬다. 이곳은 남자의 말마따나 허공이었다. 아무것도 존재하지 않았고, 설령 존재한다 한들 기억 속에서만 그러했다. 허공 속에 사는 것 같은 게 아니라 이곳 자체가 허공이었던 것이다.

민주가 옳았다. 허공 속에서 사는 게 행복할 리 없었다. 발밑이 없

는 게 즐거울 리 없었다. 어쩌면 민주는 일찍이 이 나무문을 발견해서 사라져버렸던 게 아닐까.

어느새 남자는 사라지고 없었다. 이원영은 고집스럽게 닫힌 나무문을, 못자국 하나 없이 매끈한 이음매와 윤기 흐르는 표면을 오래도록 들여다보았다. 저는 어릴 때부터 이런 걸 쭉 동경해왔어요. 〈나니아 연대기〉처럼, 옷장 문을 열고 들어가면 끝없는 눈밭이 펼쳐져 있다든지 하는 거요. 작은 구멍 속에는 몸이 커지고 작아지는 약물이 놓인 식탁이 있죠. 콩나무 위에는 거인의 저택이 있고요, 엘리베이터 층간에 있는 납작한 길은 존 말코비치의 뇌와 연결되어 있기도 해요. 살다가 그런 순간과 맞닥뜨리면 절대로 지나치지 않을 자신이 있었어요, 전. ……당신에겐 지금이 그때인 것 같아요.

이윽고 이원영이 나무문을 밀기 시작했다. 머리와 어깨로 문을 밀고, 열린 틈으로 주먹을 끼웠다. 쭈그리고 있던 몸을 길게 펴서 나무문을 여는 것과 동시에 문을 통과했다. 이원영은 자신이 눈을 질끈 감은 채 숨조차 멈추고 있다는 사실을 알지 못했다. 강렬하고 시린 빛이 이제 이원영의 머리 바로 위에서 쏟아지고 있었다.

아름다운 목소리로 노래하는 하프와 황금동전을 쌓아 만든 스핑크스, 머리에 붉은 깃을 꽂은 여인이 거대한 꼬리지느러미를 흔들고 있을지도 몰랐다. 투명한 얼음으로 만든 성이라든지 사람만큼 커다란 바나나가 자라는 밀림일지도.

심호흡과 함께 이원영이 눈을 떴다.

맨 처음 보인 것은 희디흰 들판이었다. 산양이 끄는 썰매가 미끄러져올지도 모르겠다고, 이원영은 웃으며 상상했다. 빛에 눈이 익숙해지자 들판 이곳저곳에 솟아 있는 작은 사각형이 눈에 띄었다. 작은 사각형 위에는 더 작은 사각형이 돌기처럼 솟아 있었다. 그리고 구불구불 이어진 회색 선. 이원영은 눈을 크게 떴다. 그것은 분명 전화기였다.

무한횡대로 나열된 책상 뒤로 사람들이 앉아 있었다. 검고 붉은 입이 끊임없이 움직이는데 소리는 하나도 들리지 않았다. 이원영은 경악한 채 뒤로 물러서다 누군가와 부딪쳤다. 나무문 건너편에서 보았던, 이마와 양쪽 볼이 상당히 넓은 남자였다.

—어때요, 이곳은 굉장하지요?

—……굉장하다고요?

—당신이 있던 곳보다 훨씬 밝고, 아름답잖아요. 일은 별로 어렵지 않으니 걱정할 거 없어요. 전화를 걸어서 상대방이 얘기하는 걸 받아 적기만 하면 돼요. 빵을 좋아하십니까? 네, 아니요, 뭐 이런 식이죠. 아주 간단한 일이에요. 여기서는 누구나 일을 하고, 돈을 벌고, 맛있는 걸 먹으며 연애할 수 있어요.

—나는…… 내가 있던 곳은……

—아, 그리고 내가 얘기했나요?

남자는 눈을 가늘게 뜨고 짓궂게 웃어 보였다. 그 표정이 어쩐지 익숙해 이원영이 멈칫하는 사이 남자가 입을 반쯤 가린 채 속삭였다.

—여기 안내데스크에 있는 아가씨가 정말 예뻐요.

이원영이 벽을 향해 뛰어들듯 돌아섰다. 나무문은 아직 그 자리에 있었다. 못자국 하나 없이 매끈하고 반질반질한 그 문을, 이원영은 다시 머리부터 들이밀며 열었다. 그러나 좀 전처럼 단번에 몸을 통과시

킬 수는 없었다. 삐거덕, 소리와 함께 열린 문 바깥쪽은 바닥도 천장도 없이 다만, 허공이었다.

괜찮아요, 아빠

나는 아빠가 행복하다, 고 다시 한번 말해주었으면 좋겠어요. 아빠 다리가 다시 예전처럼 마음대로 펴지고 구부러졌으면 좋겠어요. 나는 이제 괜찮거든요. 정말 괜찮거든요.

—너, 예서 나랑 살련?

할머니는 마당 흙을 고무신 신은 발로 꾹꾹 밟아요. 나한테 자꾸자꾸 말을 걸어요. 하지만 나는 알아요. 내가 아무리 큰 소리로 대답해도 할머니는 듣지 못한다는 걸. 할머니 뒤에 바짝 붙어 나도 할머니처럼 마당 흙을 밟아요. 줄무늬가 꽉꽉 채워진 할머니 발자국과 달리 내 발밑에는 아무것도 남지 않아요.

—예가 싫으면 할미가 너 있는 데로 가도 된다. 그러니 너, 나랑 같이 살련?

할머니 목소리가 젖은 내 옷처럼 축축해져요. 주먹 쥔 손등에 회색 핏줄이 불거져 있어요. 손가락으로 누르면 올록볼록 움직이는 재미난 손등이지요. 동생이 엄마 손을 잡고 잠들면 나는 대신 할머니 손을 잡곤 했어요. 할머니 손에서는 항상 흙냄새가 나요. 짧게 깎은 손톱 밑에 아직도 새까맣게 흙이 끼어 있지요. 할머니 손을 잡으려다 나는 그만 꾹 참아요. 비린 냄새를 할머니한테 옮기고 싶지 않아요. 물이끼 낀 미끄덩한 손으로 할머니를 만지고 싶지 않아요.

아빠는 벌써 밥을 다 먹고 무릎을 털어요. 양손으로 무릎을 탁탁 치는 건 이제 일어나겠다는 아빠의 신호지요. 두 팔을 먼저 허공을 향해 뻗고 뭔가를 움켜쥐는 시늉을 하며 엉덩이를 들어요. 앉는 것과 다르게 일어나는 건 실패할 때가 많아요. 아빠 엉덩이가 두 번이나 마루로 떨어지는 걸 할머니도 나도 모르는 척 고개를 돌려요.

점심이나 먹으러 들렀다는 말 그대로 아빠는 과일 한 쪽 들지 않고 할머니집을 나서요. 성큼성큼은 아니에요. 아빠는 코끼리 맴을 열 번 돈 꽃게처럼 아장아장 걷지요. 대문까지 걸어가는 것만도 한참이 걸려요. 할머니 앞에서 아빠 걸음이 잠깐 멈춰요. 발밑 흙을 밟고 있던 할머니 고무신도 따라 멈추지요.

—쓸쓸하시면 언제든 올라오세요. 모시고 살게요.

—나는 됐네.

할머니가 내게 손을 뻗어요. 이리 오라는 듯 손바닥을 접었다 펴요. 반달 모양 손톱자국이 네 개나 나 있는 손바닥이에요. 나는 얼른 아빠 뒤로 숨어요. 아빠의 직각으로 굳은 다리 아래 쪼그려앉자 파란 싹이 하나 보여요. 단단한 흙 속에서 간신히 머리를 뽑아낸 싹은 목이 부러져 있어요. 떡잎에도 할머니 줄무늬 발자국이 찍혀 있을 것 같아요.

—그앤 두고 가게.

—애엄마는 병원에서 잘 지내고 있어요. 요즘은 약도 잘 먹고 발작도 덜하다네요.

—애엄마고 그애고, 전부 내버리고 자넨 자네 삶을 살아야지. 언제

까지 자네 혼자 젊어지고 살 순 없는 법이야.

아빠가 새싹 대신 할머니 발자국이 무수히 돋은 마당을 둘러봐요.

—건강하세요, 장모님. 또 들를게요.

아빠 택시는 할머니집 대문 바로 앞에 세워져 있어요. 아빠는 택시 문을 열고 어차, 하면서 오른발을 올려요. 뒤로 넘어지지 않도록 문 위쪽을 양손으로 꽉 잡아야 해요. 내가 철봉놀이를 할 때처럼 문에 매달려 하나 둘 셋을 센 다음 몸을 붕 띄우지요. 엉덩이가 운전석에 쏙 들어가면 성공이에요. 처음엔 바닥에 여러 번 나동그라졌지만 이제는 순식간에 자리에 앉을 수 있어요. 아빠가 하나 둘 셋 부웅, 하는 모습을 할머니가 담 너머로 지켜봐요. 이제는 잡풀조차 자라지 않는 굳은 땅 위에 발자국을 찍고 또 찍으면서 할머니가 내게 손짓해요. 너 예서 나랑 살련? 할머니 입술이 나한테 자꾸자꾸 말을 걸어요.

*

우리가 할머니집에 산 건 꼭 두 달뿐이에요. 원래 아빠는 그 집에서 내가 학교에 들어갈 때까지 살자고 했어요. 장모님이 아이들을 봐주시니 안심이라고 큰 소리로 웃기까지 했지요. 엄마도 공기 좋은 곳에 오니 두통이 사라진 것 같다고 좋아했어요. 기저귀를 찬 동생이 사각마루를 기어다니다 마음에 드는 곳에 침을 바르며 놀았어요. 나는 집 안에 있는 나무기둥이 신기해서 방이며 부엌을 돌아다니며 기둥 수를 세었어요. 집 제일 뒤쪽에 있는 기둥엔 갈라진 틈 안에 무당벌레가 잔뜩 들어 있어서 깜짝 놀랐지요.

이 집 참 오랜만이네. 엄마는 곱게 갈린 마당을 바라보며 한참 서 있었어요. 상추랑 쑥갓을 좀 뿌렸다. 다음달이면 제법 솎을 만한 게 나오겠지. 할머니가 바가지에 담긴 물을 마당에 휘휘 뿌리며 말했어요.

—여기가 이래 봬도 땅이 아주 실해. 심는 것마다 쑥쑥 자란다.

아빠는 직장 때문에 주말에만 내려왔어요. 올 때마다 참치햄과자초콜릿 같은 걸 커다란 박스에 담아왔지요. 분유기저귀샴푸 같은 것도 가져왔어요. 퇴직금 받아서 개인택시를 한 대 살까봐요. 벌이야 지금보다 시원찮겠지만 여유도 제법 생길 테고요. 아빠가 의논하면 할머니는 뜨거운 보리차를 내주며 말했어요.

—뭐든 급히 결정하면 체하는 법일세. 천천히, 천천히 생각하게. 이대로 저애 상태가 좋아질 수도 있지 않은가.

할머니집에서 엄마는 즐거워 보였어요. 나랑 눈알만한 감자를 캐러 가기도 하고 하얀 꽃잎이 복슬복슬한 풀꽃 엮는 법을 가르쳐주기도 했어요. 내가 기껏 엮은 풀꽃을 잽싸게 기어온 동생이 채서 주먹째 입에 넣으면 박수를 짝짝 치며 웃었지요. 동생이 큰 소리로 울거나 보채도 분유통을 뒤집어씌우거나 기저귀를 가위로 찢어버리지 않았어요. 오히려 미역국과 함께 끓여 통통해진 밥알을 떠먹여주었지요. 마룻바닥을 기어다니느라 새빨개진 동생 무릎에 양말목을 잘라 끼워주기도 했어요.

엄마가 안아주면 동생은 가느다란 종아리를 대롱거리며 웃었어요. 바닥에 누워서도 엄마 손가락을 꽉 쥔 뒤에야 잠이 들 만큼 엄마를 좋아했지요. 잠든 다음에는 온 방 안을 굴러다니느라 손가락을 놓치긴 했지만요. 할머니집 바닥은 항상 따끈따끈해서 등을 대고 눕기가 좋았어요. 할머니가 검은 항아리에서 꺼낸 홍시를 숟가락으로 먹여줄 땐 나도 동생처럼 배를 내놓고 바닥에 드러누워 받아먹다 깜빡 잠이 들곤 했지요. 홍시는 끈적끈적하고 아주 달았어요.

할머니집에서 산 지 두 달째 되던 날 밤은 여름인데도 추웠어요.

사방이 깜깜한 밤이라 나는 이마를 베개에 딱 붙였어요. 캉캉, 여우 우는 소리가 들렸어요. 처음 듣는 소리였지만 분명 여우였어요. 할머니가 나쁜 짓을 한 아이에게는 밤에 여우가 찾아온다고 했거든요. 방문 앞에 앉아 캉캉 울다가 머리를 내밀면 잡아가버린다고도 했어요. 내가 낮에 할머니 몰래 홍시를 꺼내려다 항아리를 깨뜨린 일 때문에 여우가 온 게 틀림없었어요.

옆을 보니 엄마도 동생도 없었어요. 잔뜩 구겨진 이불만 구석으로 밀려 있었지요. 문밖 여우가 죄다 잡아먹어버린 건 아닐까 덜컥 겁이 났어요. 여우 소리는 점점 더 커졌어요. 뭔가를 부수는 것처럼 퍽퍽 서걱서걱 하는 소리도 함께 들렸어요. 나는 이불을 목까지 덮어썼어요. 할머니! 힘껏 소리쳤는데 이상하게 목소리가 나오지 않았지요. 할머니! 순간 무시무시한 소리로 마루가 울리더니 할머니 고함소리가 들려왔어요. 여우 소리가 잠깐 멈췄다 이전보다 훨씬 더 큰 소리로 울어대기 시작했어요. 나는 궁금증을 못 참고 그만 방문 밖으로 머리를 내밀고 말았어요.

밤하늘이 새까만데도 어째서인지 마당 광경은 낮처럼 환히 보였어요. 할머니가 집 쪽으로 등을 돌린 채 손바닥만큼 자란 상추와 쑥갓 사이에서 뭔가를 파내고 있었지요. 커다란 감자를 뽑아내는 것처럼 벌떡 일어나면서 구덩이에서 뽑아낸 것은 다름아닌 동생이었어요. 엎어놓고 등을 치자 동생이 컥 소리를 내며 토하고는 그대로 늘어졌어요. 엄마는 온통 흙투성이가 된 채 삽을 끌어안고 마당에 나동그라져 있었어요. 할머니도 동생도 나도 쳐다보지 않았지요. 밤하늘에 커다랗게 부푼 달을 올려다보며 하하 웃고 있을 뿐이었어요.

엄마는 병원에 입원했어요. 어디가 아픈 건지 아빠는 딱 한 번밖에 알려주지 않았어요. 언제 돌아올지 아빠도 모른다고 했어요. 동생도 병원에 입원했어요. 폐에 흙이 너무 많이 들어가서 수술도 두 차례나 했어요. 가슴 한가운데랑 목에 쑥갓 모양 흉터가 남았지요. 플라스틱 호스를 입과 가슴에 꽂고 있는 동생은 좀 무서웠어요. 팔에 항상 꽂혀 있는 주삿바늘도 무서웠어요. 주삿바늘에 연결된 물약이 네 개나 되었으니까요.

엄마 대신 고모가 동생과 나를 돌봐주었어요. 할머니만큼은 아니지만 고모는 나이가 무척 많았어요. 머리가 새하얗고 뺨이 쏙 들어갔지요. 그래도 손바닥만큼은 굉장히 부드러웠어요. 나는 종종 고모 손을 잡고 동생 병원에 갔어요. 고모는 나를 동생 옆에 앉혀놓고 의사 아저씨나 아빠, 할머니와 오래오래 얘기를 했지요.

직장을 그만뒀다는 얘기를 아빠는 고모에게 제일 먼저 했어요. 고모는 아빠에게 잔뜩 화를 냈어요. 당장 이혼하라고 소리도 질렀어요. 아빠가 고모에게 덩달아 소리를 질렀지요.

—내 가족이야, 내 식구들이라고!

고모가 뒤에 있던 내 손을 확 잡아끌었어요. 돌아가자! 하지만 난 고모를 따라가는 대신 아빠 다리를 끌어안았어요. 아빠 얼굴이 너무 아프고 외로워 보였거든요.

동생이 퇴원한 뒤에도 엄마는 돌아오지 않았어요.

—엄마들은 말이다.

동생이 퇴원하던 날 아빠는 오래도록 동생을 안고 있었어요. 고모도 할머니도 모두 돌아간 밤이었지요. 동생 몫으로 만들어준 온갖 종류의 죽들이 냉장고 가득 들어 있었어요. 어디든 힘차게 기어다니던 동생이 목을 늘어뜨리고 가만 안겨 있는 걸 보니 나도 어쩐지 우울해졌지요. 냉장고가 가득 차 있는데도 조금도 부자처럼 느껴지지 않았어요. 아빠가 동생에게 그러는 것처럼 나도 아빠를 끌어안고 등을 쓰다듬어주었어요.

—아기를 낳고 나면 아주 많이 예민해져서 말이야. 예민해진다는 건 뭐냐 하면, 작은 일에도 화가 나고 자기도 모르겠는 행동을 갑자기 하기도 하고 그러는 거란다. 일부러 그러는 건 아닌데 자꾸 실수를 하게 되는 거야. 그러니까 아빠 말은,

아빠가 동생 목을 받치고 있는 팔 말고 다른 쪽 팔을 뻗어 내 목을 끌어안았지요. 따끈따끈하게 열이 오른 동생 이마가 내 이마에 닿았어요. 그 위로 아빠의 뜨거운 숨이 훅훅 쏟아졌지요. 아빠는 몇 번이나, 몇 번이나 다짐하듯이 말했어요.

—엄마가 절대로, 너희들이 미워서 그런 건 아니라는 거야. 병이 다 낫고 나면 분명 예전의 엄마로 돌아올 거다. 엄마랑 아빠는, 너희들을 가장 사랑해.

엄마는 예민한 사람이었어요. 아빠 말대로 작은 일에도 화를 내고

갑자기 알 수 없는 행동을 하기도 했지요. 나는 그때까지 엄마가 이상했던 게 '예민하기 때문'이라고 이해했어요. 그러니까 엄마가 동생과 나를 화장실에 다섯 시간 동안이나 가둬놓거나 냉장고에 들어 있던 조개와 요구르트를 던지거나 횡단보도에서 동생이 든 유모차를 밀어버리거나 했던 건 전부 다 엄마가 예민하기 때문이었던 거예요.

직장을 그만둔 아빠는 항상 우리와 함께 있어주었어요. 초등학교 입학식에는 고모와 할머니, 아빠가 모두 와주었지만 학교 청소당번이나 소풍 마중, 체육대회 응원은 모두 아빠만 와주었지요. 학교가 끝나고 마중나온 아빠와 동생과 함께 공원에 가기도 했어요. 내가 인라인스케이트를 타는 동안 아빠는 동생이 탄 유모차를 밀고 산책길을 뱅뱅 돌았어요.

동생은 퇴원한 다음에도 병원에 자주 갔어요. 병원 가는 날이 사흘마다에서 일주일에 한 번, 이 주일에 한 번으로 점점 줄어들었어요. 한 달에 한 번만 와도 된다는 의사 아저씨 말에 아빠는 병원 진료실에서 그만 환호성을 질렀지요. 자주 넘어지기는 했지만 동생은 이제 유모차 없이도 공원 산책길을 아빠와 함께 돌 수 있게 되었어요.

—다음달에는……

아빠가 즐거운 얼굴로 떡갈비를 뜯어 동생 입에 넣어주며 말했어요. 가지런하게 돋은 동생의 이는 가장자리가 탄 떡갈비를 잘도 먹었어요.

—다음달에는 엄마도 올 거란다.

나를 보더니 아빠 얼굴이 이상해졌지요. 나는 동생이 양손에 쥐고 있던 떡갈비를 날름 빼앗아먹었어요. 내가 동생과 장난을 치거나 간

식을 뺏어먹거나 하면 아빠가 아주 좋아하거든요. 아빠가 내 입에도 떡갈비를 뜯어 넣어주었어요. 마트 시식코너에서 떡갈비를 팔던 아줌마가 같이 끼워준 소스를 듬뿍 묻혀서요.

—엄마 병도 이제 다 나았대. 예전처럼 맛있는 것도 만들어주고 목욕도 시켜주고 하실 거야. 이젠 정말 괜찮아졌단다.

아빠가 떡갈비를 소스그릇에 퐁당퐁당 빠뜨리며 말했어요.

—이제 다시 예전처럼 행복해질 수 있을 거야.

엄마가 돌아오던 날 동생은 아빠가 새로 사온 원피스를 입었어요. 빨간색 점이 가득 찍혀 있고 치마끝이 나풀나풀한 예쁜 원피스였지요. 흉터가 보이지 않도록 목에 하늘색 손수건도 묶어주었어요. 동생은 인형처럼 예뻤어요. 동생을 보며 감탄하던 고모가 학교에서 돌아온 날 얼른 방 안으로 데리고 들어갔어요. 체육수업이 있던 날이라 나는 흙이 잔뜩 묻은 체육복 차림이었지요. 고모는 시계를 보더니 나를 몹시 재촉했어요. 흙 묻은 머리를 털고 체육복을 벗는 동안 서랍에서 빨간 치마와 블라우스도 꺼내주었어요.

—엄마가 돌아온다니 너희도 좋지?

나는 블라우스 단추를 하나하나 끼웠어요. 제일 아래 있는 단추가 느슨해져 덜렁거렸지요. 고모는 치마 밑에 신을 스타킹까지 꺼내주고서 부엌으로 갔어요. 들뜬 아빠 목소리가 방까지 들려왔어요. 잡채와 고기볶음 냄새가 아빠 웃음소리와 함께 집 안을 가득 채웠어요. 나는 소풍 갔을 때 사왔던 파란색 손수건을 꺼내 동생처럼 목에 묶었어요.

엄마는 저녁때가 넘어서야 집에 도착했어요. 엄마를 데리러 갔던 아빠가 음식을 다시 데우는 고모에게 말했어요.

—집에 들어오려니 이 사람 머리가 영 엉망이잖아. 미용실에 들렀다 오느라 좀 늦었네.

엄마가 향긋한 냄새가 나는 머리를 하고 나와 동생을 끌어안았어요.

—미안해.

엄마 목소리는 냄새만큼이나 달콤했지요.

엄마는 달콤한 과자도 구울 수 있게 되었어요. 내가 학교에서 돌아오면 여러 종류의 과자를 구워주었지요. 한가운데 아몬드가 박혀 볼록하게 부푼 과자도 있고 초콜릿 코를 가진 납작한 곰돌이 모양 과자도 있었어요. 치즈를 넣고 구워서 고소한 냄새가 나는 과자를 동생은 제일 좋아했어요. 치즈과자를 길고 커다랗게 만들어주면 하루종일 들고 다니며 먹었지요. 나는 슈크림이 잔뜩 들어간 울퉁불퉁한 빵을 좋아했지만 치즈과자도 괜찮았어요. 밖에 나갔다 돌아온 아빠가 장난스럽게 코를 큼큼거리며 웃었어요.

—다음달이면 택시가 나올 것 같아.

—택시?

—당신 내가 회사 다니는 거 싫어했잖아. 잔업도 야근도 없으니까 우리 가족, 봄꽃 나들이도 갈 수 있고 외식도 할 수 있을 거야. 택시 나오면, 우리 네 식구 그거 타고 가까운 섬에라도 놀러갔다 오자.

엄마가 초콜릿이 잔뜩 박힌 과자를 아빠 입에 밀어넣었어요. 초콜릿을 싫어하는 아빠가 잔뜩 인상을 쓴 채 과자를 삼키자 참 잘했어요, 하며 손바닥을 짝짝 쳤지요. 침과 치즈로 끈적끈적해진 손으로 동생이 짝짝 박수를 따라 쳤어요.

—행복하다.

아빠가 나를 바라보며 말했지요.

—정말 행복하다, 주아야. 그렇지?

나도 엄마처럼 동생처럼 손뼉을 치며 웃었어요.

모두 그렇게 웃으며 보낸 날 밤에도 나는 잠을 잘 수 없었어요. 나는 항상 잠을 못 잤어요. 눈이 새빨개져서 학교에 가는 날이 많았지요. 눈병 걸린 거 아니냐고 양호실에 보내질 정도였어요. 자려고 누우면 캉캉, 여우 우는 소리가 침대 밑에서 나는 것 같았어요. 여우가 울까봐 잠들 수도, 꿈을 꿀 수도 없었어요.

나는 학교에서 쉬는 시간에도 허리를 세우고 얌전히 앉아 있었어요. 화단엔 절대로 들어가지 않고 다른 아이가 덜 잠근 수도꼭지도 대신 꼭꼭 잠갔어요. 청소도 안 빠지고 숙제를 밀리지도 않고 준비물을 빼먹는 일도 없었어요. 친구들에게 나쁜 말도 하지 않고 문방구에서 불량식품도 안 사먹어요. 집에 돌아오면 손발을 깨끗이 씻고 동생과 놀아주지요. 벗은 옷은 제대로 세탁함에 넣고 다음날 책가방도 미리 챙겨놓아요. 밥 먹을 때 흘리는 일도 물을 쏟는 일도 안 해요.

나는 착한 아이예요. 착한 아이가 되면 여우는 오지 않지요.

할머니가 다녀간 뒤 엄마는 기분이 나빴어요. 할머니가 동생을 보고 그만 기저귀를 떼야겠다고 말했거든요. 기저귀를 너무 늦게까지 채우면 다리 모양이 미워진다는 말도 했어요. 엄마는 할머니 말대로 동생 기저귀를 뺐어요. 오십 개도 넘게 남은 기저귀 박스도 쓰레기장에 내놓았어요. 대신 기저귀를 살 때 사은품으로 받았던 오리 변기가 화장실 문 옆에 놓였어요.

동생은 여기저기 오줌을 싸며 다녔어요. 낮잠을 자고 일어나면 이불 위가 흥건히 젖어 있었어요. 식탁이나 화장대 아래 몰래 기어들어가 똥을 누기도 했어요. 집 안 모든 곳에서, 모든 물건에서 지린내가 났어요. 엄마는 동생이 오줌을 쌀 때마다 오리 변기 위에 앉혀놓고 혼을 냈어요. 옷장에 들어가 오줌을 쌌을 때는 손자국이 날 때까지 엉덩이를 때려주었지요.

학교에서 돌아오니 동생 울음소리가 들렸어요. 나는 얼른 책가방을 내려놓고 화장실로 갔어요. 냄새가 나, 냄새가. 엄마가 동생을 욕조 안에 세워놓고 씻기고 있었어요. 위에 매달린 샤워기에서 물이 계속 쏟아졌어요. 따뜻한 김이 조금도 나지 않는 물이었지요. 동생 얼굴이며 몸이 새빨갛게 얼어 있었어요. 엄마는 때수건으로 동생 엉덩이를 박박 밀면서 중얼거렸지요. 냄새가 나, 냄새가, 냄새가!

나는 욕조 속으로 달려들어가 동생을 끌어안았어요. 아빠가 그랬던 것처럼 동생 머리를 내 가슴에 숨기고 한 손으로는 등을 다른 한 손으로는 엉덩이를 있는 힘껏. 얼음처럼 차가운 물줄기가 내 머리를 때렸어요. 엄마가 황급히 샤워기를 껐어요. 미안하다. 엄마가 소리쳤지만 나는 끌어안은 동생을 놓지 않았어요.

동생은 밤새 열이 났지요. 아빠가 걱정스러운 얼굴로 돌아왔어요. 빨간 감기약 시럽을 동생에게 먹이고 나도 두 숟갈 먹었어요. 보통 때는 동생만 엄마 아빠와 자고 나는 내 방에서 자지만 그날은 모두 함께 잠을 잤어요. 내가 동생을 부둥켜안고 놓지 않았기 때문이에요. 감기

옮으면 어쩌려고 그래. 엄마가 걱정스럽다는 듯 말했지만 나는 못 들은 척했어요. 여우가, 여우가 울었는걸요. 나는 그렇게 두꺼운 호스를 목에 낀 동생을 두 번 다시 보고 싶지 않았어요. 그건 너무 무서우니까요.

선생님이 엄마에게 전화를 했어요. 주아가 요즘 학교에 적응을 못 해요. 어제도 점심시간에 몰래 학교를 빠져나가려다 걸렸지 뭐예요. 수업시간에도 벌떡벌떡 일어나거나 소리를 지르거나 하고요. 지금까지는 잘 지냈는데 갑자기 왜 이러는지 모르겠네요. 엄마는 무서운 얼굴을 하고 내 실내화를 가위로 조각조각 잘랐어요. 가정통신문도 알림장도 주간계획서도 모두 잘랐어요. 리코더로 내 종아리를 삼십 대나 때렸어요. 잠에서 깨어난 동생이 울자 신발주머니를 머리에 뒤집어 씌워버렸지요.

아빠는 과자 굽는 고소한 냄새도 오렌지향 방향제 냄새도 없는 집으로 돌아왔어요. 욕실에서 깨끗이 씻고 나온 나와 동생이 아빠를 맞았어요.

—목욕탕이라도 다녀왔어? 애들 뺨이 아직도 빨갛네.

엄마가 크게 고개를 끄덕이며 웃었어요. 커다란 초콜릿을 손에 들고 기분이 좋아진 동생도 금세 따라 웃었지요. 나는 방으로 들어가 엄마 몰래 방문을 잠갔어요.

캉캉, 여우가 울었어요.

아침 일찍 엄마는 동생에게 옷을 입혔어요. 엄마가 돌아오던 날 동생이 입었던 예쁜 원피스예요. 빨간색 점이 가득 박힌 원피스에 하늘색 손수건까지 목에 매자 동생은 그날과 똑같이 인형처럼 변했어요. 나도 그날 입었던 빨간 치마와 블라우스를 입었지요.

—재미있는 곳에 가자.

엄마는 아주 기분이 좋았어요. 책가방을 메는 내게 오늘은 학교를 빠져도 좋다고 했지요. 오늘은 특별한 날이니까. 엄마가 쟁반 가득 구워놓은 과자를 보여주며 웃었어요. 동생이 좋아하는 기다란 치즈과자와 내가 좋아하는 슈크림 들어간 빵도 전부 있었지요. 교과서를 뺀 책가방에 과자와 주스를 넣고 우리는 집을 나섰어요.

—우리끼리만, 아주 재미난 곳에 가자.

두꺼운 잠바를 입은 사람들이 우리를 흘끔흘끔 쳐다보았어요. 동생은 문을 나서자마자 오들오들 떨었지요. 나풀나풀한 치맛자락이 바람에 날려 동생은 더욱 추워 보였어요. 집 앞에서 택시를 타고 우리는 한참 도로를 달렸어요. 아빠와 달리 택시기사 아저씨는 우리를 돌아보지도 말을 걸지도 않았어요.

—여기서부턴 걸어갈 거야.

엄마가 택시에서 동생을 안고 내리며 말했어요. 우리는 엄마를 따라 걸었어요. 너무 추워서 콧물이 줄줄 흘렀지요. 동생이 칭얼대자 엄마는 내 책가방에서 과자 하나를 꺼내 물려주었어요.

다리 한가운데까지 걸어간 엄마가 몸을 돌려요. 나는 이게 한강을 가로지르는 다리라는 걸 알아요. 육삼빌딩에 있는 수족관에 소풍 왔을 때 선생님이 말해주었거든요. 우리가 걷고 있는 초록색 길 옆에서 빠른 속도로 차들이 달리고 있어요. 나는 걸었다가 뛰었다가 하는 동생이 차도로 넘어가지 않도록 손을 꽉 잡고 걸어요. 엄마가 이리 오라고 손바닥을 까딱까딱 움직여요. 내가 가만히 있자 두 팔을 활짝 벌리고 웃어요.

동생이 내 손을 뿌리치고 엄마에게로 달려가요. 엄마 가슴에 뺨을 부비며 까르르 웃지요. 한 팔로 엄마를 껴안은 동생이 다른 한 손을 엄마처럼 흔들어요. 이리 오라는 건지 빠이빠이 놀이를 하고 있는 건지 잘 모르겠어요. 행복하다. 문득 아빠가 하던 말이 떠올라요. 정말 행복하다, 주아야. 그렇지?

나는 엄마에게 가요. 동생이 그러는 것처럼 두 팔을 벌려 엄마를 꽉 끌어안아요. 엄마는 예전보다 훨씬 말라 있어요. 그래도 따뜻하고 향긋한 냄새가 나는 건 여전해요. 엄마 팔이 내 몸을 단단히 감싸요. 차가운 바람 같은 건 더이상 느껴지지 않아요. 어째서인지 나는 이제 여우 울음소리도 두렵지 않아요.

엄마가 동생을 번쩍, 한 팔로 들어올려요. 동생이 비행기 놀이를 할 때처럼 까르르 웃지요. 까르르, 까르르, 웃고 있는 동생을 엄마가 순식간에 다리 아래로 내던져요. 동생이 계속 웃고 있는 건지 울고 있는 건지 나는 잘 모르겠어요. 차도를 달리던 차가 무서운 소리를 내며 멈춰요. 갑자기 멈춘 차를 뒤에 오던 차가 들이받아요. 쾅쾅 소리가 세 번에 걸쳐서 나지요. 소리도 없이 검은 물속으로 사라진 동생 대신 고함소리와 경적 소리가 끊이지 않아요. 엄마가 내 팔을 꽉 붙잡아요.

나는 그 순간, 모든 것을 알 것 같은 기분이 들어요. 배우지 않은 교과서의 내용을 미리 다 알고 있는 것처럼, 상자를 여는 순간 솟아오른 연기와 함께 노인이 되어버렸다는 동화 속 주인공처럼 그렇게요. 나는 내가 엄마 팔을 뿌리칠 수 없으리라는 것을 알아요. 방금 동생이 그랬던 것처럼 이번엔 내가 하늘을 날게 될 거라는 것도 알아요. 놀란 눈을 감지도 못한 채 물방울을 왈칵왈칵 토해내고 있을 동생과 만나게 되리라는 것도. 엄마가 우리와 함께하지 않으리라는 것도. 순식간에 전부.

사고를 낸 아저씨가 차도와 인도를 가른 난간을 뛰어넘어 엄마에게 달려와요. 소리를 지르며 강물을 향해 손가락질해요. 그만둬, 저 여잘 붙잡아, 같은 말들이 사방에서 쏟아져요. 엄마는 누가 붙잡을 필요도 없게 바닥에 쭈그리고 앉아 있어요. 다리 난간을 움켜쥐고, 엄마는 외쳤지요.

—살려주세요!

아저씨가 다리 난간을 잡고 더이상 물거품도 솟지 않는 강물을 내려다봐요. 엄마가 한 손으로 난간을, 다른 한 손으로 아저씨 바지를 잡고 울부짖어요.

—누가 저 좀! ……누가 저 좀 살려주세요! 제발요!

*

아빠는 유령처럼 거리를 달려요.

손님은 태우지 않아요. '빈차' 표시를 보고 손 흔드는 사람이 아무리 많아도 아빠는 차를 세우지 않아요. 집을 나서서 아빠가 가는 곳은 딱 한 곳뿐이에요. 한강, 아빠는 택시를 몰고 하루종일 한강 다리를 건너요.

다리를 건널 때 아빠 얼굴은 금방이라도 토할 것처럼 일그러져요. 아빠 옆에 얌전히 앉아 있던 나는 핸들 위로 자리를 옮겨요. 핸들에 엉덩이를 끼우고 앉아 아빠 얼굴을 쓰다듬지요. 핸들 위는 좁고 불편해서 별로 좋아하지 않지만 아빠를 보려면 어쩔 수 없어요. 아빠는 한강 다리를 달리기 시작하면 절대로 옆을 보지 않아요. 오로지 앞만, 앞만 보고 달려요.

아빠가 다리를 내려가 한강 옆에 차를 세워요. 운전석에서 내리는 아빠를 다른 사람들이 이상하다는 듯 쳐다보지요. 아빠는 차에 올라탈 때처럼 택시 문을 붙잡고 어차, 하면서 몸을 내려요. 차에서 내리는 건 타는 것보다 한결 쉬워요. 아빠가 아장아장 걷기 시작하면 사람들 눈도 바짝바짝 따라붙지요.

아빠는 그런 식으로밖에 걸을 수 없어요. 다리가 직각으로 굳어 움직이지 않거든요. 의자에 앉은 상태에서 의자만 쏙 빼버린 듯한 모습이지요. 다리 때문에 아빠는 여러 번 병원에 갔어요. 아빠 스스로가 아니라 고모와 고모부가 아빠를 덜렁 들어올리다시피 해서 데려갔어요. 의사 아저씨들은 하나같이 손잡이가 반질반질해진 나무망치를 들고 아빠 무릎을 두드렸어요. 그러고는 하나같이 턱을 긁적거렸지요.

—거 참 이상하네.

형광등이 밝게 비치는 네모판에 엑스레이 필름을 끼워놓고 긴 막대로 콩콩 두드리기도 했어요. 뼈와 신경에는 아무 이상이 없습니다. 그 말이 나오면 고모와 고모부는 안도하는 숨과 함께 더욱 슬픈 표정을 지었어요. 고모부가 아빠 어깨를 가만히 짚어요. 고모는 대개 아빠 등을 퍽퍽 때리거나 주저앉아 울거나 하지요.

—정신적인 충격 때문이 아닐까요.

고모에게 아빠 얘기를 들은 의사들은 대부분 그렇게 말해요. 친절하게 정신과 의사를 소개시켜주겠다는 사람도 있지요. 아빠는 정신과 치료를 받지 않아요. 정신과 치료를 받는 건 엄마로 충분하다고 말하곤 하죠.

하지만 나는 알고 있어요. 아빠 다리가 왜 직각이 된 건지. 아빠는 나를 건지고 싶은 거예요. 아빠는 지칠 때까지 한강 다리를 건넌 뒤에 꼭 여기로 내려와요. 어느 때는 새벽부터 한밤이 될 때까지 여기 서 있기도 하지요. 발아래까지 물이 들어오는 곳에 서서 잘게 출렁대는 한강을 바라봐요. 그러고는 다이빙하는 수영 선수처럼 손을 쭉 뻗고 등을 굽혀요. 다리는 정확히 직각을 그리고 있지요.

당장이라도 물에 뛰어들 것처럼 서 있으면서도, 아빠는 끝내 뛰어들지 못해요. 그건 찬바람이 불어서도 옆사람이 말려서도 아니에요. 아빠가 물에 뛰어든다는 것이 나를 선택하는 동시에 엄마를 버리는 일이라는 걸 알기 때문이지요. 나도 알고 있어요. 엄마가 우리를 버리고 스스로를 선택한 것처럼, 아빠는 나를 버리고 엄마를 선택할 것이라는 걸. 그건 나쁘지 않아요. 오히려 아빠가 나를 선택할까봐 겁이 나지요. 어쨌든 나는,

죽었잖아요.

엄마가 내던진 지 두 시간 만에 물 위로 동동 떠오른 동생과 달리 나는 아직 떠오르지 못했어요. 커다란 닻에 다리가 걸려 있기 때문이에요. 내 다리를 잡고 있는 게 닻이라는 걸 나는 최근에 알았어요. 누

가 가르쳐준 것도 아닌데 저절로 그 이름을 알게 되었지요. 그건 신기하지만 그만큼 슬픈 일이에요.

여기에 닻을 버려두고 간 배는 지금 어디 있을까요. 그 배는 더이상 어딘가에 머무를 필요가 없어진 걸까요. 아니면 나처럼 어느 곳에도 머무를 수 없어진 걸까요. 나는 이곳을 떠돌기 시작하면서부터 많이 자랐어요. 나를 찾아 아빠가 물에 뛰어들지 않는 것이 다행스러울 만큼이요.

아빠는 오래도록 물 앞에 멈춰 있어요. 날이 벌써 캄캄해졌어요. 가로등 때문에 바닥에 그려진 아빠 그림자가 꼭 레고인형 같아요. 검은 물을 바라보며 아빠는 무슨 생각을 하고 있을까요. 동생이 떠오를 때 풀어두고 간 하늘색 손수건을 지금은 내가 가지고 있다는 걸 아빠는 과연 알고 있을까요. 동생과 함께 떠오른 책가방에 들어 있는 게 엄마가 마지막으로 구워준 과자라는 걸 아빠는 알고 있을까요. 아빠가 아무것도 모른다는 건, 그건 다행스러운 일일까요.

나는 이제 그만 떠올라야 할 때라는 걸 알아요. 하지만 떠오르고 나면, 내가 떠오르고 나면 아빠는 누가 돌보죠. 직각으로 굳은 다리로 매일같이 한강 다리만 건너고 있는 우리 아빠는. 이곳에서 바닥에 나동그라질 때까지 뛰어들 준비만 하고 있는 우리 아빠는 누가.

한강 물이 불었다 줄었다 하는 동안 닻은 서서히 내 발목을 풀어주어요. 물이 움직일 때마다 내 몸도 흔들흔들 따라 움직이지요. 흘러가던 쓰레기나 작은 물고기들과 부딪칠 때에도 나는 조금씩 닻에서 빠져나와요. 아니, 내 다리가 빠져나오고 있는 이유는 내 살이 조금씩 물에 풀어지고 있기 때문이지요. 내 몸은 슈크림 덩어리처럼 보드랍고 연해요. 나는 다리에서 던져질 때보다 훨씬 조그마해졌어요. 엄마가 구운 슈크림빵처럼 울퉁불퉁 부풀어버리긴 했지만요.

아빠. 나는 아빠 허리를 끌어안아요. 비린 냄새가 옮겨가도 상관없어요. 물이끼 낀 미끄덩한 손이 닿아도 상관없어요. 아빠는 그날의 엄마처럼 뜨겁고 향긋한 냄새가 나니까요. 나는 아빠가 행복하다, 고 다시 한번 말해주었으면 좋겠어요. 아빠 다리가 다시 예전처럼 마음대로 펴지고 구부러졌으면 좋겠어요. 나는 이제 괜찮거든요. 정말 괜찮거든요.

—괜찮아요, 아빠.

아빠는, 내 말을 들을 수 있을까요. 괜찮아요, 아빠. 나는 정말 괜찮아요.

안절부절 모기씨

모기가 딱히 모기를 닮은 것은 아니다. 누가 손으로 쏙 잡아 뽑은 것처럼 돌출된 하관이나 빠끔 열린 눈, 숱이 워낙 적어 앞이마조차 가리지 못하는 머리카락 같은 것이 모기를 '모기에 가까운 어떤 것'으로 보이게 할 뿐이다.

모기가 처음부터 모기였던 것은 아니다. 그에게는 목이준이라는 그럴듯한 이름이 있다. 준이, 라는 어딘가 낯간지러운 애칭이 별안간 모기로 변한 것은 목이준이 초등학교에 입학하면서부터였다.

아이들이 차례로 앞에 나가 이름을 말하는 것이 고작인 자기 소개 시간이었다. 목이준은 이미 쪼글쪼글해진 엄지를 오른쪽 왼쪽으로 돌려가며 빨았다. 너무 긴장한 탓에 더펄거리는 손톱 밑이 아프지도 않았다. 그렇게 많은 아이들을 보는 것은 난생처음이었다. 다리가 짧은 플라스틱 의자 말고 길쭉하고 차가운 쇠 의자에 앉는 것도 처음이었다. 또래에 비해 체구가 작은 목이준은 기어오르다시피 의자에 앉아야 했다. 좀처럼 바닥에 닿지 않는 발 때문에 초조함은 불안과 공포로 변질되었다. 자신의 순서가 되자 목이준은 반쯤 울먹이며 이름을 읊었다. 엄지를 여전히 입에 넣은 채였다.

"제 이름은 모기……입니다."

아이들이 웃음을 터뜨렸다. 선생님이 재빨리 목이준, 이라고 정정해주었으나 소용없었다. 이후 그는 줄곧 모기로 불렸다.

잠깐이지만 모스끼또, 라 불린 일도 있었다. 책장이 나긋나긋 휘어지는 영어사전이 유행하던 중학교 시절이었다. 막 생긴 영어과목만큼이나 글로벌한 애칭이었지만 모기는 그것이 좀처럼 마음에 들지 않았다. 영어인 주제에 독도 암벽에 머리를 부딪쳐야 할 것만 같은 발음이 특히 거슬렸다. 그냥 모기라고 불러주면 안 될까? 아이들을 쫓아다니며 몇 번이나 애걸한 끝에 모기는 다시 모기가 될 수 있었다.

모기가 딱히 모기를 닮은 것은 아니다. 누가 손으로 쏙 잡아뽑은 것처럼 돌출된 하관이나 빠끔 열린 눈, 숱이 워낙 적어 앞이마조차 가리지 못하는 머리카락 같은 것이 모기를 '모기에 가까운 어떤 것'으로 보이게 할 뿐이다. 사실 모기의 외모는 이제 막 태어난 주머니쥐나 보닛원숭이에 가깝다. 그러니까 전체적으로 보면 이렇게,

어딘가 좀 억울하게 생긴 얼굴이란 소리다.

모기는 삼십육 세가 되어서야 비로소 독립했다. 딱히 독립이랄 것도 없이 줄곧 부모에게 얹혀 살던 것을 숙부 소유의 폐건물로 옮겨간 것에 불과하지만. 폐건물은 재개발지역 내에 있는 삼층짜리 연립이

다. 창문마다 달린 철창이 녹으로 부풀어올라 비가 내리거나 바람 부는 날이면 건물 아래가 온통 새까맸다. 오랫동안 페인트칠을 새로 안 한 탓에 음산한 잿빛인 외벽에 금간 자리마다 바른 방수페인트가 유난스럽게 하얗다. 멀리서 보면 커다란 바늘로 건물 벽을 누벼놓은 것처럼 보여 주위에서는 이 건물을 '거지연립'이라 부르는 모양이었다.

모기가 거지연립에 살게 된 것은 재개발이 무한정 보류된 탓이다. 애초 대형마트가 지어지기로 했던 재개발계획은 인근 재래시장의 격렬한 반대와 때마침 이루어진 법 개정에 부딪쳐 백지화되었다. 이후 끊임없이 보상금 문제가 불거지고 공원을 조성하니 아파트를 짓니 계획들만 무성하더니 어느 순간 그마저도 뚝 끊겼다. 일찌감치 세입자를 내보낸 건물주들이 반 이상 철거를 진행한 뒤의 일이다. 동네 한가운데부터 갈아엎은 땅에는 철골과 파이프 들이 을씨년스럽게 불거진 채다. 지금도 중장비 두 대가 생일 케이크에 잘못 꽂힌 초처럼 멀뚱히 서서 바람을 맞고 있다.

거지연립은 동네 북쪽 끝에 있어 뼈가 드러나는 일만은 면했다. 아직 전기와 수도가 끊기지 않았으나 딱히 세입자를 받을 수도, 건물을 부술 수도 없는 상황이다. 숙부는 연립에 몰래 숨어들어 술판을 벌이고 혼숙을 하는 가출청소년 때문에 오랫동안 전전긍긍했다. 부탄가스와 소주병, 힘줄만 남은 닭다리와 함께 줄기차게 굴러다니는 사람 등짝에 기가 질린 숙부는 결국 모기를 불렀다. 연립에 살면서 경비일을 좀 봐달라는 거였다. 살 곳도 주고 월급도 준다니 모기로서는 마다할 이유가 없었다.

모기가 해야 할 일은 건물을 텅 빈 채로 유지하는 것뿐이다. 연립

일층에 자리잡은 모기는 마음 내킬 때 순찰을 돌고 창문과 현관문의 잠금상태를 확인한다. 간혹 새벽에 절걱절걱 문고리 돌리는 소리가 날 때도 있지만 모기가 불을 켜거나 큰소리를 내면 후다닥 사라진다. 폐건물과 공터는 동네 안쪽에 얼마든지 있다. 서로 위험을 감수할 필요가 없는 것이다. 덕분에 모기의 생활은 심히 평화롭다.

처음에 모기는 숙부가 거지연립에 여자를 숨겨둔 게 아닐까 의심했다. 어차피 부수고 말 건물인데 노숙자나 가출청소년이 드나든들 어떠랴 싶어서다. 숙부 주변에 여자가 많은 것도 의심의 한 이유다. 호방하고 정 많은 숙부는 친구도 많고 선후배도 많다. 숙부가 운영하는 종로의 설렁탕집만 해도 주방과 홀서빙을 포함해 여직원이 스무 명이 넘는다. 설렁탕 국물을 그대로 굳혀놓은 듯 뽀얀 피부를 가진 중년 아줌마부터 가무잡잡한 얼굴에 코가 오뚝하니 예쁜 조선족 아가씨까지 연령대와 생김새도 다양하다.

모기는 상 앞에 다소곳이 꿇어앉은 여자가 가위와 집게로 벌건 무를 썩둑썩둑 자르는 모습을 상상한다. 발뒤꿈치에 눌려 찹쌀떡마냥 퍼진 엉덩이를 숙부가 흐뭇하게 바라보고 있다. 둥글게 벗겨진 이마와 사우나에서 갓 나온 듯 달아오른 반질반질한 빰이 숙부를 한층 더 호색에 어울리게 만든다. 월급의 칠십 퍼센트 이상을 고향집으로 보내야 하는 조선족 아가씨는 서울의 높은 물가와 하수구에 뭉칫돈을 버리는 심정으로 지불하는 월세 때문에 미간이 좁아졌을 터다. 월세만 안 나가도 살기가 한결 수월치 않겠어? 숙부가 설렁탕 뚝배기에서 당면가락을 집어내며 묻는다. 마침 빈방이 있으니 거기서 지내면 어떨까 싶네. 사옥 같은 느낌으로다가, 응? 숙부가 내민 집 열쇠를 조선족 아가씨는 약간의 의혹에 싸여 바라볼 것이나 결국 받아들 수밖에 없을 것이다. 빈집에 라면박스 두 개가 고작인 짐을 옮겨놓은 순간부터 조선족 아가씨는 뜬눈으로 밤을 지새운다. 계단 오르는 구둣발 소리나 헛기침소리만 들려도 사지가 떨리고 소름이 돋는다. 숙부가 언제 문을 따고 들어올지 몰라 불편하게 꽉 조인 브래지어를 풀지도 못한 채 웅크리고 자는 날이 태반이다. 그러나 일주일 이 주일이 지나도록 숙부가 찾아올 낌새를 보이지 않자 조선족 아가씨는 약간의 죄책감에 시달린다. 집이 너무 낡았지? 그래도 옛날 건물이라 튼튼해, 난방도 잘되고. 집 빌려준 유세는커녕 건물의 난잡한 외관에 겸연쩍어하는 숙부가 신사로 보일지도 모른다. 조선족 아가씨는 점심시간에 숙부와 푹 끓인 수육을 나눠 먹기도 하고, 계산기를 두드리는 숙부의 마디 굵은 손 옆에 슬그머니 커피잔을 내려놓기도 할 것이다. 그렇게 한 달이 지나고 두 달째가 되면 완전히 경계가 풀린 조선족 아가씨와 숙부는 이런저런 농을 나누는 사이가 될 테고. 어느 날 쏟아지는 비 핑계를 대며 문 두드리는 숙부를 생각 없이 집에 들이는 날도 올 것이다. 물은 잘 나오나? 춥지는 않고? 동네 수상쩍은 인간들이 지분거리면 언제든 얘기해, 도와줄 테니까. 숙부의 말치레에 조선족 아가씨는 슬그머니 뺨을 붉힐지도 모른다. 어린 나이에 부모 공양하랴 어린 동생들 공부시키랴 먼 땅에서 고생하는 네가 참 안쓰럽고 기특해서 그래. 숙부는 그렇게 말하며 뜨거운 커피잔을 멀찌감치 밀어놓고 조선족 아가씨에게 다가앉겠지. 내가 좀 도와주고 싶어도 주위 사람 눈이 있으니 어디 말을 꺼낼 수가 있어야지. 워낙 흉측한 일이 많아 네가 오해할까 무섭기도 하고, 응? 니가 봐와서 알겠지만 나는 정말 그런 사람 아니다. 숙부의 정색한 얼굴에 조선족 아가씨는 고개를 끄덕일 것이다. 숙부는 엉덩이를 바짝 밀어붙이고. 고향살림 건사하는 것도 좋지만 이렇게 꽃같이 이쁜 나이에 매일 깍두기나 썰고 고기 누린내 풍기며 살아서야 쓰겠니? 얼굴에 분칠 좀 하고 비싼 옷 입으면 너처럼 이쁜 애가 또 있을려구. 내일 쉬는 날이지? 나랑 밥 먹고 백화점에 빽이랑 구두랑 사러 가자. 니가 꼭 내 딸 같아서 그런다, 응? 숙부는 조선족 아가씨의 차진 엉덩이에 땀이 흥건한 손을 갖다붙인다. 역시 이럴 속셈이었다는 배신감은 둘째치고 조선족 아가씨 마음속에는 스스로에 대한 연민이 그득 찰 것이다. 두피까지 밴 고기 누린내는 물론 솥 언저리에 데어 흉하게 얼룩진 상처를 헤아리느라 숙부 손을 맵차게 떼어내는 걸 잊을지도. 조선족 아가씨의 머뭇거림을 허락 내지는 암묵적인 동의로 해석한 숙부가 잽싸게 그녀 허벅지를 타고 앉을 것이다. 딱딱한 바닥에 뒤통수를 부딪친 뒤에야 조선족 아가씨는 하릴없이 몸부림칠 테고, 일단 끝부터 보자는 마음에 숙부는 손을 밀어넣어 팬티를 벗겨내고 그다음엔.

……그러나 거지연립엔 울며 팬티를 빠는 조선족 아가씨도, 어둠을 틈타 연립을 나서는 숙부의 그림자도 없다.

숙부가 좋은 사람이란 건 누구보다 모기가 제일 잘 알고 있다. 모기가 군대에 있을 때 통닭과 갈비찜을 싸들고 기차로 다섯 시간을 달려 면회 온 사람은 숙부가 유일하다. 농장을 비울 수 없는 아버지와 허리 디스크가 심한 어머니 대신이었다. 이후에도 숙부는 모기를 아들처럼 대한다. 모기는 괜히 입맛이 써 담배를 꺼내 문다. 딸깍, 전원만 켜면 되는 전자담배인데도 코에 닿는 연기가 유난히 맵다.

*

돌풍주의보가 어떻고 하더니 과연 바람이 거세다. 모기는 사방을 두리번거리며 빠르게 걷는다. 간판 밑은 피하고 신호등과 가로등, 표지판 아래에서 십 초 이상 머물지 않는다. 지나야 할 길을 면밀히 살펴 건물 벽에 에어컨 실외기나 화분이 달려 있으면 무조건 다른 길로 돌아간다. 때문에 이십 분이면 충분할 출근길을 근 사십 분째 걷는 중이다.

모기는 유난히 겁이 많다. 큰 개가 무섭다거나 귀신이 두렵다거나 하는 식의 공포가 아니다. 모기가 두려워하는 것은 오롯이 현실이다. 예를 들면 이런 것들. 모기는 계단을 오르내릴 때 난간을 꽉 움켜쥐고 무게중심을 무릎에 둔 채 한 걸음 한 걸음 신중히 옮긴다. 에스컬레이터나 무빙워크에서도 마찬가지다. 아주 드물게 고의로, 약간 드물게 미필적고의로, 대개는 우연히 모기를 밀칠 사람들 때문이다. 모기는 누군가의 억센 손이 자신을 떠밀까봐 두렵다. 사납게 인파를 헤치던 누군가의 발에 걸려 계단 아래로 굴러떨어질까봐 무섭다. 앞서 계단을 오르던 사람이 미끄러지며 자신을 볼링핀처럼 날려버릴까봐 공포스럽다.

예를 들면 이런 것들. 모기는 닫혀 있는 문을 겁낸다. 닫힌 문, 닫힌 뚜껑, 닫힌 상자 같은 것들. 가령 엘리베이터 문이 열릴 때 모기는 제대로 숨을 쉬지 못한다. 그 안에 이미 식어버린 죽음이 담겨 있다는 막연한 확신 때문이다. 모기는 엘리베이터 문이 열리는 순간 그 안에서 튀어나올 굳은 팔 한 짝에 얽매여 있다. 물이끼가 낀 것처럼 탁하고 결 나쁜 손톱, 톱밥처럼 부스러지는 피부, 부푼 팔뚝에 문신처럼 떠오른 검은 얼룩. 모기는 문이 완전히 열린 다음 안에 아무것도 없다는 걸 거듭 확인한 후에야 엘리베이터에 탈 수 있다. 마찬가지로 밀봉된 고구마 상자에는 귀가 잘린 채 불탄 개가, 서랍장에는 죽은 구관조가, 욕실 수납장에는 내장 썩은 물이 흘러나오는 농어가 들어 있다. 모두 어디에선가 보고 들은 현실 속 일들이다.

모기가 가게에 도착한 건 오전 열한시가 다 되어서다. 지하상가 오픈시간이 열시인 만큼 꽤 늦은 시간이다. 전철역과 이어져 있는 지하상가는 오전 열시부터 밤 열시까지가 영업시간이다. 대개는 동대문에서 물건을 떼와 마진 붙여 파는 옷가게들이 즐비하고, 간간이 렌즈나 신발, 액세서리와 화장품가게가 끼어 있다. 모기는 묵묵히 셔터를 올린다.

"오늘은 좀 늦으셨네요."

미진이 조심스레 말을 건다. 모기가 장사를 시작한 건 이 년 전부터인데 미진은 그보다 훨씬 전부터 옆 가게에 있었다. 서른에 가까운 나이지만 아직도 시간제 월급을 받는다. 미진의 뒤로는 사장 취향에 충실한 싸구려 옷들이 즐비하다. 박음질이 어설프고 색감이 촌스러운, 그야말로 싸다는 것 외엔 아무런 장점이 없는 옷들이다.

"바람이 심해서."

"네, 바람이…… 이런 날은 머리 위를 조심해야 하니까요."

"209호, 거기다 옷 걸면 안 된다고 내가 몇 번을 말해? 방화셔터 내려오는 데다 물건 놓으면 벌금 문다니까? 소방청에서 닦달하는 통에 내가 아주 죽겠다고."

경비 아저씨 목소리에 긴 통로가 쩌렁쩌렁 울린다. 황급히 옷걸이를 내린 미진이 몸을 수그린다. 돌아서 있어 잘 안 보이지만 코가 노랗게 질려 있을 게 분명하다. 부끄러울 때 미진의 코가 곪은 종기처럼 노래진다는 사실을 알게 된 건 작년 겨울이다. 모기는 그날 처음으로 미진과 잤다. 샤워를 하다 노래진 미진의 코는 이후 각자 집으로 돌아갈 때까지 제 색을 찾지 못했다.

모기는 어제와 별반 달라지지 않은 진열대를 다시 정리한다. 전자담배로 종목을 바꾼 건 삼 개월 전인데 반응이 영 신통치 않다. 이전에는 탁상시계와 아이들 손목시계를 팔았다. 시간 확인도 알람도 다 휴대폰이 해주니 장사가 될 리 없었다. 그보다야 낫겠지 싶어 시작했는데 전자담배는 더 별로다. 하루에 너덧 건 상담을 해도 매출로 이어지는 경우는 극히 드물다. 기껏 한 시간씩 들여 설명해놓으면 고객들은 좀더 생각해보겠다거나 가격이 너무 비싸다며 일어서기 일쑤다. 그들 중 절반은 시장조사를 끝낸 뒤 인터넷에서 제품을 구매할 게 뻔하다. 상담을 끝내고 계산하려 카드를 꺼낸 중년 남자를 어린애 다그치듯 끌어간 여자도 있다. 이런 데 걸 어떻게 믿고 사, 언제 망해서 없어질지 모르는데. 여자의 조심성 없는 말투가 아직도 귀에 선명하다.

모기는 우울한 기분에 턱을 괸다. 그나마 지금까지의 매출은 지하상가 옷가게 아가씨들에게서 나왔다. 흡연자가 많은 데 비해 상가 내 모든 곳은 금연이다. 굳이 담배를 피우려면 계단을 올라 지상출구로 나가야 한다. 가게를 비울 수 없어 화장실도 제대로 못 가는데 흡연시간이라고 따로 있을 리 없다. 아가씨들은 손님이 없을 때 행어 뒤에 몰래 숨어 전자담배를 빤다. 희미하게 솟는 연기는 부채질하듯 휘휘 날려보내면 그만이다. 손님이 와도 잽싸게 전원을 끄면 되니 나름 편리한 도구인 셈이다. 이대로라면 조만간 금연표시 밑에 전자담배 금지도 붙을지 모른다.

손님이 없기는 마찬가지인데 미진은 쉴 틈 없이 분주하다. 할 일이 많아서라기보다 미진이 굼떠서다. 손놀림과 입이 잰 아가씨들과 달리 미진은 느리고 말수가 적다. 그래도 손님이 드는 걸 보면 그게 나름의 설득력을 갖는 모양이다. 어머, 언니 이 옷 언니 몸에 딱이네, 아까보다 십 킬로는 빠져 보인다, 이것 봐봐, 뒤태가 완전 예술이야, 맞춤이다 맞춤, 응? 이걸 누가 지하상가에서 삼만원 줬다고 생각하겠어, 옷태가 백화점 명품관인데, 언니 이걸로 해, 현금으로 하면 내가 특별히 직원가로 쳐줄게. 미진에겐 확실히 이런 식의 입발림이 어울리지 않는다.

"저기, 이따 끝나고요……"

한참 만에야 가게 정리를 끝낸 미진이 앞에 와 머뭇댄다. 무슨 말이든 좀 끝까지 하면 좋으련만. 모기가 작게 툴툴대며 일어선다.

"난 일찍 문 닫고 들어갈 거야. 어차피 손님도 없을 것 같고."

"아, 그럼 저기……"

"끝나고 집으로 와. 가게 비었잖아, 가봐."

모기가 샘플로 꺼내놓은 전자담배를 도르륵 굴린다. 미진은 다시 제 가게로 가 입을 꾹 다물고 선다. 코끝이 약간 노랗게 변한 걸 보니 화가 난 건 아닌 모양이다.

역에 인접한 아래쪽 가게들은 북적북적하다. 개찰구 앞에 늘어선 건 전부 휴대폰 가게다. 휴대폰, 휴대폰 액세서리, 휴대폰 케이스, 중고 휴대폰이 가득하다. 그다음 겹겹이 놓인 건 옷가게. 보기 좋게 디스플레이된 옷들은 사실 다 비슷비슷하다. 라임색 블라우스 아래 검은색 반바지를 놓느냐 하얀색 스커트를 놓느냐가 차이의 전부다.

아무래도 종목을 한번 더 바꿔야 할 것 같다. 가게도 옮기고 싶지만 역에 가까울수록 권리금이 턱없이 높아지니 무리다. 휴대폰가게나 신발가게를 해볼까. 그럼 이 재고들은 누구한테 떠넘기나. 도매상에서 헐값에 떼온 물건들인 만큼 반품 자체가 불가능하다. 사실 가게 안에는 AS도 불가능한 단종제품이 상당하다. 모기가 초조하게 담배를 두드리다 벌떡 일어난다. 비명소리다. 희미하긴 하지만 분명 비명소리가 들렸다.

불, 불인가? 통로가 좁고 물건과 사람이 빼곡한 지하상가에서 제일 최악의 상황은 불밖에 없다. 방화셔터 운운하며 큰소리치던 경비 아저씨의 쭈글쭈글한 얼굴이 머리를 스친다. 지하철역만 말끔하지 오래전 만들어진 통로를 얼기설기 이어놓은 지하상가는 거대한 미로에 가깝다. 일단 연기와 어둠에 휩싸이고 나면 설계자라 하더라도 빠져나가기 힘들 것이다. 비상등은 제대로 작동할까? 들소떼처럼 날뛰는 사람들 발에 깔리지 않고 무사히 살아 나갈 수 있을까?

모기는 방화셔터 아래 붙은 비상랜턴을 노려본다. 비명소리가 함성처럼 번지며 길을 따라 올라온다. 벅적벅적 모인 새까만 머리통들이 일제히 한 방향으로 움직이고 있다. 생각해보면 간단한 일이다. 지하철역이나 상점 밀집구역이 화재에 얼마나 취약한지. 오백 밀리리터 생수병 하나에 든 휘발유만으로 사백여 명의 숨줄을 틀어쥘 수 있다는 건 이미 확인한 바 아닌가.

모기의 눈에는 지하철역 분수대가 놓인 만남의 광장에 라이터를 들고 선 남자가 선연히 보인다. 오래된 사파리점퍼와 계절에 맞지 않는 두꺼운 솜바지가 타오르는 건 순식간이다. 사람들 중 일부는 소화기를 찾고 일부는 분수대에 솟는 빈약한 물줄기로 불을 끄려 애쓰겠지. 역무원이 뛰어나오고 이제 막 전철에서 내려 개찰구 앞에 선 사람들은 다시 지하철을 타야 할지 일단 개찰구를 통과해야 할지 고민할 것이다. 검고 흰 연기는 불꽃보다도 비상벨의 날카로운 경고음보다도 빠르다. 새로 도착한 지하철이 경적을 울리며 역을 그냥 통과하고 정황은 모르지만 불안감에 사로잡힌 이들이 철로를 따라 무작정 뛰겠지. 철없이 휴대폰 카메라를 들이밀던 학생들이 목을 움켜쥐고 쓰러질지도 모른다. 운좋게 출구 옆에 있던 사람은 그대로 탈출할 수 있겠지만 대부분의 사람들은 두더지처럼 방향을 잃고 헤맬 것이다. 불은 당연한 수순으로 거미줄처럼 뻗은 지하상가를 타고 흐른다. 불과 십 분 전까지 쇼윈도에 걸려 화려한 색감을 뽐내던 옷들이 지독한 유해가스를 내뿜는 합성섬유로 전락하고 인조가죽구두가 형편없이 쪼그라든다. 아크릴 간판이 녹아들어가며 또다른 유독가스를 내뿜고 할로겐등과 전구가 차례로 터져나가겠지. 열에 부풀어오른 유리가 펑펑 터져나가는 통에 사람들은 비명을 지르며 앞사람을 차고 밟는다. 와중에 휴대폰을 꺼내 랜턴 대신 쓰려는 사람이 있을 것이나 솜뭉치처럼 엉켜 사방으로 쓰러지는 사람들 틈에서 분실할 것이고, 그나마 가능했을지 모를 사랑하는 사람과의 마지막 통화까지 함께 분실할 것이다. 비명과 도움을 요청하는 소리와 그보다 더 격렬히 울부짖는 누군가의 이름. 당신한테 했던 말이 모두 진심은 아니야, 내 진심은 여기 있어, 이제 보여줄 순 없지만. 사랑해, 엄마. 우리 아들 밥 잘 챙겨 먹고 꼭 훌륭한 사람 되어야 한다? 아빠가 지켜봐주지 못해서 미안해. 깨끗이 잊어버리고 새출발해, 당신은 정말 아름다운 사람이야. 지난번 내가 했던 일들, 당신이 꼭 용서해줬으면 좋겠어, 지금이 아니면 용서받을 시간이 없어. 당신 속 썩인 죄를 지금 받는 모양이야. 불효자는 먼저 갑니다. 사랑 고백과 사죄가 대부분인, 사방을 찢고 울릴 그런 말들. 호흡곤란과 절망에 허덕이며 바닥에 드러눕는 사람들 사이로 돌연 물줄기가 쏟아지고. 연기로 그을은 시커먼 얼굴이지만 옷에 붙은 야광띠만큼은 번쩍번쩍한, 배트맨이나 스파이더맨 따위는 아무것도 아니라는 듯 의기양양한 포즈의 소방관이 그들 앞에 나타날 것이다. 젖은 천으로 코와 입을 막고 자세를 최대한 낮추십쇼, 출구는 이쪽입니다! 검고 혼탁한 세계에서 구토 자국과 발자국을 온몸에 새긴 채 다시금 지상으로 끌려올라갈 수많은……

"지금 뭐 하시는……"

그러나 이곳은 지상이 아닌 지하, 그것도 미진 앞이다. 모기는 눈을 크게 뜨고 사방을 둘러본다. 비상랜턴을 향해 뻗은 자신의 손이 엉거주춤 허공에 멈춰 있다. 지금 보니 무리지어 올라오는 사람들 목소리가 고통이 아닌 환희에 가깝다.

"무슨 시트콤에 나왔던, 배우라나봐요."

무리 가운데 훌쩍 솟은 머리통 하나를 가리키며 미진이 설명한다. 햇빛 한 점 들지 않는 지하에서 남자는 선글라스로 얼굴 절반을 가리고 있다. 선글라스가 언제부터 복면 대용이 됐을까 같은 시답지 않은 생각을 하며 모기가 다시 자리에 앉는다. 겸연쩍고 창피해 미진 쪽은 돌아보지 않는다. 열두시. 화재의 공포에서 벗어나려면 아직 열 시간이나 남아 있다. 이제 모기가 할 수 있는 것은 견디는 일뿐이다. 잠들거나 성내지 않고, 무난하고 무탈하게.

*

미진은 밀랍 같은 얼굴로 잠들어 있다. 모기가 조심스럽게 미진의 코 밑에 검지를 댄다. 미약하지만 간지러운 바람이 닿는 걸 봐선 살아 있는 게 맞다. 아니, 죽을 이유가 뭔가. 미진이 고지혈증이나 심장질환을 앓고 있는 것도 아니고 효과보다 부작용이 더 확실한 다이어트 약을 먹는 것도 아니다. 누군가 부러 죽이지 않는 한 미진은 제 수명을 다 살 것이다.

모기는 랜턴과 담배를 찾아 쥐고 집 밖으로 나온다. 딸깍, 소리가 유난히 귀에 거슬린다. 싸구려 구형이라서인지 모기의 전자담배는 어설픈 것투성이다. 막대한 손해를 보면서 재고정리를 하느니 그냥 다 피워 없앨까. 전원을 껐다 켰다 하면서 모기는 장사종목을 바꾸기로 생각을 굳힌다. 다음에는 신발가게가 좋겠다. 고무신처럼 납작하고 색이 현란한 신발들을 가져다 팔아야지. 가게에 사람들이 북적북적 드나들면 뭔가가 좀 달라질지도 모른다. 그나저나 지포라이터처럼 뒤퐁, 하고 우아한 소리를 내며 켜지는 전자담배는 없는 걸까.

삼층으로 올라간 모기가 301, 302호 문고리를 돌린다. 잠겼다. 이층의 두 집도 마찬가지다. 그리고 일층. 모기는 자신의 집 문고리와 나란히 위치한 옆집 것에 손을 댄다. 잠겼다. 잠겼지만 뭔가 이상하다. 철컥, 하고 돌아가는 각도가 평소보다 좀더 깊다. 보통은 문고리를 잡는 순간 완고한 거부감이 느껴지는데 그것이 느슨해진 느낌이다. 이것은 필시 누군가가 열어본, 누군가의 체온과 열쇠의 여운이 남아 있는 문고리다.

도대체 누가. 모기는 랜턴으로 문고리 주위를 면밀히 살핀다. 열쇠구멍 주변에 무수히 늘어선 긁힌 자국은 오래전 것과 최근의 것을 구별하기 힘들다. 문에 엉겨붙어 끙끙대는 청소년을 모기가 직접 마주친 것만 다섯 번이 넘는다. 그들의 손에 들린 것은 실핀이기도 하고 공업용 커터이기도 했다. 어디서 주운 건지 열쇠 뭉치를 들고 유유히 구멍을 후비던 노인도 있었다. 그들 중 하나일까. 아니면.

모기는 숙부의 외아들을 떠올린다. 올해 고등학생이 된 숙부의 아들은 어릴 때부터 키가 크고 기골이 좋았다. 어깨가 단단하나 사지가 짧은 숙부와 훌쭉하고 다리가 긴 숙모의 장점만을 취한 듯한 외모다. 모기는 숙부 아들을 좋아하지도 싫어하지도 않는다. 연배라면 질투로 툭탁거릴 만하지만 그도 아니고, 아예 나이 차가 크면 좀 귀여워하겠으나 그 또한 아니다. 숙부 아들도 어쩌다 모기와 마주치면 꾸뻑 머리를 숙이고는 방으로 들어가는 게 고작이다. 데면데면한 사이인 숙부 아들이 떠오른 건 며칠 전 걸려온 숙부의 전화 때문이다. 별일 없지? 집이 너무 넓어서 살기 불편하진 않고? 니가 있어 참 다행이다. 응. 근데 그쪽이 요즘 조용은 한가? 아들놈이 자꾸만 거기 열쇠를 달라 그러네, 공부방 삼겠다고.

뭐라고 하고 전화를 끊었더라. 대수롭지 않게 들은 터라 기억이 흐리다. 친구놈들하고 모여 놀기 시작하면 그도 곧 아프니 그만두겠다,

고 했던가. 어쨌든 열쇠를 내주겠단 식의 대화가 아니었던 것만은 확실하다. 모기는 집으로 들어가 신발장 서랍을 뒤진다. 연립으로 처음 들어올 때 숙부에게 받은 마스터키가 어딘가 있을 터였다.

연립을 향해 가파르게 솟은 언덕길을 숨 한 번 헐떡이지 않고 올라오는 숙부 아들이 마치 본 것처럼 선명하다. 걸음을 옮길 때마다 울근불근 솟는 종아리 근육이 성인 못지않다. 그러고 보니 중학교 때까지 유도인가 태권도를 했었지. 지역대회에 나가 상을 타온 적도 있다. 숙부 아들의 허리가 곧은 건 그 덕이고 목이 앞으로 쭉 뽑힌 건 컴퓨터 탓이다. 고등학생이 되면서 컴퓨터 하는 시간이 부쩍 늘어났다고 속상해하던 숙모가 떠오른다. 숙부와 숙모가 모두 설렁탕집에 매달려 있느라 숙부 아들은 어릴 때부터 집에 혼자 있는 일이 많았다. 숙모가 눈치채지 못했을 뿐 컴퓨터는 이전부터 줄곧 해오던 것일 게 분명하다. 종이책 대신 전자교과서가 나오는 시대에 컴퓨터를 멀리하라는 건 불가능하다. 문제는 양질의 문서와 정보 들 이면이다. 모기는 숙부 아들 컴퓨터에 아무도 모르게 쌓여 있을 수상쩍은 이름들을 상상한다.

집에 항상 부모님이 안 계시고 돈이 많고 체격도 좋은 숙부 아들이 친구를 사귀는 건 어렵지 않을 것이다. 선생님이나 부모 누가 봐도 호감이 갈 반듯한 친구가 있는가 하면 누가 봐도 눈살을 찌푸릴 만한 친구도 있다. 어린아이도 성인도 아닌 어중간한 나이의 아이들에게는 눈살을 찌푸릴지언정 남에게 강렬한 인상을 주는 친구가 그럴듯해 보일지 모른다. 착한 염소처럼 메에메에 울며 발굽이나 다지기보다 뿔이 부러지더라도 일단 들이받고 보는 것이다. 이유가 무엇이든 강렬하고 불편한 아이들은 타인에게 존중받는다. 숙부 아들은 스스로가 불편한 존재이거나 그런 부류의 무리 속에 속해 있을 게 분명하다. 숙부 아들 주변에는 비슷하거나 비슷하고자 희망하는 아이들이 몰려들겠지. 다섯 명, 많게는 열 명이 넘어갈 것이다. 일단 무리가 형성되면 개개인의 키나 성격 같은 건 중요치 않다. 중요한 건 그들이 종횡대로 만들어내는 차단벽이다. 선배에게 몇만원에 강매당한 신분증으로 술 담배를 사고, 가래를 돋워 지나가는 아이 머리에 뱉고, 문구점에서 필요하지도 않은 사무실용 스테이플러를 훔치고, 헌팅한 여자애가 더이상 무릎을 붙이고 앉을 수 없을 정도로 취할 때까지 폭탄주를 먹이며 쌓아가는 차단벽. 호르몬 분비가 왕성한 남학생들에게 최대의 관심사란 여자일 게 뻔하다. 여자를 만나는 방법은 얼마든지 있다. 숙부 아들과 친구들은 컴퓨터 앞에 머리를 맞대고 앉아 제일 쉬운 방법을 모색할 것이다. 각종 사이트와 채팅방에서 가장 노골적이고 유치한 제목을 골라내는 일. 잠잘 곳 구함, 오늘밤 재워주실 분, 함께 지낼 언니 구함, 십육 세 여자 밤샘 가능, 그런 식의 제목들 말이다. 숙부 아들과 친구들은 그중에서도 제일 초보자인 듯한, 어리바리한 여자애를 골라낸다. 일찌감치 가출해 터를 잡고 앉아 초보자들을 끌어가는 이른바 왕언니와 연결된 애라면 일이 성가셔진다. 왕언니는 대개 서포트해주는 남자애들과 연계되어 있으니 재수 없으면 실컷 얻어맞고 돈까지 뜯기기 일쑤다. 그런 애들이 하는 건 매춘이다. 가출을 처음 한 애는 대개 겁부터 집어먹고 집으로 돌아가니 패스. 두세 번 가출해본 전력이 있으나 이틀 이상을 넘기지 않은 애가 좋다. 학교가 짜증나거나 부모님이 씨발년놈들이라서가 가출의 이유인 애는 패스. 성적이 너무 떨어져 맞았다든가 부모가 이혼소송중이라는 식의 구체적인 이유를 가진 애가 좋다. 숙부 아들과 친구들은 고심 끝에 두세 명의 후보자를 골라놓고 화상채팅을 요구한다. 그중 제일 봐줄 만하게 생긴 애가 당첨자다. 휴대폰 번호를 교환한 숙부 아들과 친구들이 약속 장소로 나간다. 여자애를 만나면 일단 여자애가 주기적으로 누군가와 문자를 주고받진 않는지, 주위에서 유난히 맴을 도는 오토바이 배달부는 없는지 확인해야 한다. 아무도 없다면, 숙부 아들과 친구들은 여자애를 거지연립으로 데려온다. 열쇠는 벌써 한참 전에 빼두었다. 건물 관리인 겸 거지연립에 살고 있는 친척은 밤 열시 이전엔 돌아오지 않는다. 여자애는 불편한 기색이 역력하다. 두 명이라고 말했던 남자들이 네 명, 일곱 명으로 시시각각 불어나기 때문이다. 그나마 여자애가 위안 삼을 수 있는 건 그들 중 일부가 학원이나 과외시간을 이유로 돌아갔다는 점이다. 집에서 부모와 함께 살고 있고 학교와 학원을 착실히 다니고 있으니 이들은 아마 평범, 할 거라고 여자애는 속단한다. 방에 들어서자마자 숙부 아들과 친구들은 술병부터 딴다. 평범, 하기 때문에 이들에겐 시간이 많지 않다. 게임방에 있느라 하룻밤 외박했다면 다음날은 알아서 집에 들어가줘야 사달이 생기지 않는다는 걸 이들은 너무나 잘 알고 있다. 숙부 아들과 친구들은 적당히 술을 돌려 마신다. 자신들이 만취할 필요는 없다. 여섯 명이 여자애에게 딱 한 잔씩 권했을 뿐인데 여자애는 벌써 소주 한 병을 다 비운다. 거듭되는 파도타기와 러브샷, 벌칙주로 여자애는 만취를 향해 성큼성큼 나아간다. 바닥을 짚은 여자애 팔이 픽픽 꺾이기 시작하면 숙부 아들이 짐짓 나서 방 귀퉁이에 이불을 깔아준다. 우린 술 더 마실 거니까 저기 가서 먼저 자. 근데 너, 우리 중에 누가 제일 맘에 드냐? 부축인지

연행인지 모를 정도로 질질 끌려가며 여자애는 잠깐 술이 깬다. 그러나 재워달라는 제목으로 채팅방을 개설했을 때부터 어느 정도 각오한 일이다. 여자애는 내심 마음에 두고 있던 숙부 아들을 손가락으로 가리킨다. 숙부 아들과 한 번 하고 나면 모든 게 끝날 거라는 건 여자애의 철없는 착각이자 희망이다. 여자애가 고른 건 파트너가 아니라 자신과 제일 처음으로 섹스할 상대에 불과하다. 여자애는 벌거벗은 채로 욕을 먹고 얻어맞는다. 일단 종착점에 이르자 숙부 아들과 친구들은 전에 없이 난폭해진다. 적당히 취한 탓도 있지만 옆에서 무리가 지켜보고 있다는 현실감이 이들의 폭력성과 허세를 드높인다. 여자애는 방 전반에 걸쳐 흩어진 자신의 머리카락을, 멍든 허벅지를 보면서 막연히 폭력을 견딘다. 여자애 지능이 특별히 모자라서가 아니다. 다수의 폭력 앞에 사람들은 대개 멍청해진다. 공포가 머리회전을 둔하게 만드는 것이다. 휴대폰 카메라가 끊임없이 자신을 촬영하고 있다는 걸 알면서도 여자애는 소리 한 번 제대로 지르지 못한다. 무기력한 여자애 때문에 숙부 아들은 그만 지루해진다. 술도 마셨고 게임도 했고 여자애를 꼬셔서 섹스도 했다. 그런데도 뭔가가 부족하다. 괜히 가방을 뒤적거리던 숙부 아들이 문방구에서 훔쳐온 사무실용 스테이플러를 끄집어낸다. 여느 것보다 훨씬 묵직하고 침 자체도 굵고 크다. 받침을 떼어내고 바닥에 탕, 하고 박는다. 갑작스런 소리에 여자애가 파르르 떤다. 이거다. 숙부 아들이 여자애에게 다가가 다짜고짜 팔을 잡는다. 아랫도리를 붙이고 있던 숙부 아들 친구가 뭔가 감을 잡았는지 떨쳐내듯 몸을 뗀다. 탕. 첫번째 침은 여자애 어깨에 박힌다. 여자애가 길고 새된 소리를 지르며 눈을 뒤집는다. 머리를 걷어찰 때도 내지 않던 소리다. 탕. 두번째 침은 여자애 팔뚝에 박힌다. 소리는 큰데 물컹한 살덩어리라 침이 그대로 바닥에 떨어진다. 탕. 세번째 침은 여자애 손등에 박힌다. 여자애가 발버둥치며 길길이 날뛴다. 어릴 때 갔던 교회에서 방언을 하던 늙은 여자가 딱 저랬다. 하나도 알아들을 수 없게 쏟아져나오는 말들. 탕. 탕. 침이 박힐 때마다 여자애는 투우장의 소처럼 날뛴다. 별로 상관없다. 거지연립 주위는 폐허다. 갈아엎은 콘크리트와 허물어지고 버려진 건물들. 여자애를 위해 달려와줄 사람은 어디에도 없다. 기어코 여자애가 기절한 다음에야 숙부 아들은 스테이플러를 놓는다. 아홉시 반. 이제 조금 있으면 친척이 돌아올 시간이다. 여자애가 기절하는 순간 이미 모든 흥이 깨졌다. 주섬주섬 매무새를 가다듬는다. 바닥에 널브러진 술병과 과자 조각 따위는 치울 필요 없다. 여자애도 마찬가지다. 깨어나면 돌아가든 말든 알아서 하겠지. 숙부 아들과 친구들은 미련 없이 방을 나선다. 이제 집에 돌아가 씻고 숙제를 하고 열애설이 터진 연예인 사진 밑에 '모태걸레'라는 식의 댓글을 달아주고 나면 하루가 끝난다. 딱히 보람은 없지만 나름대로 즐거운 하루다. 철컥. 숙부 아들이 열쇠로 방문을 잠그고……

"거기서…… 뭐 해요?"

모기가 몸을 돌린다. 밀랍 같은 얼굴의 미진이 바로 뒤에 서 있다. 잠이 덜 깬 듯 눈이 아직 혼곤하다. 머리칼이 자던 모습 그대로 흐트러져 있다. 소매 쪽이 구깃구깃해진 옷 역시 그대로다.

"순찰을 도느라."

"네, 순찰을…… 그 문을 열 건가요?"

"소리가 나는 것 같아서."

"네, 소리가…… 그 문을 열 건가요?"

"열 거야."

모기가 다짐하듯 대꾸한다. 그러나 몸은 여전히 딱딱하게 굳은 채다. 왼손에 랜턴을, 오른손에 열쇠 뭉치를 들고 그대로. 숙부 아들의 생각과 달리 여자애는 그대로 죽어버렸을지 모른다. 술에 취해 토하다가 죽어버린 사람 이야기를 모기는 알고 있다. 튀어나온 고양이를 보고 너무 놀라 심장이 멈춰버린 사람 이야기도 알고 있다. 여자애는 죽었을 것이다. 스테이플러가 탕, 하고 몸을 떨던 순간에. 이 안에는 시체가 있어. 모기는 그렇게 말하고 싶다. 물이끼가 낀 것처럼 탁하고 결 나쁜 손톱, 톱밥처럼 부스러지는 피부, 부푼 팔뚝에 문신처럼 떠오른 검은 얼룩. 모기가 구멍에 열쇠를 꽂는다. 철걱, 하는 소리가 섬뜩하다.

"아무것도 없을 거예요."

미진이 모기 대신 문고리를 잡는다.

"어제도, 그제도, 그랬잖아요……?"

활짝 열린 방 안은 텅 비어 있다. 모기가 유지해야 하는 가장 최적의 상태로, 먼지 냄새조차 희미하게 텅텅.

*

좀처럼 잠이 오지 않는다. 몸을 뒤척일 때마다 스테이플러로 바닥 내리치는 소리가 탕탕 들린다. 여자애의 다급한 비명소리와 웃음소리. 문틈으로 스멀스멀 기어들어온 연기가 방 안을 새카맣게 뒤덮는다. 옆에 누운 미진의 얼굴이 불붙은 풍선처럼 훅 쪼그라든다. 아니, 심장이 멈춘 게 먼저인가? 모기가 미진의 몸을 흔들자 천장에서 두개골만한 시멘트 덩어리가 힘차게 떨어져 빗장뼈와 슬개골을 부순다. 창문으로 수십 그루의 침엽수와 자갈을 품은 토사가 와락 밀어닥치고 있다. 모기는 일어섰다가 앉았다가 머리를 감쌌다가 엎드리기를 반복한다. 거지연립의 모든 문이 열렸다가 닫힌다. 아무것도 아니에요. 아무 일도 없어요. 미진이 드물게 말을 끝맺으며 모기의 등을 끌어안는다. 손끝은 태연하지만 코끝이 노랗게 곪아 있을 게 틀림없다. 모기가 몸을 돌린다. 미진의 팔과 이어진 것은 아무것도 없다. 모기의 옆자리가 까맣게 지워져 있다, 기억조차 흐릿하게 텅텅.

도그하우스

아이는 틈날 때마다 늙은 개에게 초콜릿을 먹였다.
개가 초콜릿을 먹으면 죽는다는 말을 어디서 들었는지는
기억나지 않았다.

아이는 열한번째 개로 태어났다.

앞선 열 마리의 개들은 아이보다 크기도 작기도 했다. 개들마다 이름이 쓰인 밥그릇이 따로 있었는데, 아이는 멋모르고 아무 그릇에나 코를 묻었다가 엉덩이를 물리곤 했다. 아이는 네 발로 기고 멍멍 소리 내 짖었다. 몸을 공처럼 동그랗게 말아 다리 사이에 머리를 끼워넣고 킁킁거리기도 했다. 아이 엄마는 그런 아이를 보며 큰 소리로 웃었다. 아이 엄마는 간혹 작은 개의 산책용 줄을 아이 등에 묶어주기도 했다. 아이는 두 팔과 목, 가슴을 빙 둘러묶어 등에서 하나의 손잡이로 이어지는 야광연두색 개줄을 감고 원반을 따라다니며 놀았다. 돌이 가까워지자 아이에게 네 개의 앞니가 솟았다. 아이가 하얗고 단단한 앞니로 제일 먼저 한 일은 자신의 밥그릇에 코를 묻은 어린 개 뒷다리를 무는 일이었다. 아이의 앞니에는 검거나 황갈색이거나 하얀 개털이 쉴 틈 없이 끼었다.

—이게 사람 새끼니 개 새끼니.

아이의 집에 왔다가 열한 마리 개들이 한데 엉켜 뒹구는 꼴을 본 시어머니가 기겁해 소리쳤다. 시어머니 앞에 놓인 차가운 녹차에 검고 꼬불꼬불한 개털이 둥둥 떠 있었다. 시어머니가 열번째 개에게서 막 육포를 빼앗아 입에 문 아이를 번쩍 들어올렸다.

—개랑 애를 어떻게 같이 기르니.

—왜 안 돼요?

태연하게 묻는 아이 엄마에게 시어머니는 시골에서부터 싸들고 온 가래떡을 내던졌다. 순식간에 열 마리의 개가 가래떡에 달려들었다. 시어머니는 육포를 빼앗길까봐 짖지도 않고 다리만 버둥거리는 아이를 데리고 시골로 내려갔다. 아이는 시골에서도 네 발로 기고 때때로 마실 온 동네 사람 발뒤꿈치를 물며 놀았다.

아이가 시골로 간 지 두 달이 지나자 아이 엄마는 고심 끝에 살고 있는 집을 전세로 내놓았다. 전세금 일억으로 시내에서 제법 떨어진 곳에 있는 십사 평 빌라 일층과 사층을 빌린 아이 엄마는 두 채의 집에 깨끗이 도배를 했다. 일층집에는 살림살이가 들어갔다. 습기가 차 우글쭈글한 사진첩과 시어머니가 가져온 고추장항아리처럼 잡다하지만 버릴 수 없는 것들이 모두 일층집으로 옮겨졌다. 사층집에는 알파벳이 새겨진 놀이매트를 깔았다. 거실 한켠에 늙은 개를 위한 잠자리용 매트도 깔았다. 몸이 쉽게 차가워지는 늙은 개는 양모매트 위가 아니면 잠을 자지 못했다. 아이 엄마는 열 마리의 개를 전부 사층집으로 몰아넣었다.

시어머니는 개를 모두 치웠다는 말에 마지못해 아이를 데리고 올라왔다. 빌라 일층을 둘러본 시어머니는 사층의 거대한 개집을 발견 못한 채 홀로 시골로 내려갔다. 두 달 사이 아이는 두 발로 걷고 있었다.

일층에 집이 있긴 했지만 아이는 여전히 사층에서 열한번째 개로 길러졌다. 아이는 거실에 누운 자신의 머리 위로 펄쩍펄쩍 뛰어다니는 개들의 벌건 불알을 보며 자랐다. 때때로 개들은 의자다리나 벽 모서리에 항문을 붙이고 헐떡거렸다. 묽은 침이 입에서 뚝뚝 떨어졌다. 아이는 그것이 어쩐지 서글퍼 보인다고 생각했다. 자신의 종아리에 달라붙는 뜨겁고 묵지근한 개의 대퇴부마저 서글펐다. 아이가 열두 살이 될 때까지 개들은 늘어나거나 줄어들거나 했지만 대개 열 마리를 유지했다. 세 마리의 개가 교통사고로 죽은 다음엔 네 마리의 새로운 개가 집에 들어왔다. 개들은 쉽게 죽고 그만큼 쉽게 태어났다.

남자는 휘파람 같은 목소리로 말했다. 특별히 성대에 문제가 있는 것은 아니었다. 변성기를 잘못 겪지도 않았다. 목소리 톤이 유난히 낮은 사람이 있는 것처럼 남자의 목소리 또한 원래 그랬다. 서른네 해 동안 길든 탓인지 남자는 자신의 목소리가 싫지 않았다. 조금 개성이 있다고 생각하는 정도였다. 남자의 휘파람 같은 목소리를 못 견뎌하는 것은 주변 사람들이었다. 남자는 작년까지 총 마흔아홉 번의 취업 면접을 보았는데, 그때마다 매번 '원래 목소리가 그래요?'라는 질문을 받았다. 어릴 때 목을 다쳤느냐고 묻거나 귀는 잘 들리는지 확인하는 면접관도 있었다. 덕분에 남자는 면접을 대비해 정치경제사회를 공부한다거나 신문을 세 종류 이상 구독해야 할 필요가 없었다. 남자는 간혹 토익시험을 보러 다니고 간혹 국가자격증 시험을 대비한 문제집을 사고 그보다 더 간혹 면접을 보러 다녔다. 그런 남자에게 직장을 구해준 사람은 그의 형이었다.

남자는 형이 운영하는 작은 보습학원에 선생으로 취직했다. 남자가 맡은 반은 예비 육학년인 6-A반이었다. 학원은 한 달에 한 번 성취도 평가 시험을 봐서 성적별로 아이들 반을 나눴다. 6-A반은 예비 육학년 중에서도 공부를 가장 잘하는 아이들로만 구성되어 있었다.

6-A반에서 남자는 별로 할 일이 없었다. 문제집을 내주면 아이들이 알아서 풀고 알아서 진도를 나갔다. 남자는 교탁 근처를 서성거리며 시간을 재다가, 정해둔 시간이 되면 책상 사이를 돌며 아이들 문제집에서 찢어낸 해답지로 채점을 했다. 가끔 반 아이들이 모두 틀린 문제를 골라 설명해주기도 했다. 그럴 때면 아이들은 '씨발' 하면서 고개를 숙였다. 남자는 아이들 사이에서 자신의 별명이 휘파람에서 휘파로, 휘파에서 쒸바로, 쒸바에서 씨발로 변화했다는 것을 알고 있었다. 남자는 될 수 있는 한 간략하게 설명했다. 아예 해답지에 붙은 풀이과정을 복사해 돌리기도 했다. 아이들의 이해능력은 뛰어났다. 그럴 만한 아이들만 모아놓았기 때문이었다. 더불어 아이들에겐 꼭 남자가 아니더라도 질문에 답해줄 선생이 많았다. 남자는 학원일이 그럭저럭 마음에 들었다.

—돼지 새끼.

채점을 끝내고 교탁으로 돌아가는 남자의 뒤에 대고 한 아이가 비아냥댔다. 혼잣말이라 하기엔 너무 큰 목소리였다. 남자가 아이를 향해 돌아서자 반대쪽에 있던 아이가 남자의 엉덩이에 볼펜을 꾹 찔러넣었다. 남자가 움찔 뒤로 밀려났다. 아이들의 눈이 빠르게 마주치며 소곤거렸다. 다른 아이가 샤프 끝으로 남자의 허벅지를 찔렀다. 남자의 움찔거림이 커졌다. 아이들이 막무가내로 찔러대는 통에 남자는 일단 교탁 쪽으로 도망쳤다. 아이들의 책상이 빠르게 움직이며 교탁까지 나 있는 좁은 길을 더더욱 좁혔다. 마침 여자아이의 볼펜이 도망치느라 바쁜 남자의 사타구니를 정통으로 찔렀다. 아이들이 참고 있던 웃음을 와아 터뜨렸다. 열두 개의 볼펜 끝이 전부 남자의 사타구니를 향했다. 남자는 새빨개진 얼굴로 책상을 밀어내고 아이들 사이에서 빠져나왔다. 한바탕 웃어젖힌 아이들이 개운한 표정으로 과학문제집을 풀기 시작했다. 전압 혹은 전류의 방향, 이라 적는 글씨들이 유난히 반듯했다. 남자는 엉덩이를 잔뜩 뒤로 뺀 채 서 있었다.

남자의 엉덩이가 볼펜 똥으로 얼룩덜룩했다.

아이의 손가락이 늙은 개 정수리를 긁었다. 늙은 개는 귀찮다는 듯 앞다리로 허공을 휘젓고 그만이었다. 자리를 피하지도 몸을 돌리지도 않았다. 손톱으로 하얗게 드러난 배를 찌르자 그제야 뒷다리를 조금 버둥거렸다. 눈곱이 잔뜩 낀 눈이 아이를 흘끔 바라보고 다시 감겼다. 아이는 펑퍼짐한 엉덩이 가득 볼펜 똥을 묻히고 뒤뚱거리던 남자를 떠올렸다. 남자의 무기력하고 볼품없는 꼴이 늙은 개와 꼭 닮아 있었다.

아이 엄마는 출산과 임종을 준비하느라 바빴다. 배가 참외처럼 부푼 개와 늙은 개는 모두 움직임이 둔하고 소화기능이 약했다. 네 시간마다 새로 끓인 죽이 두 마리 개의 밥그릇에 담겼다. 물에 갠 영양제를 입에 흘려넣어주기도 했다. 아이는 볼펜을 들고 배가 참외처럼 부푼 개에게 다가갔다. 작게 코 고는 소리가 들렸다. 새끼를 가진 후부터 개는 코를 골고 이를 갈았다. 아이는 개의 입에 볼펜을 물려놓고 일층집으로 내려갔다. 현관까지 잡동사니로 가득 찬 일층집에는 아무도 없었다.

늙은 개는 오줌을 줄줄 싸며 기어다녔다.

언제부터인지 늙은 개의 뒷다리는 잘 움직여지지 않았다. 엉덩이를 바닥에 붙인 채 앞다리로 밥그릇이 있는 곳까지 기어가는 게 고작이었다. 엉덩이가 쓸고 지나간 바닥은 오줌으로 노릿하게 물들어 있었다. 늙은 개는 잠을 자거나 죽을 먹다가도 오줌을 쌌다. 탁한 노란색 오줌에선 고등어 통조림 냄새가 났다. 창문을 열고 환기시켜도 냄새는 잘 사라지지 않았다. 개들은 늙은 개를 괴롭힌다거나 먹이를 가로채진 않았지만 늙은 개의 근처에도 가지 않았다. 늙은 개는 서로의 털을 골라주고 다정스럽게 뺨을 핥아대는 개들에게서 멀리 떨어진 구석에 홀로 있었다. 아이 엄마는 애견용 기저귀를 늙은 개에게 채웠다. 기저귀를 채울 때마다 벌렁 드러누운 늙은 개 사타구니에서 주먹만큼 부푼 벌건 불알이 덜렁거렸다.

아이는 틈날 때마다 늙은 개에게 초콜릿을 먹였다. 개가 초콜릿을 먹으면 죽는다는 말을 어디서 들었는지는 기억나지 않았다. 그것이 사실인지 농담인지조차 희미했다. 그러나 아이는 끈덕지게 개에게 초콜릿을 먹였다. 침 묻은 초콜릿이 자꾸 입 밖으로 빠져나왔다. 초콜릿 냄새를 맡은 다른 개들이 몇 발짝 떨어진 곳에서 코를 킁킁거렸다. 아이는 늙은 개의 앙상한 목줄기를 엄지손가락으로 눌렀다. 손끝에서 팔딱거리는 느낌과 함께 개의 입이 쩍 벌어졌다. 아이는 잘게 부순 초콜릿을 개의 입 안에 털어넣었다. 컥컥 소리를 내며 개가 초콜릿을 토해냈다. 연한 색의 피가 초콜릿에 섞여 나왔다.

늙은 개가 작고 가벼운 머리를 아이의 무릎 위에 가만히 얹었다.

남자가 학원에 도착한 것은 수업시간이 십 분이나 지나서였다. 암벽등반이라도 한 것처럼 허벅지가 푸들거려 남자는 되도록 천천히 계단을 올랐다. 수업이 시작된 학원 안은 텅 빈 것처럼 조용했다. 칸 너머마다 수십 명의 아이들이 앉아 있다는 게 믿어지지 않을 정도였다. 소리가 들리지 않아도 그림자는 어른거리는지 교실 안에 있던 남자의 형수가 작은 창문에 얼굴을 딱 붙이고 밖을 내다보고 있었다. 남자임을 확인한 형수의 눈이 상냥하고 친근한 모양새에서 순식간에 혐오와 멸시로 바뀌었다. 형과 달리 형수는 남자를 몹시 싫어했다. 일전에 남자가 수업하는 교실을 두 시간이나 꼼짝 않고 들여다본 적도 있었다. 날카로운 눈으로 노려보는 형수의 모습에 질린 남자는 꾸준히 입만 벙긋댔다. 형의 배려로 지금 남자가 수업을 하는 곳은 가장 구석에 있는, 유일하게 창문이 하나도 없는 교실이었다. 남자는 여러모로 창문이 없는 것이 좋다고 생각했다.

6-A반은 남자의 부재와 상관없이 시간에 맞춰 국어문제집을 풀고 있었다. 남자가 들어왔는데도 돌아보는 아이가 하나도 없었다. 남자는 천천히 교탁까지 갔다. 이럴 때는 문이 교실 뒤편에 있는 것이 불편했다. 남자와 몸이 스친 아이들이 작게 욕설을 내뱉었다.

—지금부터 답 부를 테니까 짝이랑 바꿔서 채점하고 틀린 거 다시 풀어.

남자가 황망한 표정으로 고개를 들었다. 답을 부르겠노라고 선언한 것은 남자의 목소리가 아니었다. 그에 맞춰 아이 하나가 발딱 일어나 답을 부르기 시작했다. 이마가 유난히 동그랗고 키가 작은 여자아이였다. 남자는 천연덕스러운 얼굴로 문제집을 들고 답을 부르는 아이의 이름을 기억해내려 애썼다. 와중에도 열두 명 아이들의 동작은 자로 잰 듯 정확했다. 조금 허둥대는 아이가 있다면 답을 부르고 있는 여자아이의 짝 정도였다. 남자는 멍하니 입만 벌리고 서 있었다.

자발적으로 토론해서 정답을 찾아가는 것도 그리 나쁘지 않은 수업 방법이라고 남자는 생각했다. 그러나 등허리가 오싹해지고 목뒤가 뻣뻣해오는 건 어쩔 수가 없었다.

—자, 내, 내가 채점해줄 테니까……

남자의 휘파람 같은 목소리에 아이들이 노골적으로 귀를 틀어막았다. 답을 부르던 아이가 남자에게 지우개를 냅다 집어던졌다. 채점하던 빨간 사인펜으로 겉면을 모두 칠한 지우개였다. 남자의 베이지색 바지에 새빨간 도장이 찍혔다. 지우개가 도르르 굴러내린 자국까지 선명했다. 남자는 색깔 입힌 지우개 말고도 많은 것들에 맞았다. 물에 젖은 휴지덩어리와 자 끝으로 튕겨낸 볼펜 뚜껑, 용도를 알 수 없는 플라스틱 구슬과 병뚜껑 같은 것들이었다. 아이들 사이를 헤치고 나가 문밖으로 피하는 것을 남자는 상상조차 하지 못했다. 남자는 급한 마음에 교탁 뒤에 웅크리고 앉았다. 교탁은 남자의 육중한 몸을 채 반도 가리지 못했다. 겨우 머리만 가린 꼴로 남자는 볼품없이 주저앉아 있었다. 그 꼴이 우스워 아이들이 웃기 시작했다. 맑고 천진한 웃음소리가 교실 안에 쩌렁쩌렁 울렸다. 남자는 앉은 채로 숨을 골랐다. 가만히 견디고만 있으면 이런 일은 금방 끝난다는 것을 남자는 알고 있었다. 아이들은 금세 흥미를 잃고 시간에 맞춰 수학문제집을 풀기 시작할 것이었다. 씨근거리는 숨이 쉽게 차분해지지 않아 남자는 오래도록 교탁 아래 숨어 있었다. 교실 안이 다시금 조용해졌다. 사각거리는 연필 소리와 지우개질 소리만이 간혹 들렸다. 남자가 무릎을 털고 일어나려는데 여자아이의 빨간 지우개가 얼굴에 철떡 붙었다 떨어졌다.

—계속 그러고 있을 거면 답안지 나 줘요.

여자아이가 남자를 바라보며 비쭉 웃었다.

남자가 집에 도착한 것은 밤 열시가 조금 넘어서였다. 남자의 이마와 관자놀이에 굵은 땀이 맺혀 있었다. 엉덩이며 허벅지를 꼼꼼히 감싼 바지가 점점 작아져 남자의 살을 파고들었다. 땀에 젖은 셔츠가 남자의 몸을 휘감아 조이기 시작했다. 남자는 현관문에 선 채 바지 단추부터 풀었다. 짓눌려 있던 배가 툭 튀어나오자 바지 지퍼가 알아서 열렸다. 그래도 남자의 바지는 엉덩이에 걸려 흘러내리지 않았다. 허둥대는 남자의 손 아래 희미하게 실밥 터지는 소리가 났다.

남자는 바지와 팬티, 셔츠를 차례로 벗은 뒤 양말을 제일 나중에 벗었다. 양말을 벗느라 비틀린 두툼한 허리에 빗살 무늬가 적나라하게 새겨졌다. 허벅지에서 무릎까지 층층이 쌓인 살이 흔들렸다. 늘어진 젖가슴과 뱃가죽 사이에 파묻힌 배꼽이 까맸다. 부어터진 허벅지 사이에 성기가 종유석처럼 돋아 있었다. 남자의 몸집에 비해 우스꽝스러울 정도의 크기였다. 솜털조차 돋지 않은 그것은 사람의 성기라기보다 오징어나 꼴뚜기 같은 것의 머리에 가까웠다. 남자는 불그

죽죽하고 핏줄이 바짝 선 타인의 성기보다 자신의 것이 좋았다. 손에 쥐었을 때의 느낌도 좋았다. 남자가 말랑한 성기를 쥐고 바닥에 드러누웠다.

남자의 거실에는 받침대도 없이 텔레비전 한 대만 덩그마니 놓여 있었다. 뒤통수가 앞판보다 더 큰 브라운관 텔레비전이었다. 텔레비전 옆에 다림판과 다리미가 놓여 있는 것만 빼면 남자의 거실에는 아무것도 없었다. 아니, 남자의 거실에 있는 것은 기저귀뿐이었다. 거실에는 온갖 상표의 기저귀들이 쌓여 있었다. 크기도 색깔도 모두 제각각이었다.

남자는 끈적끈적한 팔을 들어 기저귀 봉지를 움켜쥐었다.

기저귀는 남자에게 터무니없을 정도로 작았다. 기저귀 한쪽을 깔고 앉은 채 사타구니를 덮을라치면 엉덩이가 휑했고, 엉덩이를 먼저 덮으면 기저귀가 사타구니 근처에도 오지 않았다. 남자는 희고 보송보송한 기저귀 안쪽 면을 어루만지다 바닥에 늘어진 뜨거운 살덩어리를 내려다보았다. 상한 두부처럼 녹아내리는 탄력 없는 살덩어리.

—오흐흐흐.

남자의 입에서 우는 것도, 그렇다고 웃는 것도 아닌 기묘한 신음소리가 흘러나왔다.

아이는 교탁 아래 쪼그리고 앉았다.

둥글게 만 아이의 몸은 교탁 안에 쏙 들어갈 정도로 작았다. 아까 아이가 던졌던 빨간 지우개가 바닥에 그대로 놓여 있었다. 아직도 물로 흥건한 휴지덩어리와 병뚜껑, 초코파이 껍데기 같은 것과 함께 휴대폰이 보였다. 아이는 남자의 터질 것 같은 엉덩이 주머니에 꽂혀 있던 휴대폰을 떠올렸다. 휴대폰은 남자와 어울리지 않게 너무 작고 얇았다. 아이는 교탁 옆으로 빠져나오던 남자의 울룩불룩한 살덩어리와 지우개가 철떡 붙었다 떨어지던 부푼 얼굴을 떠올렸다. 떠올리면 떠올릴수록 답답증이 일었다. 남자는 왜 이 비좁은 교실에 자꾸 나타나는 걸까. 남자는 뭉그적대며 눌린 엉덩이를 끌고 다니는 늙은 개였다. 제대로 짖지도 못하고 볼펜으로 사타구니를 찔려도 꿈쩍 못하는 무기력함까지 늙은 개와 똑같았다. 아이는 진저리를 쳤다. 남자에게도 초콜릿을 먹여야 했다. 두꺼운 목줄기를 무릎으로 짓누르고 휘파람소리 나는 좁은 구멍 가득 초콜릿을 쑤셔넣는 것이 옳았다.

아이는 남자의 휴대폰을 자신의 가방 안에 넣었다.

아이가 소리없이 학원 사무실로 들어갔다. 양선생은 월말 성취도 평가 시험문제를 내느라 바빴다. 문제집에서 오려낸 문제들을 차례로 백지에 붙이는 양선생의 손길이 섬세했다. 아이는 책상 끝에 놓인 커다란 유리병에 손을 집어넣었다. 유리병 안에는 초콜릿이 가득 들어 있었다. 상담이나 입학시험을 보러 온 아이들을 위해 준비해둔 초콜릿이었다. 아이의 손이 초콜릿을 한 움큼 쥐는 순간 양선생이 아이의 이름을 불렀다. 국어책을 읽는 것처럼 정확하고 울림이 없는 목소리였다.

—그래서, 선생님이 어딜 만지든?

뜬금없는 소리에 아이의 눈이 뒤룩거렸다. 여기? 어느새 다가온 양선생의 손이 정확히 아이 허벅지에 닿아 있었다. 아이는 양선생이 원장님의 아내인 동시에 남자의 형수라는 것을 알고 있었다. 그건 학원에 다니는 모든 아이들이 알고 있는 사실이었다. 아이가 한 가지 더 알고 있는 것이 있다면 양선생이 남자를 몹시 싫어한다는 것 정도였다. 아이는 손에 쥔 초콜릿을 가방 안에 집어넣었다. 잠시 생각 끝에 아이는 네, 하고 대답했다.

—여기도 만졌지?

—네.

—여기랑…… 여기도?

—네.

아이는 유리병에서 초콜릿을 꺼내며 간결히 답했다. 유리병의 초콜릿은 벌써 반 이상 아이 가방으로 옮겨졌다. 양선생이 서랍 안에서 커다란 초콜릿 봉지를 새로 꺼냈다.

—이전에도 선생님이 그런 적 있지?

—네?

—사실대로 말해도 돼. 이전에도, 선생님이 여기랑 여기, 만지고 그랬지?

양선생은 필사적으로 상냥한 표정을 짓고 있었다. 답을 재촉하는 양선생을 바라보며 아이는 눈만 깜박거렸다. 대답을 하는 것은 쉬웠다. 그러나 아이는 양선생이 그런 거짓말을 해서 얻고자 하는 것이 무엇인지 알 수 없어 망설였다. 양선생이 슬며시 고개를 틀어 우울한 표정으로 사무실 반대편을 바라봤다. 속눈썹을 내리깔고 입을 뭐라 벙긋벙긋하다가 말기도 했다. 철저히 계산된 얼굴이라고, 아이는 생각했다.

—선생님이 싫지?

—……

—괜찮아, 말해도. 선생님이 싫지?

—네.

—나도 알아. 다 봤거든, 네가 선생님한테 어떻게 하는지. 너희 반 애들이 선생님한테 뭘 던지는지 내가 다 봤어. 하지만 그건 너희 잘못이 아니야. 그렇지? 너는 단지 그 선생님이 싫은 것뿐이야. 맞지?

—……

—다신 이런 일이 안 생기게, 선생님이 학원에 안 나왔음 좋겠지?

양선생의 목소리가 더욱 은근해졌다. 그러나 아이는 양선생의 눈이 서툴게 흔들리는 것을 놓치지 않았다. 역시, 라고 생각하면서도 아이는 내색하지 않았다. 어쩌면 아이가 원하고 있는 것과 양선생이 원하는 것이 같을지도 몰랐다.

양선생은 커다란 초콜릿 봉지를 통째로 아이 가방 안에 집어넣었다.

—나는, 이 일이 너랑 나만 아는 일이었음 좋겠어. 다른 건 내가 다 알아서 해결할 테니까. 무슨 소린지 알아듣지? 고생했다. 그럼 가봐.

무엇에 대한 고생인지 양선생은 굳이 말하지 않았다. 양선생은 아이가 다른 사람에게 어떠한 말도 옮기지 않으리라고 확신했다. 말을 한다 해도 상관없었다. 양선생에게는 다른 무엇보다 남자를 치워버리는 일이 시급했다. 학원에 들어서는 남자만 보면 숨이 턱턱 막혔다. 아무리 들볶아도 남편은 자신의 하나뿐인 동생이라는 이유로 양선생의 의견을 묵살해왔다. 그러나 양선생은 그 동생이라는 사람의 어느 한 군데도 모르는 척 봐주기가 힘들었다. 아이는 사무실 창을 통해 안을 들여다보는 눈치였다. 양선생은 수화기를 들어 남편에게 전화했다. 이번만큼은 남편도 동생이니 핏줄이니 하며 넘어갈 수 없을 것이었다. 핏줄에 연연하니만큼 보수적이고 곧기만 한 남편이었다. 양선생이 슬그머니 웃었다. 비대한 몸과 잔뜩 주눅든 눈을, 휘파람처럼 높고 날카로운 목소리를, 더이상은 볼 필요도 들을 이유도 없었다. 신호음이 떨어지는 것과 동시에 양선생이 목소리를 가다듬었다.

다음날, 아이는 학원에 가는 대신 전철역으로 향했다.

아이 엄마는 아침 일찍부터 두 마리의 개를 데리고 동물병원으로 갔다. 동물병원의 희고 반듯한 침대 위에서, 배가 참외처럼 부푼 개는 몇 마리의 새끼를 낳을 것이고, 오줌을 줄줄 싸는 늙은 개는 안락사를 위한 주사를 맞을 것이었다. 아이는 오전 내내 기분이 나빴다. 아이의 가방 안에는 어제 양선생이 넣어준 커다란 초콜릿 봉지가 그대로 들어 있었다.

평일 오후 네시에는 전철 배차간격이 드문드문했다. 아이는 딱히 어딘가로 갈 생각이 없었다. 다만 의자에 앉아 들어오고 나가는 전철의 네모진 얼굴을 멍하니 바라보고 있을 뿐이었다. 다섯시가 되자 전철역에 사람들이 조금씩 늘어났다. 아이는 역에 들어오는 전철의 속도를 가늠했다. 역에 들어올 때 쌕 소리를 낼 만큼 빠르던 전철이 끝에 이를수록 느려져 유순한 개처럼 머리를 숙이고 미끄러지는 것이 보였다. 아이는 역의 가장 끝을 향해 걸었다. 그러고는.

선로 위로 폴짝 뛰어내렸다.

남자는 터진 입술로 학원에서 뛰쳐나왔다.

6-A반 수업이 시작한 지 이십 분이 지나서야 남자는 학원에 도착했다. 남자는 문제집 해답지를 꺼내려 사무실 문을 열었지만 의도와 달리 멱살을 잡혀 사무실 안으로 질질 끌려들어갔다. 앞에 버티고 선 사람은 다름아닌 남자의 형이었다. 형은 다짜고짜 남자의 얼굴에 주먹을 날렸다. 입안에 피비린내가 확 퍼지며 무언가가 으득 어긋나는 소리가 났다. 캐비닛 아래로 나가떨어진 남자에게 형이 거듭 발길질을 했다.

—이런 짐승 같은 새끼! 어디 여자가 없어서 그런!

핏대가 서도록 소리친 형이 의자에 털썩 주저앉았다. 책상에 걸린 의자가 데걱거렸다. 남자는 지금이 어떤 상황인지 도무지 감이 잡히지 않았다. 형에게 얻어맞은 곳보다 캐비닛에 부딪친 등이 더 아파 몸을 뒤틀며 끙끙댔다. 남자의 육중한 몸이 바닥을 기고 있는 모습을, 형이 새까만 눈으로 노려봤다.

—네 형수 덕에 유치장행은 면한 줄 알아! 다신 이 근처에 얼씬도 하지 마라!

—형, 그게 무슨……

—변태새끼.

달싹거리던 남자의 입이 딱 붙었다. 변태새끼. 형이 다시 한 번 못박듯 말하고 사무실에서 나갔다. 망연자실한 남자의 눈앞에 보이는 건 얼기설기 쌓인 문제집 다발과 초콜릿이 반쯤 담긴 유리병 정도였다. 물어야 할 것이 많았지만 남자는 형의 입에서 나올 대답들을 감당할 자신이 없었다. 형의 마지막 말은 그런 것이었다. 인정도 부정도 모두 버거운, 질문과 변명조차 수치심을 자극하는 그런 종류의 말.

머릿속이 따가울 정도로 현기증이 일었다. 젖은 휴지덩어리가 무수히 날아들었다. 샤프 꼭지로 관자놀이를 수백 번 찔러대는 것 같은 두통도 함께였다. 비틀거리며 걷는 남자를 거리의 사람들이 흘끔거렸다. 그러나 아무도 다가오지는 않았다. 남자는 사람도 차도 신호등도 무시하고 걸었다. 관자놀이부터 시작된 통증이 귓불을 지나 목까지 타고 내려왔다. 목구멍이 불을 삼킨 것처럼 뜨거웠다. 남자는 끅끅거리며 이를 악물었다. 거실에 드러누워 큰 소리로 울고 싶었다. 남자는 셔츠 단추를 잡아뜯을 듯 당겨 풀었다. 단추가 하나씩 풀려 맨살이 드러날 때마다 조금씩 숨통이 트이는 기분이었다. 벨트까지 꽉 조여묶은 바지가 갑옷처럼 무거웠다. 이대로 옷을 전부 벗어던지고, 거실 바닥에 누워 헐렁하고 포근한 기저귀로 몸을 감쌀 수만 있다면. 그러나 남자는 정작 집에 도착하자 아무것도 할 수 없었다.

집 전화벨이 남자의 목소리처럼 경망스레 울렸다.

두 명의 공익근무요원은 아이 곁에 바짝 붙어 서 있었다.

역 사무실에서 황급히 달려나온 듯 키 큰 남자의 짙은 상의가 온통 풀어젖혀진 채였다. 그나마의 상의도 걸치지 못한 통통한 남자가 흰 반팔셔츠 차림으로 뒤따라왔다. 전철은 아이에게서 한참 떨어진 곳에 정지했다. 아이가 뛰어든 곳은 역의 가장 끝이었고, 전철의 속도는 형편없이 느렸으며, 무엇보다 아이가 너무 빨리 선로에 뛰어들었다. 멀뚱하니 전철을 마주 보고 앉은 아이를 전철을 기다리던 승객이 데리고 올라왔다. 달려온 공익근무요원들이 아이를 넘겨받을 때까지 전철은 그 자리에 서 있었다. 시끄럽게 몰려들었던 사람들이 이내 운행된 전철을 타고 사라졌다. 아이는 역 사무실로 옮겨졌다.

무릎에 타박상이 생긴 것 외에 아이는 아무 이상도 없었다. 팔꿈치와 손바닥이 자갈에 쓸리긴 했지만 어렴풋이 피가 비치는 정도였다. 역사 직원들은 아이를 귀가시키기로 했다. 자살시도라고 보기엔 너무 허술했고 미끄러졌다고 보기엔 억지스러웠지만 별다른 답이 없었다. 두 명의 공익근무요원이 다시 아이를 데리고 사무실을 나섰다.

아이는 말없이 역사를 걸었다. 퇴근시간의 역은 거대한 벌집 같았다. 아이처럼 입을 꾹 다문 사람들이 무수한 발소리로 따라붙었다. 아이는 공익근무요원에게 자신의 가방을 내밀었다.

—전화 좀 해주세요.

공익근무요원이 고개를 끄덕였다. 휴대폰에 집 번호 있어요. 거기다 전화해줘요. 아이의 가방 안에는 커다란 초콜릿 봉지와 휴대폰이 들어 있었다. 아이는 창밖을 보고 있었다. 공익근무요원이 휴대폰 통화버튼을 눌렀다. 아이가 뒤도 돌아보지 않은 채 또렷한 목소리로 말했다.

—위험하다고 해주세요.

—뭐?

—위험하다고, 지금 당장 데리러 오라고 말해달라고요.

여기 학생이 전철에 뛰어들어서요. 공익근무요원이 휴대폰에 대고 느릿느릿 말했다. 여기 학생이 전철 선로에 뛰어들어서 저희가 보호하고 있으니 마중나오셔야 할 것 같은데요. 예, 부천역이요. 지금 바로 오셔야 합니다. 예.

통화를 끝낸 공익근무요원이 휴대폰을 다시 아이의 가방에 집어넣었다. 가방 안에서 두어 개의 초콜릿이 바닥에 떨어졌다. 아이가 공익근무요원에게서 가방을 잽싸게 빼앗아 들었다.

—이제 됐어요.

—……?

—이제 제가 알아서 할 테니 그만 가보세요.

공익근무요원의 화난 얼굴을 뒤로하고 아이는 역을 빠져나왔다. 북적거리는 사람들이 아이 곁을 빠르게 지나쳤다. 아이는 어느 방향에서 뛰어와도 시선에 치일 수 밖에 없는 자리를 골라 우뚝 섰다. 늙은 개의 안락사가 먼저였을지 배가 참외처럼 부푼 개의 출산이 먼저였을지 새삼 궁금해졌다. 늙은 개는 아이가 열한번째 개로 태어나던 순간부터 함께 있었다. 아이 엄마는 늙은 개의 안락사를 결정하기까지 무척이나 오랜 시간 괴로워했다. 오줌을 줄줄 싸며 버르적거리는 늙은 개를 끌어안고 자기도 했다. 이미 모든 일이 끝났을 수도, 그 반대일 수도 있었다. 그래도 어쨌든, 엄마는 올 것이다. 아이는 초콜릿을 하나 까 입안에 넣었다.

역에 나타난 것은 남자였다.

아이는 새파랗게 질린 얼굴로 남자를 쳐다봤다. 어째서. 남자는 헐떡거리며 역 앞을 뛰어다니다가 아이 앞에 섰다. 호, 혹시 네가 전철에. 아이는 가방을 내팽개치고 일어섰다. 교탁 아래 떨어진 남자의 휴대폰을 주워 가방에 넣었던 일이 떠올랐다. 하필이면 그 휴대폰으로. 아이가 작게 공익근무요원을 원망했다.

—괘, 괜찮니? 별일 없어?

—씨발.

아이가 신경질적으로 입가를 훔쳤다. 초콜릿 부스러기가 손등에 묻어나왔다. 남자가 온 것은 금방이었지만 아이는 아주 오랫동안 역에 홀로 버려져 있었던 것 같은 생각이 들었다. 바글거리는 사람들은 아무도 아이 곁에 다가오지 않았다. 선로에 뛰어들었을 때도, 엄마를 기다리고 있을 때도 마찬가지였다. 아이는 늙은 개처럼, 조용히 초콜릿을 먹으며 침을 닦고 있었다. 씨발. 아이가 거듭 내뱉었다. 남자가 난감한 얼굴로 아이 곁을 서성이고 있었다.

남자는 엉겁결에 역으로 뛰어간 자신의 경솔함을 원망했다.

택시를 타고 부천역까지 가는 동안 남자는 많은 것들을 떠올렸다. 전철에 뛰어들었다는 소리에 놀라 황급히 달려나오긴 했지만 정작 그게 누구인지 제대로 듣지 못했다는 것도 떠올렸다. 제일 먼저 남자가 떠올린 것은 형이었다. 변태새끼라고 모질게 소리치긴 했지만 누구보다 자신을 생각하고 걱정해주는 형이었다. 형이 결혼하는 바람에 갈 곳이 없어졌을 때 반지하방을 구해준 것도 형이었고, 먹고살 길이 막막해졌을 때 직장을 구해준 것도 형이었다. 오늘 화를 내고 때린 것도 필시 이유가 있을 것이었다. 혹시라도 자신의 집에 왔다가 기저귀들을 발견했는지도 몰랐다. 어쩌면 기저귀를 차고 잠들어 있는 자신을 봤을지도. 남자는 초조하게 입술을 깨물었다.

마침 퇴근시간이라 부천역에는 파리떼처럼 사람들이 들끓고 있었다. 남자는 허둥대며 사람들의 얼굴을 살폈다. 이렇다 할 얼굴은 좀처럼 나오지 않았다. 역 사무실에 가서 물어보는 게 빠를까 싶어 걸음을 옮기던 남자의 눈이 아이와 마주쳤다. 남자는 직감적으로 자신이 찾고 있는 사람이 아이임을 깨달았다. 그러고 보니 전화를 받을 때 학생이라는 단어를 들은 듯도 했다. 그런데 왜 하필 내게? 남자가 망설이다 아이에게 다가갔다. 씨발. 아이가 대꾸라도 하듯 중얼거렸다.

아이는 좀처럼 돌아가지 않았다.

남자는 거실에 앉아 거듭 한숨을 쉬었다. 갑갑하게 자신을 죄고 있는 옷들을 일 초라도 빨리 벗어던지고 싶었다. 보송보송한 기저귀를 차고 이불 속을 편안하게 유영하고 싶기도 했다. 그러나 그것은 불가능했다. 아이는 집에 돌아갈 생각이 전혀 없어 보였다.

거리낌 없이 남자의 집에 들어온 아이는 유난히 동그란 이마를 반짝거리며 거실을 둘러보았다. 남자는 아이를 이해할 수 없었다. 아이가 내민 자신의 휴대폰 때문에 왜 자신에게 연락이 온 건지 알 수 있었지만 아이가 왜 자신을 뒤쫓아 이곳까지 와 있는 건지, 어째서 돌아가지 않는 건지 알 수 없었다. 등이며 무릎 뒤에 땀이 고여 남자는 자꾸 몸을 비틀었다.

—기저귀.

아이의 말에 남자가 흠칫 몸을 떨었다.

—기저귀 써요?

거실 가득 쌓인 기저귀를 아이의 눈이 찬찬히 세었다. 이삼 세용 특대형도 있고 육 개월 여아용 기저귀도 있었다. 구석에 네모반듯하게 접혀 차곡차곡 쌓여 있는 흰 천에는 누리끼리한 색이 남아 있었다. 기저귀 외에는 아무것도 없는 거실. 아마 방도 마찬가지일 거라고 아이는 생각했다. 아무것도 없는 거실이 생소한 것은 아니었다. 아이가 살고 있는 거대한 개집 거실도 마찬가지였다. 개들이 미끄러지지 않게 놀이매트를 깐 바닥에는 여남은 개의 밥그릇과 물통만이 놓여 있었다. 아이는 가까이 있는 기저귀 하나를 꺼내 풀었다. 아이 엉덩이도 겨우 들어갈 만큼 작은 기저귀였다.

—정말 똑같네.

아이가 기저귀와 남자를 번갈아 보며 피식 웃었다. 무엇이 똑같다는 건지는 말하지 않았다. 남자는 몹시 피곤한 느낌이 들었다. 수업을 한 것도 아닌데 극렬한 피로가 온몸을 짓눌렀다. 거실 바닥에 남자가 그대로 드러누웠다. 왜 여기 있는지 알 수 없지만 때가 되면 아이도 돌아갈 것이었다. 그때까지 일단은 누워서 쉬고, 아이가 돌아가면 옷을 벗고 기저귀를. 남자의 지친 눈이 가만히 감겼다. 아이가 그런 남자에게 바짝 다가갔다.

남자의 늘어진 볼과 턱이 진흙처럼 흘러내렸다. 숱이 적은 눈썹과 푹 파묻힌 눈을 아이는 오래도록 들여다보았다. 남자의 귀에 대고 씨발, 이라고 조용히 읊조리기도 했다. 남자는 꼼짝도 하지 않았다. 퉁퉁 부은 입술 끝에 피가 말라붙어 있었다. 아이는 주먹으로 짓누른 떡처럼 생긴 남자의 코와 부어터진 입술을 손끝으로 콕콕 찍었다. 남자의 얼굴이 구운 오징어처럼 오그라들었다. 그러나 돌아눕지도 벌떡 일어나 다른 곳으로 피하지도 않았다.

아이는 가방을 뒤적거려 초콜릿을 꺼냈다.

반지하방은 다른 곳보다 일찍 해가 졌다. 불도 켜지 않은 남자의 거실은 사방이 어둡고 고요했다. 남자의 무거운 얼굴이 어느새 아이의 무릎 위에 얹어져 있었다. 정말 똑같아. 아이는 초콜릿을 까 남자의 부은 입술 사이로 밀어넣었다. 하나, 또하나의 초콜릿이 남자의 입 속으로 들어갔다. 오흐흐흐. 남자는 우는 것도, 그렇다고 웃는 것도 아닌 기묘한 신음소리를 내며 초콜릿을 먹었다. 아이가 열 개째의 초콜릿을 남자의 입 안으로 밀어넣었다. 남자는 더이상 아무 소리도 내지 않았다.

자신의 무릎에 놓인 남자의 까만 머리통을 아이는 오래도록 내려다보았다. 숱이 적고 기름기가 많은 남자의 머리카락 사이로 새하얀 가마가 보였다. 개들의 동그란 머리통에서는 한 번도 보지 못했던 가마를 아이는 홀린 듯 들여다보았다. 작지만 새하얀 가마. 자신의 코 아래 조용히 드러난 그 가마를, 아이가 손가락으로 쓰다듬었다. 가쁜 숨소리와 달리 남자는 오래전에 잠들어 있었다.

안

여기 수많은 안들이 있다. 안을 사랑하는 안. 안을 멸시하는 안. 안을 종용하는 안. 검거나 희고 풀뿌리처럼 낮거나 자작나무처럼 높은 안. 웅숭그렸던 안이 일어선다.

여기 수많은 안들이 있다.

*

안鸚에 대해 생각한다. 나는 안을 열아홉 살 때 만났다. 온도와 습도 면에서 연일 최고치를 경신하는 여름이었다. 교실 벽과 천장에 달린 선풍기는 한낮이 되면 맥없이 꺼졌다. 날개 뒤로 모락모락 오르는 아지랑이 때문에 되레 부채질을 해줘야 할 판이었다. 수분이 쭉 빠진 해파리처럼 형체만 남은 아이들이 교실과 복도를 떠돌았다. 땀에 노랗게 젖은 블라우스가 비루한 내일의 상징처럼 느껴지던 시기였다.

교실은 자리 바꾸기가 한창이었다. 제비뽑기는 공정한 대신 눈속임이 가장 쉬운 방식이기도 했다. 번호표를 움켜쥔 아이들이 은밀히 복도로 나가 자리를 바꿨다. 나는 한두 번은 자발적으로, 두세 번은 반강

제로 표를 바꿨다. 새 자리는 선풍기 바람이 조금도 닿지 않는 사각지대에 있었다. 나와 비슷한 과정을 거쳤을 아이 하나가 옆에 와 섰다. 안녕, 난 안이야. 나는 그다지 안녕하지 못했고 안 또한 그래 보였다.

안의 외양에 대한 설명은 쓸데없다. 그 시절, 그곳에 있던 육백 명의 꼴이 다 똑같았으니.

안의 기억에 대해 생각한다. 안은 자신의 어린 시절을 지배했던 작은아버지 내외에 대해 또렷이 기억했다. 십자드라이버를 든 작은아버지가 자신의 관자놀이부터 제비초리에 이르기까지 얼마나 꼼꼼히 십자를 새겨넣었는지. 동태전을 부치던 작은어머니의 프라이팬이 어떤 식으로 자신의 팔뚝에 달라붙어 기름칠한 물집을 만들어냈는지. 더럽다는 이유로 뭉텅뭉텅 잘려나간 머리칼이 얼마나 탐스러웠는지. 그리고 이 모든 일들이 얼마나 빈번하게 일어났는지에 대해서.

나는 집요하게 안의 팔 흉터를 훔쳐봤고, 머리를 묶거나 빗을 때 언뜻언뜻 드러나는 두피를 핥듯이 살폈다. 안은 말이 많았다. 특히 자신의 불행에 대해 자주 이야기했는데 쏟아내듯 이야기를 끝내고 나면 턱이 내 코 바로 앞까지 튀어나와 있곤 했다.

작은집에서 나온 안은 도배일 다니는 엄마와 함께 살았다. 안은 엄마를 미워하면서도 엄마를 위한 식사를 만들고 화장실 변기를 솔로 문지르고 시멘트 가루와 굳은 풀로 엉망이 된 옷들을 직접 손으로 빨았다. 어째서, 라고 물으면 안은 피슬 웃었다. 안 하면 맞으니까. 나는 솔이 짧은 붓으로 안의 머리칼에 도배풀을 칠하고 있는 안의 엄마를 자주 상상했다. 시멘트벽에 달라붙은 안의 발밑에는 돌가루가 수북했다.

보험회사에서 나눠준 파란 비닐커버 가계부를 안은 교과서처럼 들고 다녔다. 페이지마다 식용유 콩나물 수세미 같은, 그렇고 그런 이름들이 적혔다. 소주 다섯 병, 소주 일곱 병처럼 숫자만 다른 이름도 있었다. 요즘 계속 비가 왔으니까. 안이 애매하게 말을 끊었다. 도배일은 비하고 상관없는 거 아냐? 집에 있을 때 항상 만취상태라는 안의 엄마를 떠올린 내가 물었다. 엄마 애인이 공사일 하거든. 거긴 비 오면 쉬잖아. 애인이 쉬면 엄마도 쉬고. 안은 소주 다섯 병을 여섯 병으로 기록해 남긴 돈으로 감자칩과 손부채를 샀다.

가계부에 빨간색으로 표시된, 드문드문 빠져나간 목돈은 오빠에게 송금한 것이었다. 안의 오빠는 원룸 보증금이 필요하다고, 배달일이라도 하려면 오토바이가 필요하다고, 사람을 한 대 쳤으니 합의금이 필요하다고 엄마에게 전화했다. 안은 오빠를 원망하면서도 그를 기다렸다. 오빠를 지방으로 도망치게 만든 사람이 누구인지 알아서였다. 오빠 뒤통수를 길게 가로로 찢어놓은 사람이 누구인지 알아서였다. 안과 달리 오빠의 짧은 머리칼은 흉터를 가려주지 못했다. 오빠가 자퇴한 건 머리를 못 기르게 해서야. 안이 하는 말은 농담인지 진담인지 구분하기가 힘들었다.

학교생활은 젖먹이 시절만큼이나 단순하고 무료했다. 세계사와 일본어, 예체능 수업은 이미 없었다. 핵심요약, 실전평가, 모의고사 문제집이 새로운 교재였다. 선생님이 답지를 남김없이 찢어갔으므로 안과 나는 문제집을 사자마자 모범답안부터 복사했다. 학살당한 물고기 같은 눈으로 오답노트를 만드는 아이들 틈에서 쥐포를 뜯어먹으며 놀 수 있었던 건 그 때문이었다.

학교를 빠져나갈 때도 있었다. 학원이나 과외, 질병 등 온갖 이유로 야간자율학습을 면제받은 이들 틈에 끼어 안과 나는 교문을 나섰다. 저녁밥 대신 감자가 듬성듬성 박힌 핫도그를 사먹고 컵에 담긴 탕수육을 들고 다니며 먹었다. 큐빅이 다글다글 박힌 머리핀만 파는 잡화점과 문방구, 슈퍼를 두루 거쳐 향한 곳은 큰길가에 있는 멀티오락실이었다.

나는 안과 정답게 나누어 죽인 좀비들을 기억한다. 하우스 오브 데드, 라는 글씨의 조악한 떨림 또한 기억한다. 정확히 머리를 쏴, 팔다리 같은 건 백날 쏴봐야 죽지 않아. 안은 단단하게 세운 어깨로 총신을 받친 뒤 방아쇠를 당겼다. 열심히 안을 흉내냈지만 기껏해야 난사가 다였다. 내 총은 자주 총알이 떨어져 절걱댔다.

안은 미간을 노려 단번에 좀비 머리를 터뜨렸다. 학살에서 살아남은 좀비가 분풀이로 나를 죽였다. 나는 고딕풍의 기울어진 성 지붕에서, 박쥐 날개를 단 좀비 손톱에 의해 살해당했다. 화면에 날카롭게 새겨진 네 개의 손톱자국이 망막을 할퀸 것처럼 또렷했다. 안은 유유히 좀비들을 물리치고 사로잡힌 여자를 구해주었다. I'm so scared. 여자가 과장된 소리를 내지르며 또다른 좀비에게 잡혀갔다. 그때마다 안은 지치지도 않고 여자를 구해주었다. 이전에도 이후에도, 나는 안보다 더 그 게임을 잘하는 이를 보지 못했다.

나를 처음으로 피시방에 데려간 것도 안이었다. 앞선 누군가가 다운받았을, 사람이 손톱만하게 나오는 여관방 몰카를 보여준 것도 안이었다. 이메일 계정을 만들고 채팅방에 대해 설명해준 것도 안이었다. 안이 채팅을 하는 동안 나는 테트리스를 하거나 외계인 사진을 찾았다. 나는 그즈음 미스터리 서클에 빠져 있었다. 그것이 지구에 살고 있는 외계인이 받은, '참 잘했어요' 도장일 거라는 생각이 좀처럼 가시질 않았다. 도장을 받기 위해 행해야 하는 미션들도 날로 늘어갔다. 그중에는 그랜드캐니언에서 번지점프를 하는 일과 한국에서 대학수능시험을 보는 일도 섞여 있었다.

나는 안에게 외계인이나 미스터리 서클에 대해 이야기하지 않았다. 시멘트 가루 때문에 세탁기가 고장났다고 고민하는 안에게 외계인이 대수였겠는가. 나에게 안드로메다가 외계라면 안의 외계는 채팅방이었다. 안이 궁금해하는, 만나고 싶어하는 이들이 그곳에 있었다. 각각의 미션을 가지고 '참 잘했어요' 도장을 기다리며.

안은 주말마다 채팅으로 친해진 이들을 만나러 갔다. 한 명일 때도 서너 명일 때도 있었으나 대개는 이십대 초반의 남자들이었다. 나는 안과 함께 주말을 보낸 적이 없었다. 안과 나는 학교에서 더할 나위 없이 막역했지만 집에만 가면 서로의 전화번호조차 모를 정도로 소원했다. 내 기억 속의 안은 항상 교복 차림인데, 그건 내가 안의 사복을 본 적이 없기 때문이다. 나는 손발을 주무르며 월요일이 되기를 기다렸다. 월요일, 선풍기 바람도 들지 않는 청소도구함 앞자리라면 나는 안에게 무엇이든 물어볼 수 있었고, 무엇이든 들을 수 있었다.

안은 내가 그들과의 이야기를 궁금해하는 것이라고 여겼지만 그건 틀렸다. 나는 안의 안부가 궁금했다. 수많은 십자들이 새겨진 안의 납작한 머리통이 어느 골목 쓰레기통에서 발견될까봐 무서웠다. 습기 찬 노래방 소파에서 목이 졸린 채 발견된 시체가 안일까봐 두려웠다. 그 사람들을 뭐하러 만나? 망상에 대한 죄책감으로 내가 물으면 안은 힐난하듯 되물었다. 그럼 집에서 아저씨랑 둘이 있을까? 그즈음 안의 집 안방을 차지한 건 보따리도 없이 들어와 눌러앉은 안의 엄마 애인이었다.

수능 전날 안과 나는 여느 때보다 배는 많은 수의 좀비들을 학살했다. 아임 쏘오 스께어을드. 비명을 지르는 여자에게도 거침없이 총을 쏘았다. 그것은 오전 일곱시 이십분부터 밤 열한시 삼십분까지 한 의자에 앉아 있느라 물러진 엉덩이에 대한 복수였다. 샤프가 미끄러지며 기괴한 소리를 내게 만드는 질 나쁜 문제집 종이에 대한 항의, 다음날 풀게 될 수많은 문제들에 대한 경고였다. 나는 박쥐 날개를 단 좀비에게 또다시 살해당했지만, 늘 그랬듯 안이 능숙하게 그를 처리했다.

그날을 마지막으로 나는 더이상 안과 만나지 않았다. 안을 진심으로 좋아했지만 불행의 집결지와도 같은 안이 두렵기도 했다. 안에게는 키다리 아저씨도 부자 아빠도 없었고—안의 아빠는 바닷가 민박집에서 죽은 채 발견됐다. 살던 집을 친척들에게 빼앗긴 뒤 안의 가족은 화장실도 없는 컨테이너에서 반년간 살았다고 한다. 안과 안의 오빠가 작은집에 맡겨진 건 그후다—남다른 천재성도 없었다. 탈출구가 모두 막힌 완연한 어둠. 안의 귀 뒤에 찍힌 십자처럼 그녀의 불행은 완고했다.

안이 지금 어떻게 살고 있는지는 모른다. 도배일을 거들라고 윽박지르던 안의 엄마가 직업전문학교 기숙사로 도망친 안을 어떤 식으로 잡아들였는지, 안을 숨겨준 친구 집 문고리를 안의 엄마 애인이 어떤 식으로 박살냈는지 그저 소문으로만 들었을 뿐이다.

*

또다른 안娄에 대해 생각한다.

나는 안을 스무 살 봄에 만났다. 당시 내가 입었던 옷이 무릎까지 내려오는 타이트한 청치마와 흰 셔츠였으니 여름이었을지도. 아니, 봄이 맞다. 안과 만났던 길 가로수에서 우수수 쏟아지던 것이 꽃잎이었으므로. 무참히 으깨진 목련이 껌자국처럼 도로 여기저기 말라붙어 있던 계절이었다.

안은 모든 것이 가늘고 긴 사람이었다. 나는 이십사 인치 사이즈의 바지를 입는 사람을 그때 처음 보았다. 대학입시 때문에 오랜 유배생활을 거친 이들이 으레 그렇듯, 안 또한 바짝 굽은 어깨와 늘어진 팔을 가지고 있었다. 지그시 누르면 뼈가 튀어나올 것 같은 몸. 나는 안과 나란히 걸었으나 그녀의 팔꿈치나 어깨에 부딪치지 않으려 필사적이었다. 카드로 쌓은 빈약한 성처럼, 부딪치고 나면 안이 우수수 쏟아져버릴 것 같아서였다.

갓 튀긴 팝콘처럼 사람들이 우글거리는 명동 거리, 돌담길을 따라 한참 걸어올라가야 했던 콘서트장, 입시전문 보습학원의 초등부 교무실, 연분홍 꽃잎과 사람 머리가 딱 절반으로 나뉘던 여의도 벚꽃길을 나는 안과 함께했다. 지금은 사라지고 없는 명동의 한 극장에서 촌스러운 발음으로 경자, 경자를 외치던 일본영화를 본 것도 안과 함께였다. 눅눅한 보라색 카펫에 나는 한차례 콜라를 쏟았다. 안의 면바지와 랜드로버 콧등에 흩어진 검은 얼룩이 오랫동안 안을 대신해 기억에 남았다.

안과 가장 많이 한 것은 무언가를 먹는 일이었다.

릴레이영화제에서 새벽 세시에 나눠준 소보루빵 세 개와 우유를 안과 나는 남김없이 먹었다. 전압의 방향이나 살수대첩에 대해 떠들어대는 문제집이 가득 쌓인 교무실에서 학생들이 몰려오기 전 급하게 삼키던 탕수만두도 있다. 보슬보슬한 코코아파우더가 뿌려진 티라미수와 탄 맛이 나던 커피. 불판 자국이 선명하게 찍힌 돼지갈비. 베이컨이 들어간 샌드위치와 사천탕수육. 얼린 육수 때문에 손이 시리던 냉면. 그리고 삼계탕.

묵묵히 삼계탕을 응시하던 안을 기억한다. 작은 단추처럼 뼈가 도드라진 안의 목이 그릇을 향해 길게 늘어져 있었다. 안은 물에 삶은 고기는 먹지 못했다. 참기름과 계란 노른자를 비빈 육회나 두툼하게 썰어 무채 위에 올린 생선회도 못 먹었다. 청양고추가 듬뿍 들어간 음식도 매운 닭발도. 안은 매번 신중하게 메뉴를 골랐다. 음식이 잘 맞는 날도 있었으나 대개의 경우 식사 도중 젓가락을 내려놓았다. 속이 안 좋아. 그 말은 안의 입버릇에 가까웠다. 금식기도 때문에 그래. 안의 얼굴에는 답을 알고 있는 자 특유의 여유와 편안함이 깃들어 있었다.

금식기도 하는 중이야? 나 말고 어머니가. 어머니, 라고 안은 발음했다. 안의 목소리는 나보다 훨씬 낮고 허스키했는데 건조한 말투 때문에 더욱 시니컬하게 들렸다. 나는 평생 '엄마' 이외의 단어는 써보지 않았으나 안의 앞에서만은 덩달아 어머니, 라고 했다. 어머니가 금식하는 거랑 너랑 무슨 상관이야? 상관 있지. 탄생 이전의 금식이니까.

탄생 이전이란 안이 왕성한 세포분열로 손가락을 자아내기 시작할 무렵을 의미했다. 웅송그린 안이 발가락을 만지작거릴 때에야 비로소 안의 어머니는 안의 존재를 깨달았다. 안의 위로 피아노와 바이올린, 성악 등등을 전공하게 될 형제 자매가 셋이나 되는 상황이었다. 자식이 많은 집은 소란스럽기만 할 뿐 풍요롭지 못했다. 안의 어머니는 본능적으로 뱃속에서 꼼질대는 아이 때문에 배 밖의 아이들이 잃어야 할 것들에 대해 계산했다. 많았다. 너무 많았다. 그러나 대추알 따듯 안을 똑 따버릴 용기 또한 나지 않았다. 내 힘으로 결정할 수 없다면 모든 것을 신의 뜻대로. 성실한 기독교인이었던 안의 어머니는 졸음과 변비를 참아가며 금식기도를 시작했다.

안은 금식기도 기간 동안 끈질기게 살아남았다. 수분과 단백질을 충분히 욱여넣고 비타민과 무기질을 양념처럼 흩뿌려야 했던 태아는 빈곤한 형태로 자라났다. 금식기도를 끝낸 안의 어머니는 처음으로 산부인과에 갔다. 물벼룩처럼 쪼그라든 안이 초음파사진에 찍혀 나왔다. 발딱발딱 뛰는 심장소리 때문에 안의 어머니는 묽은 미음을 한 사발 마셔야 했다. 이것이 신의 뜻이라면. 안의 어머니는 구역질을 참으며 진한 육수를 한 사발 더 마셨다. 안은 그렇게 태어났다.

금식기도의 영향인지 안은 좀처럼 살이 붙지 않았다. 뭔가를 먹다가도 쉽게 속이 비틀렸다. 지나치게 차가운 것, 매운 것, 뜨거운 것도 요주의대상이었다. 안은 자신이 태어나기 위해 치러야 했던 대가를 매 끼니마다 확인하는 셈이었다. 대수롭지 않게 여기는 안과 달리 나는 그것이 몹시 불편했다. 안이 못 먹는 음식—이를테면 인삼과 한약재를 듬뿍 넣어 푹 끓인 삼계탕 같은 것—을 묵묵히 응시하고 있을 때면 나도 모르게 사과하며 숟가락을 내려놓았다.

나는 딸이 둘이나 있는 빈한한 집에 또다시 딸로 태어나면서 아무런 대가도 치르지 않았다. 태어나서는 엄마 발뒤꿈치가 쪼글쪼글해질 때까지 젖을 빨았고 피부에 붉은 반점이 돋는 고기 알레르기가 있을 때조차 돼지갈비를 뜯어먹었다. 나는 안을 진심으로 좋아했지만 안의 옆에 있으면 아무 대가도 치르지 않고 살아가는 스스로의 태평함이 수치스러웠다.

먼저 돌아선 것은 안이었다. 그것이 안의 의지였는지 그녀가 믿는 신의 뜻이었는지 나는 지금까지도 모른다. 내가 안에게 마지막으로 받은 것은 고통의 축제, 라는 제목의 미완성 소설이었다. 휠체어를 탄 소년이 석고 다리를 하늘을 향해 뻗댄 채 언덕 아래로 내달리는 것이 처음이자 마지막 장면이었다. 미지의 어딘가를 향해 함부로 내달리는 것처럼, 안은 그렇게 사라졌다.

나는 안이 어느 날 갑자기 돌아오는 장면을 수없이 상상했다. 아무도 읽지 않는 이메일과 낯선 이가 받는 휴대폰 번호도 온갖 이유를 들어 변명했다. I'm so scared. 그랬다. 나는 안이 어느 날 갑자기 죽어버린 것일까봐 두려웠다. 그녀의 미성숙한, 뒤틀린 장에 대한 상상이 나를 괴롭혔다. 안이 떠난 뒤 나는 그동안 먹지 못했던 순대를 먹기 시작했다. 탱탱하게 속이 꽉 들어찬, 그 건강함이 나를 홀렸으므로.

*

훨씬 더 어린 시절 만났던 안婩도 있다.

까만 스타킹에 흰 양말을 신도록 종용하던 중학교에서였다. 안은 내 대각선 앞자리에 앉았는데 나는 안의 얼굴보다 그녀의 기름진 뒤통수와 먼저 조우했다. 앉은키가 큰 나는 각질이 일어난 안의 머리를 꼬박 아홉 시간 동안 들여다봐야 했다. 돌림판으로 배정받은 중학교는 집에서 버스로 한 시간이나 가야 했고, 매일 지각한 탓에 벌점은 쌓였고, 아침마다 사방팔방 뻗치는 숱 많은 머리와 얼굴을 완전히 덮은 여드름 때문에 예민해진 나는 무턱대고 안을 불러냈다. 야, 머리 좀 감아. 안은 태연하게 대꾸했다. 다음주에 감을 거야.

안이 이혼한 엄마와 아빠 집을 한 달 단위로 옮겨다닌다는 것을 나는 나중에야 알았다. 아빠 집은 보일러를 켜지 않는 탓에 찬물만 나온다는 것도. 안이 말하는 다음주란 엄마 집으로 가서 살게 되는 한 달을 의미했다. 아빠 집은 지상에 있었으나 냉골에 더러웠고, 엄마 집은 지하 단칸방이었으나 침대와 뜨거운 물이 있었다. 남동생이 아빠와, 안이 엄마와 살기로 결정된 뒤에도 안은 별로 아쉬워하는 기색이 없었다. 어느 쪽이든 똑같아. 안은 그렇게 말했지만 각질 대신 샴푸향을 지니게 된 머리만은 달랐다.

안은 밀가루처럼 하얀 얼굴에 동그란 안경을 끼고 있었다. 말갛게 씻은 얼굴 고운 해야 솟아라, 를 중얼중얼 외우며 나는 안을 떠올리곤 했다. 달밤이 싫어 달밤이 싫어 눈물 같은 골짜기에 달밤이 싫어, 는 어떤 불길한 징조 중 하나였을까.

구김살이라곤 없는 성격, 은 안을 의미했다. 해맑고 순진한, 또한 안을 의미했다. 안은 내가 보아온 사람 중 가장 긍정적인 사람이었다. 시험기간 동안 아등바등하는 나와 달리 안은 시원스레 잠을 잔 뒤 평균 60점대의 성적을 받았다. 부모가 양쪽에서 용돈을 준다며 떡볶이를 사기도 했다. 단과학원 수강증을 잃어버려 수업에 못 들어갈 때에도—당시 인천에는 유명한 단과학원이 있었다. 영어 수학 등 각 강좌를 삼만원씩 내고 등록하는 구조였는데, 강의실 하나에 삼백 명은 족히 들어갔다. 때문에 학원은 수업료를 내지 않고 강의를 듣는 아이들을 잡으려 혈안이 되어 있었다. 수강증을 보여줘야 학원 안에 들어갈 수 있었고, 수업 도중에도 빈번히 수강증 검사가 이루어졌다—놀 시간이 늘었다며 좋아했다. 나는 근본적으로 음울하고 부정적인 성격이라 그런 안이 놀랍다못해 경이로울 지경이었다.

안의 장기라면 단연코 노래였다. 질 좋은 고무로 만든 것처럼 안의 성대는 고음을 탄력 있게, 힘차게 뽑아낼 줄 알았다. 당시 경쟁률이 꽤 높았던 인천시립소년소녀합창단 오디션도 한 번에 붙었다. 크고 작은 공연 때마다 흰 재킷에 흰 스커트, 흰 단화까지 맞춰 신은 아이들이 열 맞춰 단상에 올랐다. 화장을 한 탓에 얼굴까지 창백해 유일한 색은 새까만 머리칼뿐이었다. 그 속에서 안은 말갛게, 반짝반짝 빛나고 있었다.

안은 학교 성적이 나쁜 것만 빼면 밝고 상냥하고 재주 많은 아이였다. 여드름투성이에 노래에 젬병인 나는 안의 말간 얼굴과 목소리가 한없이 부러웠다. 굳이 인어공주 목소리를 빼앗은 바다마녀의 마음을 이해할 수도 있을 것 같았다. 나는 낮고 걸걸한 목소리를 가지고 있었다. 고음은커녕 조금만 큰 소리를 내도 금세 목이 쉬었고—악보만 읽을 줄 알면 합격한다는 교내합창부의 유일무이한 탈락자가 나였다. 이후 오디션곡이었던 〈고향의 봄〉은 듣지도 부르지도 않는다—안처럼 청량한 소리로 웃을 줄도 몰랐다. 늘 뿌리 깊은 불신과 의심에 휩싸여 있었는데 그게 어째서인지 나조차 몰랐다.

안과 나는 대개 단과학원 앞에서 놀았다. 놀 곳이 극히 적어 맥도널드에서 빅맥 세트를 먹거나 만화방에 가는 게 고작이었다. 노래방에 갈 때도 있었는데, 안이 노래를 부르면 구경 온 사람들이 유리창에 다닥다닥 붙었다. 나는 노래책을 뒤적이며 버티다가 한 옥타브를 넘지 않는 남자가수 노래를 찾아 불렀다.

용돈이 떨어지면 안의 집으로 가 라면을 끓여먹었다. 한 번뿐이지만 안의 엄마와 마주친 적도 있었다. 안의 엄마는 황록색 손금고를 옷장에 집어넣는 중이었는데, 요란하게 틀어올려 반짝이를 뿌린 머리와 손금고의 조합이 기이하고도 강렬했다. 안의 엄마는 금고를 다시 꺼내 만원짜리 한 장을 집더니 안에게 주었다. 라면 먹지 말고 밥 사먹어. 엄마가 나간 뒤 안은 박스에서 라면 두 개를 꺼냈다. 나는 그제야 안의 집에 밥통을 비롯한 조리도구가 하나도 없다는 사실을 깨달았다.

안의 집은 빈말로라도 아늑하다고 하기 힘들었다. 입구부터가 그랬다. 이층짜리 다세대주택 뒤로 돌아가면 엎드린 짐승의 항문처럼 뻥 뚫린 구멍이 지하방 입구였다. 지하로 내려가는 시멘트계단은 볕이 들지 않아 항상 검게 젖어 있었다. 코끝을 탁 치는 것 같은 냄새가 곰팡이 때문이란 걸 나는 안의 집을 통해 알았다. 사람들이 내놓은 쓰레기봉투가 계단 입구를 막고 있을 때도 있었다. 안은 대수롭지 않게 그것을 멀리 걷어차놓고 계단을 내려갔다.

얇은 철판으로 된 문 하나가 집을 보호하는 전부였다. 그나마도 절반이 불투명 유리로 되어 있어 안에서 움직이는 사람이 얼룩얼룩 보였다. 연탄광이나 보일러실 같은 곳을 방으로 개조한 듯 창문도 전혀 없었다. 문을 열고 들어가면 거대한 크기의 침대가 보였다. 안의 엄마는 머리판에 화려한 자개가 박힌 침대를 들여놓았는데, 침대가 너무 커서 남은 바닥이 거의 없을 정도였다. 한 평 남짓한 바닥에 장난감 같은 화장대와 앉은뱅이소반이 놓여 있었다. 안은 휴대용 버너를 화장대 위에 올려놓고 라면을 끓였다. 안이 끓여준 라면은 너무 퍼지거나 설익은 채였지만 마주 앉아 얇은 면발을 빨아들이다보면 괜히 웃음이 났다. 그럴 나이였다. 아직 가난이 부끄럽지 않을 나이. 빈곤이 암세포처럼 뼛속 깊이 들어앉아 삶을 잠식한다는 사실을 아직 깨닫지 못한 때의 일이었다.

안과 있을 때의 나는 덩달아 밝았다. 안에게 쉽게 전염된 탓이었다. 나는 미간에 세로줄이 새겨질 만큼 매사에 심각했으나 안과 있으면 그 진지함조차 우스웠다. 지각해서 벌점 좀 받은 게 뭐 대수라고. 안이 달달 떨며 말했다. 흰 양말 대신 검은 양말을 신었다는 이유로 스타킹까지 홀랑 빼앗긴 안의 맨다리가 새빨갛게 얼어 있었다. 안은 문방구에서 산 핫팩을 종아리에 붙였다가 화상을 입었다. 네모지게 또박또박 찍힌 화상 자국을 들여다보며 가장 크게 웃은 것도 안이었다.

중3이 되면서 학교는 본격적인 입시체제로 바뀌었다. 당시 고등학교는 5지망까지 원서를 넣을 수 있었다. 연합고사 점수에 따라 어느 학교로 갈지가 결정되었는데, 경쟁률 센 상업고등학교에서 떨어진 아이가 지원자 미달인 인문계로 밀려가는 경우도 종종 있었다. 문제집이 쌓이고 그만큼 불만도 쌓이는 시간들. 안은 그 속에서 홀로 태평했다. 합창단을 계속하고 있었지만 딱히 예술고를 염두에 둔 것 같지도 않았다. 넌 어디 갈 거야? 내가 묻자 안은 정보통신고교, 라고 답했다. 나는 만원버스와 지각벌점이 지긋지긋해 집 근처 고등학교를 1지망에 둔 참이었다. 거기 졸업해서 뭐 할 건데? 웹디자이너나 프로그래머. 방송국에서 일하는 것도 좋고. 말갛기만 하던 안이 더없이 명료해 보이는 순간이었다. 단상 위에 올라가 반짝반짝 노래하고 있는 안을 올려다보던 때와 똑같았다.

나는 조금씩 안과 멀어졌다. 교실에는 아무 목표 없이 막연히, 모의고사 전국 석차와 백분율에 연연하는 아이들이 수두룩했다. 다음 목표는 서울에 있는 사 년제 대학, 그다음은 대기업 입사일 게 뻔했다. 그들 중 아무와 이야기해도 마음이 잘 맞았다. 모두 똑같은 문제집에 똑같은 단어를 외우고 있으니 당연했다. 서로 다른 것이라봐야 교복 상표와 실내화 사이즈 정도였다. 아이들은 대개 침울했고 여드름을 가리느라 앞머리를 기르고 있었으며 지독한 근시에 시달렸다. 나는 그 속에서 비로소 안심했다. 열등감과 질투에서도 얼마간 벗어날 수 있었다. 그들은 바다마녀의 친구들 같은 존재였다. 그게 아니라면 마녀에게 주물냄비나 절구, 약병 따위를 파는 장사치 정도는 되었다.

마음만 먹으면 얼마든지 안을 피해다닐 수 있었다. 학년이 바뀌면서 반이 달라진데다 점심시간 자율학습을 위해 다른 반 학생 출입이 금지된 참이었다. 유일하게 안과 약속된 시간은 집에 돌아가는 길뿐이었다. 장거리 버스 정류장은 학교에서 이십 분 정도 떨어진 곳에 있었다. 헤어지는 게 아쉬워 서로의 집으로 찾아가거나 부러 같은 학원 수강증을 끊던 시절은 이미 끝나 있었다. 나는 방과후 보충수업을 핑계로 안과 따로 돌아갔다. 안은 상처받은 표정을 지었으나 이내 해실 웃어 보였다. 그럼 주말에 만나 놀자. 네 삐삐에 메시지 남길게. 메시지는 하루에 두세 개씩 전송되었다. 단출한 암호문자일 때도 있고 수

다로 가득한 음성메시지일 때도 있었다. 나는 그것을 확인하는 족족 지워버렸다. 안과 나는 결국 복도에서 마주쳐도 눈인사만 나누는 데면데면한 사이가 되고 말았다.

여름에서 가을로 넘어가는 길목이었다. 바람이 쌀쌀해 하복을 입으면 종일 소름이 돋았다. 학교에서 아직 춘추복을 허락하지 않았으므로 나는 얇은 카디건을 들고 다니며 등하교 때마다 입었다. 감기에 걸린 아이들이 조퇴하지 않으려 악착같이 버티던 때였다. 연합고사 막바지 준비가 한창이라 선생이고 아이들이고 모두 얼굴이 노랬다. 나는 바람에 휘날리는 치마와 세일러복 칼라를 다잡으며 버스 정류장까지 걸었다. 딱히 안이 그리운 건 아니었으나 불쑥불쑥 안의 목소리나 얼굴 같은 것이 떠오르곤 했다.

안은 버스 정류장에 서 있었다. 정확히는 정류장 뒤쪽에 있는 건물 입구였지만. 버스를 기다리다 무심코 뒤를 돌아본 나는 그늘에서 몸을 반만 내놓은 채 나를 지켜보고 있는 안의 모습에 기겁했다. 거기서 뭐 하는 거야? 나는 쭈뼛쭈뼛 안에게 다가갔다. 안이 입고 있는 검은 티셔츠와 밑단이 넓은 청바지가 어쩐지 안을 낯설게 만들었다. 왜 여기 있어? 갑자기 네가 보고 싶어서. 그럼 교실로 오지 그랬어. 오늘 학교 안 갔거든. 여기서 기다리면 네가 오겠지 싶더라. 학교 빠졌어? 왜? 그냥…… 좀 아파서.

나는 주머니 깊숙이 찔러넣은 안의 손을 쳐다봤다. 긴팔과 긴 바지로 몸을 싸맸음에도 불구하고 안은 나보다 더 추워 보였다. 너희 집에 가서 라면 끓여먹을까? 내 말에 안이 오묘한 표정을 지었다. 시큼하거나 아주 떫은 것을 씹었을 때처럼 잔뜩 우그러진 얼굴이었다. 그 집은 안 돼. 안이 고개를 흔들었다.

내가 버스에 오르는 모습을 안은 다만 지켜보았다. 아빠 집으로 갈 생각인가. 나는 나 좋을 대로 해석했다. 안의 사정을 묻고 들어주고 다독여주기에 나는 너무 지쳐 있었다. 한 시간 걸려 집에 도착하면 교복도 갈아입지 못한 채 학원으로 달려가야 했다. 별일 아닐 거야. 나는 스스로를 위로하며 눈을 감았다. 어색하게 굳어지던 안의 얼굴이 오래도록 망막에서 떨어지질 않았다.

강도가 들었더랬어. 한 달 만에 만난 안은 엷게 화장한 얼굴이었다. 나는 안의 합창단 공연초대권을 들고 있었고 안은 담배 한 개비를 들고 있었다. 안의 집에 간 건 오랜만이었다. 안이 얇은 유리창을 가리켰다. 자고 있는데 저기로 손이 하나 쑥 들어오더라.

안과 안의 엄마가 나란히 자고 있던 한밤이었다. 유리창을 깨고 들어온 손 하나가 잠금쇠를 풀었다. 잠에서 깬 안이 비명을 질렀지만 잠시뿐이었다. 남자는 순식간에 뛰어들어와 안을 발로 차고 입을 막았다. 술에 취한 남자는 얼굴에 복면을 할 만큼의 성의조차 없었다. 손에 든 식칼만이 유일한 준비물이었다. 안은 짧은 비명이라도 누가 들었길 바랐으나 아침이 될 때까지 계단을 내려오는 이는 없었다.

남자는 안의 엄마에게 손금고 안의 돈을 꺼내도록 시켰다. 옷을 벗으라고도 시켰다. 안에게 침대 이불 속에 들어가 꼼짝 말라고도 시켰다. 안의 엄마는 남자 마음이 바뀌기 전에 서둘러 옷을 벗었다. 꾸물대다간 남자의 목적이 열여섯 살 난 딸아이에게 옮겨갈지도 몰랐다. 안의 엄마는 벗은 옷을 치우며 귀퉁이가 들린 이불을 꾹꾹 눌렀다. 안은 이불 속에서 몇 번 툭탁거리는 소리와 비닐봉지가 마구 구겨지는 것 같은 소리를 들었다. 안은 숨을 죽이고 있었으나 삼십 분 뒤에는 엄마와 자리를 바꿔야만 했다. 안의 엄마가 괴성을 지르며 남자에게 달려들었다. 남자는 안의 엄마 귓불과 뺨에 칼자국을 내놓고 손금고로 머리를 내리쳤다. 안은 실신한 엄마를 돌아보지도, 흔들어 깨우지도 않았다.

안은 다리와 팔에 난 무수한 칼자국들을 보여주었다. 종아리와 손목에 난 상처는 그나마 얕았으나 허벅지 근처 상처들은 길고도 깊었다. 나를 눕혀놓고 말야, 무섭지? 무섭지? 이러면서 칼로 하나씩 긋더라. 나는 안의 다리를 쓰다듬어주지 못했다. 안을 끌어안아줄 수도 없었다. 당시 겪었을 안의 공포가 칼자국으로 구체화된 까닭이었다. 칼자국 하나하나가 나를 향해 무섭지? 무섭지? 하며 입을 뻐끔대고 있었다. 안은 충혈된 눈을 꾹 눌렀다. 근데 더 미치겠는 건 뭐냐면 말야, 그 새끼랑 우리가 위아래 산다는 거야. 아침에 그 새끼가 술이 다 깨서는 바지 입고 돈 챙겨들더니 위로 올라가더라. 철계단 울리는 소리가 아직까지도 들려. 이 방에만 들어오면 말야, 캉캉, 하고 그 새끼가 계단으로 올라가, 계속 계속.

합창단 흰 제복에, 안은 물방울무늬라도 찍듯 꼼꼼히 담배 끝을 눌렀다. 생담배 연기 때문에 눈이 따가웠다. 이사하면 되잖아. 돈이 없어서 여기 말곤 살 곳이 없대. 경찰에 신고했어? 일단 감옥 보내놓고, 그사이에 돈 벌어서 이사하면 되잖아. 안이 싸늘한 얼굴로 나를 돌아보았다. 아무것도 모르면 가만히 있어.

나는 곰팡이로 가득 찬 계단을 혼자 올라왔다. 어둡고 낮은 안의 집이 새삼 무서웠고 변해버린 안 또한 무서웠다. 계단을 다 오르자 햇빛이 발끝에 고였다. 그리 넉넉지 않았으나 내 그림자를 짐작할 정도는 되었다. 나는 내 그림자를 자분자분 밟으며 다세대주택을 돌아나왔다. 골목에 닿을 때까지 이층 옆구리에 위태롭게 붙어 있는 철계단을 올라가는 사람은 아무도 없었다.

골목에서 나는 책가방을 등에 바짝 붙여멘 남학생과 마주쳤다. 커다란 덩치에 눈썹뼈가 구부러진 것처럼 아래를 향해 있었다. 얼굴 절반을 덮은 거뭇거뭇한 수염 자국이 인상을 어둡게 만들었다. 좁은 칼라와 다갈색 교복바지, 녹색으로 테두리된 배지는 나도 알고 있는 고등학교였다. 남학생과 나는 몸을 옆으로 돌려 등을 맞댄 채 좁은 골목을 통과했다. 남학생은 내가 빠져나온 길을 오롯이 되짚어 가고 있었다.

캉캉캉, 철계단 오르는 소리가 났다. 나는 계속 앞만 보고 걸었다. 남학생 손에 감겨 있는 붕대를 이미 봤으므로. 그 안에는 문 유리를 깨다 생긴 상처가, 안의 허벅지에 있는 그것처럼 길고 깊게 남아 있을 터였다.

*

그리고 여기, 두려움에 가득 찬 안贋이 있다.

나는 안을 잘 알고 있다. 수많은 안들을 숨어서 지켜보기만 했던 안. 아임 쏘오 스께어을드. 과장된 억양으로 소리치며 그들에게서 도망치기에 급급했던 안. 싸구려 실타래 같은 머리칼을 가진 안. 형편없는 시력 탓에 사물을 거의 분간할 수 없는 안. 투박한 손과 심약한 혈관을 가진 안. 저녁 그림자처럼 허름하고 흐릿한 안. 가엾지도 자랑스럽지도 않은, 명료하지도 솔직하지도 않은 안. 바위 밑 갯강구처럼 다만 끈질기기만 한 그런 안. 안에게 있어 저들은 무엇이었을까.

여기 수많은 안들이 있다. 안을 사랑하는 안. 안을 멸시하는 안. 안을 종용하는 안. 검거나 희고 풀뿌리처럼 낮거나 자작나무처럼 높은 안. 웅송그렸던 안이 일어선다. 작은 구덩이를 파 김장독 파묻듯 안을 하나씩 쑤셔넣는다. 사랑하는 안. 그러나 다시는 안에게 돌아오지 않을 안의 이야기를.

해설

멜랑콜리 사회학

백지은(문학평론가)

언젠가 한 좌담에서 안보윤은 이렇게 말한 적이 있다. “그동안 제 소설은 계속 폭력이 주체가 되어왔어요. 그러다보니 폭력을 부각시키기 위해 인간이 도구화된 면도 없지 않아요. 폭력을 더욱 강렬하게 보이기 위해서 더 나약하고 더 핍박받는 인간을 그려넣는 식이었죠. 조금 지나고 나서 생각해보니까, 제 머릿속에는 폭력이 중심 생각이고, 그 외에 잔가지처럼 인간이 뻗어나와 있더라고요. 그걸 알게 된 후로 반성을 많이 하게 됐어요. 그동안 저는 계속 인간에 대해 쓰고 있다고 생각했거든요.”[1] 그의 소설에서 자주 잔학한 사건과 비참한 사람들을 만났고 일그러진 힘들의 거친 양상을 보았으나, 작가의 이 말을 들었던 그때 나는 “폭력이 주체”인 소설이란 말의 뜻을 명확히 알지 못했던 것 같다. 골수가 터지고 장기가 튀어나오고 피가 낭자한 장면들

1) 안보윤·정소현, 「폭력 이전과 폭력 이후에 쓰인 소설들」, 『문예중앙』 2013년 봄호.

이 몇 차례 다뤄진 것을 두고 '폭력이 주체'라고 말한 것은 아닌 듯했고, "인간에 대해" 썼는데 "폭력이 주체"가 되는 것은 어떤 연유인가가 좀더 뚜렷해져야 그 말을 온전히 이해하게 될 것이라 짐작만 했을 뿐이었다. 그런데 이제, 십 년째 소설가로 살면서 다섯 권의 장편소설을 출간한 안보윤의 첫 소설집을 앞에 두고 보니, 인간에 대한 관심이 '폭력이 중심'인 이야기가 될 수밖에 없는 세상의 진실이 아둔한 독자에게도 얼마간 또렷해졌다는 느낌이 든다. 그 느낌을 설명해보려고 한다. 이 책에 모인 열 편의 소설에서 파헤쳐지는 진실들이 이 세상을 이해하기 위한 하나의 사회학이 될 때, 나의 사회학 공부가 이 시대에 안보윤 소설이 읽혀야 하는 이유의 일부라도 될 수 있기를.

1. 존엄하지 않은 인간들

그 자신의 생각대로 그는 언제나 인간에 대해 썼던 것이 맞다. 다만 '인간'에 대해 쓰려고 할 때마다 그에게 '어떤' 인간이 떠올랐는지는 꽤 분명해 보이는 만큼 그들에 대해서는 한번 생각해볼 일이다. 인간이라니, '인간의 존엄성'이라고 할 때의 그? 현대 사회에서는 모두가 똑같이 자유롭고 평등하다는? 지금 내 눈에 보이는 인간들이 정녕? 그에게는 이런 생각들이 먼저 들었던 것만 같다. 이 책에 모인 사람들을 슬쩍 훑어만 봐도 알게 된다. 심한 말더듬이로 혼자 살고 있는 남자에게 어느 날 갑자기 나타난 딸이 보살펴주겠다며 방에 자물쇠를 채웠다면 남자는 자유로운 인간인가?(「어차피 당신은」) 아버지가 잡범이라고 동네와 학교에서 만날 좀도둑 취급당하는 아이는 평등한 세상에 살고 있는가?(「구체성이 불러오는 비루함에 대하여」) 학생들이 욕하고 놀리고 때려도 아무 대응도 하지 못하는 뚱뚱한 학원 선생은 과연 존엄한가?(「도그하우스」) 혼자 힘으로 살 수 없는 아이들이나 노약자, 비만이나 말더듬으로부터 신체 기형이나 정신 착란에 이르는 심신의 선, 후천성 장애인, 좀도둑질에서 살인에 이르는 범죄자, 그들의 직계가족, 월급의 반 이상을 고향으로 보내는 외국인 노동자, 비행청소년, 퀴어 정체성자, 왕따학생, 그리고 무엇보다도 항상 생계유지가 최대 걱정인 빈곤자들. 이런 이들이 안보윤에게 유난히 잘 보이는, 그가 쓰고 싶은, 그리고 이제껏 줄곧 그가 써온 '인간'들이다.

이들의 공통점은, 이 세상에서 살아가는 일이 힘에 부치는 '약자'들이라는 것과 그럼으로써 사는 일 자체가 이들에게 불행의 연속으로 이루어진다는 데 있는 것처럼 보인다. 소설의 한 구절을 빌면 "불행의 집결지와도 같은"(「안」, 250쪽) 이들의 삶은, 자기 스스로의 통제에 따르지 않고 자기 외부의 힘이나 제도, 운 또는 숙명의 작용에 의한 것처럼 느껴지기도 한다. 실패와 굴욕과 동정에 과하게 노출되었으나 스스로 고립되어 있고 세상으로부터 이해받지 못하는 이중의 고통 속에 있는 사람들. 간단한 명명도 준비되어 있다, 우리 사회의 "소외계층". 소외계층은 사회의 특정 부류를 가리키는 말이겠지만, 자본주의적 계급 사회 안에서 이들은 하나의 계층/계급(class)에 소속되는 집단이 아니다. 가령 노동계급, 전문가계급, 상류층, 중산층, 하류층 등의, 사회 체계 안에서 사회 전체를 위해 작동하도록 배정된 기능을 수행하는 계층/계급 분류에, 소외계층이 속할 자리는 없다. '소외'

라는 말에 함축된바 그대로, 계급 사회 안에서 소외계층은 사회의 일반적 기능이 미치지 못하는 바깥 부분을 가리키므로 사회 '안'에 있으면서도 사회의 일부가 아니게 된다. 소속도 아니고 공동체도 아닌 이 상상적 범주는, 사회 전체의 유기체적 입장에서는 차라리 없어지거나 최소한 줄어들어야 바람직한 것이기도 하다.

사회학자 지그문트 바우만은, 전기회로에 과부하가 걸리는 순간 가장 먼저 망가지는 부품은 퓨즈라는 사실, 다리 전체의 운명을 결정하는 것은 교각들의 '평균 지지력'이 아니라 가장 약한 경간徑間 하나의 능력에 있다는 사실은 어떤 종류의 구조물에든 적용되는 상식적인 진리인데, 이를 "다른 어떤 구조물들보다도 훨씬 더 심하게 망각하거나 감추고, 무시하고, 경시하거나 심지어 대놓고 부인하는 구조물"이 있으니 "바로 사회다"라고 말했다.[2] 사회는 전체의 질과 역량을 평가하는 데 구성원의 소득, 건강, 생활 수준 등의 '평균치'를 고려할 뿐, 최고치와 최하치의 격차나 평균치와 최하치의 이질성 등을 사회 안녕의 지표로 취급하지 않는다는 것이다. 이 어리석고 완고하고 부실한 구조물인 사회의 가장 취약한 경간은 어디인가. 바로 안보윤 소설이 줄곧 관심을 기울여온 저 약자들, 우리 사회의 소외계층이 아닌가. 그는 사람들의 이야기를 썼는데 쓰고 나면 '폭력이 중심'인 이야기가 되었던 바로 그 소설 속의 사람들 말이다. 안보윤 소설이 과도하게 느껴질 만큼 불행에 잠식된 이웃들로 가득한 것은 그가 우리 사회의 통상적인 양태에 무지했기 때문이 아니라 우리 사회의 통상적인 안녕을 위

2) 지그문트 바우만, 『부수적 피해』, 정일준 옮김, 민음사, 2013, 7~9쪽.

협하는 병리적 현상들에 특히 예민했기 때문이라고 해야 한다. 사회의 평균 지수를 가늠케 하는 척도가 아니라 사회의 안녕과 존속을 최전선에서 담당하는 퓨즈를 알아보는 데 그는 거의 본능적이라 할 만한 촉수를 지니고 있다. 이로부터 안보윤 소설의 사회학이 시작된다.

2. 불운이 아니라 불평등

행복과 행운은 똑같은 뜻이 아닌 줄 아는데, 불행과 불운은 거의 같은 것으로 생각되는 때가 적잖다. (행운이든 불운이든) '운'이란 분명한 원인으로 설명할 수 없는, 예측이나 보장이 안 되는 불확실성을 암시하므로, 일시적 요행의 기운이 드리워진 '행운'이란 말이 삶의 다양한 질감에 대한 주관적인 느낌을 표현하는 행복이란 말을 대체하지 못하는 것은 당연하게 느껴진다. 불행과 불운은 어떤가? 여자로 자랐는데 어느 날 제 몸에 남자의 성기가 있다는 사실을 알게 된 이가 친구나 연인은 물론 부모 형제도 떠난 자리에서 외롭고 서러운 경우, 그의 불행은 만 명에 한 명이나 될까 말까 한 기형을 타고난 불운의 탓인 듯만 싶다.(「비교적 안녕한 당신의 하루」) 도둑놈의 자식이라고 멸시와 구타를 당하는 아이는 지지리 부모 복이 없어 도둑놈의 아들로 태어난 것이다.(「구체성이 불러오는 비루함에 대하여」) 그런데 이렇게 믿는 것은, 불행의 원인을 확실하게 짚기보다는 불행이 닥친 분명한 이유 혹은 필연적인 과정에 눈감아버리는 것은 아닐까? 스스로 통제할 수 없는 불행이 하필 나에게 닥친 것을, 아무도 통제하지 못하는 운명의 힘이라 믿고 싶다는 듯이, 우리는 모든 불행을 오로지 불운의 산물처럼 생각하는 데 길들어 있지는 않은가?

나들이 갔던 한 가족의 승용차 전면 유리 위로 앞서 가던 트럭의 목재가 쏟아져, 앞좌석의 부모는 즉사하고 (그) 파편이 목에 박힌 형은 목소리를 잃고 동생만 경상으로 화를 피했다.(「나선의 방향」) 목소리를 잃은 형에게 이것은 물론 '불운'이다. 그러나 그가, 서로 말로 소통할 필요 없는 이집트 여인 마리암과 딸을 낳고 바다가 보이는 외진 들판에서 살아야만 하게 된 것, 그러다가 고열로 아픈 딸을 멀리 있는 병원에 이틀간 데려가지 못하여 딸을 잃고 그 사이 누군가 아내까지 데려가버려 마침내 모든 것을 잃고 마는 것까지 오직 '불운'의 탓으로 돌릴 수 있을까. 지난밤 하숙집 옆방 사람에게 삼만원을 빌려주지 않았는데 다음날 그이가 혀를 빼물고 죽어 있다면, 하필 그 옆방에 살았던 자의 괴로움은 우연의 몫이기만 한가.(「아무 말도 하지 마」) 정신 이상의 아내가 아이 둘을 한강으로 던지고 난 후 매일 밤 강물로 뛰어들 듯한 자세로 강변을 서성이다 다리가 직각으로 굳어진 남자의 불행은 운이 없게도 비정상적인 아내를 만났기 때문인 것일까.(「괜찮아요, 아빠」)

불운 탓으로만 보이는 이 모든 "끈질기게 달라붙는 불행"들을, 오직 우연의 연속으로, 개인 각자의 순수 '운'의 소치로 여길 수는 없다는 말을 하려는 것이다. 앞의 사연들을 다시 생각해보자. 교통사고로 목소리를 잃은 것은 불운이지만 그가 병원도 없는 외딴 곳에서 살아야만 했던 것은 돈에 팔려온 외국인 여인과 함께 살기 위한 궁여지책이었다. 생활고로 자살한 사람이 옆방에 살고 있었고 내게도 돈을 빌리러 왔다는 것, 그런데 빌려주지 않았다는 것은, 생활고가 없는 세상에 사는 사람들에게는 애초에 일어날 수도 없는 일이지 임의의 모두가 겪을 만한 일이 아니다. 정신 이상의 원인은 천차만별이고 배우자가 정신병을 겪을 확률이 작위적인 것은 아니지만, 정신병에 걸린 여자가 자기 아이를 강물에 던지는 사건이 모든 계층에 동일한 비율로 생기지는 않는다. 연속된 불행을 지나며 점점 더한 위험에 처하고 점점 더 약해진 사람들이 "이제 무엇을 원망해야 하는지, 어떤 것을 반성해야 하는지 알 수 없"(「나선의 방향」, 141쪽)게 된 데는 불운보다 더 힘센 다른 원인이 있다. 행복과 행운이 똑같은 뜻이 아니듯이 불행과 불운은 동일한 사태를 가리키지 않는다.

안보윤의 소설에서 보이는 다양한 불행들이 알려주려고 하는 것이 바로 이런 사실이다. 이 소설들에서 불행은 불명확한 이유에서 오는 것도 아니고, 불확실한 결과로서 나타나는 것도 아니다. 누군가 뚱뚱하다고 해서, 말을 더듬는다고 해서, 그 자체로 불행하지는 않다. 날 때부터 성기 모양이 기형인 사람이라 해도 반드시 불행하리란 법은 없다. 그러나 안보윤이 감지하는 것들은, 그런 우연한 결함들이 한 사람의 인생을 기필코 파탄에 빠뜨릴 만큼 결정적이 되고야 마는 함정들에 있다. 이를테면, 안보윤이 포착하는 십대는, 가족의 사랑 속에서 학업에 힘쓰고 우정을 고민하는 사춘기 아이들이 아니라 가출을 일삼고 세상을 비관하며 우발적 범죄의 위험에 수시로 노출되곤 하는 비행청소년들이다. 약함, 못남 등의 개별 능력 차이와 결함, 사고, 실업 등 개인적 불운들이 숙명적인 불행으로 귀결되는 것은 그것들이 유독 그들에게 결정적으로 작용했기 때문인 것이다. 바꿔 말하면, 불운이 닥친 사람들이 이 사회의 소외계층으로 밀려나는 것이 아니라, 사회 '안'에 있으나 사회적 시스템으로부터 소외된 사람들에게 불운이 닥쳤을 때 그들은 헤어날 수 없는 불행한 상태에 처해지고 만다. 그래서 그들이 겪는 비참과 고통에는 개인적인 불편이나 아픔보다 더 크게 사회적인 수모와 굴욕이 있기도 했던 것이다. 그런 불행은 불운의 결과가 아니라 불평등의 산물이다. 그들, 우리 사회의 '소외 계층'은 그냥 약자가 아니라 피해자다.

이런 '피해'는 극단적이고 특수한 경우일 뿐 '평범한' 이들과는 무관한 것이 아닐까? 그렇게 생각하는 이가 있다면, 그는 불행과 불운을 동일시해서만이 아니라 이 사회의 '평균' 생활 수준의 사람들이 대체로 "비교적 안녕한" 하루하루를 살고 있다고 여겨서 그런 것일 수도 있다. 이제 이곳은 어느 정도 살 만한 사회가 아닌가? 구성원의 소득, 재산, 건강, 생활 수준 등의 평균치는 지난 반세기 동안 거의 언제나 증가 추세였고, 전반적으로 삶의 질이 윤택해진 것은 분명하지 않은가? 이런 생각이 생겨날 수 있었다면, 그간 우리 사회에 불평등에 관한 논의가 (있었다 해도 법이나 질서의 문제로 환원한 것이었지) 거의 없었으며, 불평등의 실질적인 영향을 받는 사회 구성원의 삶이 좀처럼 다루어지지 않았던 데 그 까닭이 있을 것이다. 그러나 이런 피해가 특정 부류의 사례로만 치부할 수 없다고 느끼는 이는, 아마도 이쪽이 더 다수일 텐데, 우리 사회가 점점 불평등을 심화하는 쪽으로, 돈과 계급의 이동불가능성이 더욱 고착되는 쪽으로 기울어간다는 사실에 둔감하기가 어려웠던 것이리라.

이런 이야기는 실상, 오늘날 인간 사회의 유일하게 바람직한 모델로 추앙되는 '민주주의'의 약점에 관한 것이기도 하다. 모든 인간이 자유롭고 평등하게 존엄하다는 민주적 권리의 (형식적) 보편성과, 그 권리 행사의 (실질적) 비보편성 사이, 그 좁지 않은 간극 말이다. 사회는 그 간극이 개인의 자원과 기술로 메워질 것이라 기대하지만, 그런 자원과 기술이 개인 모두에게 있지 않다는 것이 또한 딜레마다. 그리고 이 딜레마를 개인의 능력 차로만 돌릴 수 없다는 데서 개별적 고통은 '불운'의 탓으로 돌려지고, 사회 구성원들의 고통은 사회적 시스템에 대한 절망이 아니라 개인의 '불운'에 대한 수모로 느껴지게 된다. 다시 말해 안보윤의 소설이 문제삼는 것은, 특정 계층 혹은 부류의 사람들이 개별적으로 겪는 삶들의 면면이 아니라 한 사회의 전체적인 취약점에서 비롯한 비인간적 양태들 일반이다. 그랬기에 그는, '나는 누구인가'를 묻기보다 '나는 누가 되었는가'를 추적하려 했고, '그는 어떤 인간인가'를 알기보다는 '어떻게 그런 인간이 되었는가'를 파헤치려 했던 것이겠다. 그는 인간에 대해 썼는데, '폭력이 주체'가 되는 이야기가 쓰여진 까닭이 이것이겠다. 여기서 안보윤 소설은 인물론(인정)과 풍속학(세태)이 아닌 사회학으로 전화轉化/상승했던 것이다.

3. 센티멘털 모랄리아

안보윤 소설의 관심이 우리 사회의 가장 취약한 부분, 즉 불평등의 피해자들에 있다고 했다. 하지만 피해의 억울함을 호소하거나 피해의 불가피함을 강변하는 식의 어떤 정치적 입장이 소설 속에 드러나 있지는 않다. 이 책에 모인 소설들에서 작가는 대개 삼인칭 '그'를 주인공으로 삼음으로써 스스로를 관찰자의 자리에 위치시킨다. 인물들이 이 사회에서 평등한 몫을 나누어갖지 못하는 피해자라고 할 때, 작가(화자)는 이들, '몫 없는 자들'의 입이 되겠다는 쪽도 아니고, 이들의 궁지를 한데로 이끌어 연대를 도모하자는 쪽도 아니다. 이 인물들 중에 '훌륭한/멋진/사랑스러운/매력적인' 캐릭터가 거의 없다는 사실도 시사적인데, 이들 중 누구도 전적으로 신뢰할 만하거나 전적으로 정당한 것으로 옹호(혹은 미화)되지 않는 까닭이다. 애절한 연민도 숭고한 사랑도 없다. 인물들 사이를 채운 지배적인 공기는 해소되지 않는 오인과 교감되지 않는 불안이다.

그런 면에서 안보윤 소설의 정서는, 이 사회의 불평등을 문제삼는 다른 소설들에서 왕왕 피해자의 육성을 통해 터져나오는 절규의 감성과 차별화된다. 이는 그가 어떤 불행을 사건/상황으로 대한다기보다 불행에서 파생되는 심적 상태로 겪는다는 뜻도 된다. 그런 때 그 정서는, 말하자면 '불행하지 않음'에 대한 일종의 '소외감' 같은 것일 텐데, 물론 '소외계층'이라고 할 때의 그 '소외'와 같은 말이기는 하나 소설 속 인물들의 계층의식을 가리키는 것은 아니고, 다음의 둘과 같은 뜻의 소외감도 아니다. 첫째, 현대 사회의 서로 단절된 인간관계와 상호 불통으로 인해 내면적 주체들이 겪는 막연한 외로움과 같은 감성이 아니고, 둘째, 모든 것이 다수 위주로 결행되는 사회적 절차에 반대하고 사회 전반에 대해 비판적 거리를 견지하는 소수자들의 반사회적 지성도 아닌 것이다. 대신에 이 정서는, 사회적 가치나 중요성에서 배제된 이들에게 짙게 드리워진 슬픔 혹은 두려움과도 같은 기분이라고 할 수 있는데, 이전에 출간된 책에 실렸던 작가의 말을 빌려 표현하자면 "깊고 기름진 우울"(『사소한 문제들』 '작가의 말' 중에서)이라고 부를 만한 어떤 심리적 입장을 드러낸다.

우울, 그의 소설 속 한 문장 한 문장에 짙게 밴 '깊고 기름진 우울'의 요소들은, 분노나 원한, 복수심 등이 아니라 차라리 불안이나 자조, 무력감 등에 가까워 보인다.

"아무에게도 어떠한 말도 하지 않고 오래된 방에 스스로를 유폐한 채로, 고는 그렇게 살아나갈 작정이었다."(「아무 말도 하지 마」, 89쪽) "어차피 당신은 아무것도 하지 않을 것이었다. 어차피 당신은 고작 이 정도의 인간이었다."(「어차피 당신은」, 116쪽) "삐거덕, 소리와 함께 열린 문 바깥쪽은 바닥도 천장도 없이 다만, 허공이었다."(「다만 허공」, 171쪽)

각각은 세 편 소설의 마지막 문장이다. 이런 문장들로 끝을 맺는 이야기들이 전달하는 '우울'의 정서란 터질 듯한 정념 같은 것이 아니라 무르익은 분위기 같은 것이다. 이 마지막 문장들이 말해주듯, 아무것도 변하지 않은 채로 무엇도 바꾸지 못한 채로 마감되는 이 이야기들에서, 우울은 뭔가 해소되지 않은 찜찜함의 다른 이름인 듯도 싶다.

먼저 이 우울의 정체를 좀 구분해볼 수 있다. 숱한 불행이 발생하는 이 사회구조의 폭력성에 대한 불만 혹은 불안으로서의 우울이 그 하나일 것이고, 그런 폭력을 인지하고도 거기에 유폐된 자신조차 탈출시키지 못하는 무력감으로서의 우울이 또하나일 것이다. 그리고 하나 더, 이런 저항감과 무력감이 소설 속의 인물들에게서 직접적으로 발

산되는 정서라면, 이들을 대하는 독자들에게 돌아오는 또다른 우울. 그것은 아마도, 이 소외된 삶들을 엿보며 '비교적 안녕한 (자기의) 하루'에 안도하는 이들에게 은연중 생겨난 죄책감과도 같은 것으로, 한번 더 작가의 표현을 빌리면 "빚진 기분"에 상응하는 무거운 마음일 것이다. 이 무거운 마음은 그 자체로 불식간에 (사회 구성원의) 무지와 무심에 대한 반성을 촉구하는 역할을 하고 만다. 섣불리 다수의 책임을 규탄하는 계몽적인 태도나 다수를 무조건 가해자로 돌리는 비겁한 태도 양쪽을 경계하면서도, 통상 중립적으로 여겨지는 무지와 무심이 어떻게 사회적 폭력의 일부로서 혹은 그 근저의 원인으로서 작용하는지가 추궁되기 때문이다. 이 우울한 정서는 단순히 사적인 감회에 머물지 않고 특이하게 공적인 자세, 즉 일종의 도덕감(moral sentiments)으로 고양된다.

안보윤의 소설이 우리 사회의 구성원들에게 유의미한 진짜 까닭을 여기서 한번 더 말해두도록 하자. 죄책감이라는 정서로서의 도덕감이란, '악덕한' 구조를 고발하고 '악덕한' 인간들의 행태에 분노하는, 말하자면 직접적인 '반악反惡'의 의식은 아닐 것이다. 그것은 차라리, '악'에 대한 무지, 둔감, 외면, 방치를 통해 결과적으로 그것을 조장하기에 이른 다수에게 촉구하는 일종의 상상력에 가깝다. 우리 시대의 진짜 도덕적 재난은, 거짓, 배신, 착취, 음탕함 등의 악덕으로부터 비롯되는 것이 아니라, 사회의 현상들과 사회 구성원들의 상상력이 분리된 틈새에다가 뿌리를 내리는 것이 아닐까. 세상의 무수한 불행들을 개인들 내부에 유폐하지 않고 외부적 구조의 폭력을 환기할 수 있도록 서사를 입힐 때, 개인과 사회를 연결하고 양쪽 모두를 질문하게 하는 소신의 근원에 죄책감 말고 또 무엇이 있겠는가. 어쩌면 민주주의 이후의 사회, 즉 개인적 자율성의 범위가 지극히 확대됨에 따라 (현실적으로든 상상적으로든) '총체적인 사회'의 의미가 점차 공허해진 현대 사회에서, 죄책감이야말로 마지막까지 유효할 최소한의 도덕인지도 모른다.

작가의 말

여기 있는 소설들은 모두 타인의 책상에서 쓰였다.

흔해빠진 싸구려 원탁과 섬유강화 플라스틱으로 상판을 덧댄 사각책상, 카페가 생긴 이래 단 한 번도 자리를 옮기지 않았을 거대한 원목책상, 커피잔만 올려도 빈약한 다리가 달달 떨리던 철제책상. 나는 그 위에서 눈치껏 게을러지고 때때로 맹렬해지며 소설을 써나갔다. 완성된 이야기는 대개 차가웠다.

내게 있어 소설이란 그랬다. 타인의 책상에서 타인의 삶을 이야기하는 것. 부끄럽게도 나는 타인의 삶을 짐작해왔을 뿐이다. 온전히 응시하지 못한 채, 그들의 삶 속으로 단 한 발짝도 걸어들어가지 못한 채. 때문에 지금의 나는, 더없이 부끄럽고 두렵다.

나는 아직 누구의 삶도 제대로 이해하지 못했다. 더 깊어지고 싶다. 그리하여 더, 오래 쓰고 싶다.

사랑하는 나의 가족—따뜻하고 선명한 열 개의 이름들—에 감사한다. 나는 죽는 날까지 당신들의 삶을 이해하지 못할 것이나 당신들은 분명 내게 괜찮다고 말해줄 것이다.

2014년 이른 봄
안보윤

| 수록 작품 발표 지면 |

비교적 안녕한 당신의 하루 … 『한국문학』 2010년 겨울호

구체성이 불러오는 비루함에 대하여 … 『자음과모음』 2013년 가을호

아무 말도 하지 마 … 『웹진문장』 2013년 4월호

어차피 당신은 … 『웹진북앤』 2010년 5월호

나선의 방향 … 『문학사상』 2013년 12월호

다만 허공 … 『황해문화』 2012년 여름호

괜찮아요, 아빠 … 『현대문학』 2009년 7월호

안절부절 모기씨 … 『문학들』 2011년 가을호

도그하우스 … 『세계의문학』 2007년 겨울호

안 … 『문학동네』 2011년 가을호

문학동네 소설집
비교적 안녕한 당신의 하루

1판 1쇄 2014년 3월 17일
1판 2쇄 2014년 7월 2일

지은이 안보윤
펴낸이 강병선
책임편집 이경록 | 편집 김고은 정은진
디자인 김이정 유현아 | 마케팅 정민호 나해진 이동엽 김철민 조영은
온라인마케팅 김희숙 김상만 한수진 이천희
제작 강신은 김동욱 임현식 | 제작처 (주) 상지사 P&B

펴낸곳 (주)문학동네
출판등록 1993년 10월 22일 제406-2003-000045호
주소 413-120 경기도 파주시 회동길 210
전자우편 editor@munhak.com | 대표전화 031) 955-8888 | 팩스 031) 955-8855
문의전화 031) 955-3576(마케팅) 031) 955-3572(편집)
문학동네카페 http://cafe.naver.com/mhdn | 트위터 @munhakdongne

ISBN 978-89-546-2435-0 03810

* 이 도서의 국립중앙도서관 출판시도서목록(CIP)은 서지정보유통지원시스템 홈페이지 (http://seoji.nl.go.kr)와 국가자료공동목록시스템(http://www.nl.go.kr/kolisnet)에서 이용하실 수 있습니다.(CIP 제어번호 : 2014007735)

www.munhak.com